살아남은 자들이 경험하는 방식

살아남은 자들이 경험하는 방식

김솔 짧은 소설

arte

이제 내가 조용히 들어줄 차례다.

2부 잠시 걸음을 멈추고 신기루를

1부
•
꿈에
파란색 털의 토끼가
등장하면

생일

    콘솔라타 멜리스는 등나무 의자에 앉아 이탈리아인들을 명예롭게 만들어주는 8월의 햇볕을 흠뻑 내리받으면서 몽상에 잠겼다. 늙으면 잠이 줄어든다는 이웃들의 믿음은 적어도 그녀에겐 사실이 아니었다. 그녀는 그저 처녀 시절에 주로 입고 다녔던 옷차림과 주변을 기웃거리던 청년들의 표정을 떠올리는 것만으로도 언제 어디서든 쉽게 잠들 수 있었다. 그러다 자신이 너무 늙어서 그곳에서 더는 살 수 없겠다는 생각이 들면 아무 때고 그 달콤한 잠에서 깨어났다. 언제부턴가 그녀에게 내일이란 개념은 마치 아무도 사용하지 않은 새것이 아니라, 다시 닦아 사용해야 하는 접시처럼 여겨졌다. 그 접시엔 그걸 사용했던 사람들과 그들 사이에서 일어난 사건의 정보들이 고스란히 남아 있었는데, 강박관념에 사로잡혀 그걸 모조리 닦아내려고 많은 시간과 정력을 쏟아부었던 시절도 있었다―그래서 수년 전 그녀는 백내장과 맹장 절제 수술을 받았다. 하지만 영원히 순환하는 시간 속에서 완벽하게 낯선 사람이나 사건은 결코 등장하지 않는다는 사실을 깨닫게 되면서, 그녀는 눈앞에서 어른거리는 것은 그것이 무엇이든 간에 자신의 일생에 꼭 필요한 것으로 받아들이기 시작했다. 그런 낙천적 습관 덕분에 그녀는 오늘 백다섯 번째 생일을 평온함 속에서 맞이할 수 있게 됐다. 하지만 평온함이란 권태나 허무처럼 불완전한 상태에 불과하다는 사실을 그녀는 잘 알고 있다. 거기서 전쟁과 살인과 증오와 죽음이 태어나는 것이다.

그러니 갑자기 한 떼의 방문객이 거칠게 현관문으로 쏟아져 들어와, 그레고리오성가를 연주하며 햇볕을 가렸는데도 그녀는 거의 놀라지 않았다. 나이가 들수록 외부 자극에 대한 감각기관의 반응속도가 현저하게 느려지는 까닭은 신체가 스스로 심장과 뇌를 보호하기 위해 방어기제를 작동시켰기 때문은 아닐까.

"생신을 축하드려요."

그제야 콘솔라타는 서둘러 꿈속에서 도망쳐야겠다고 생각했다. 꿈속의 사람들과 풍경들이 모두 사라졌다고 확신하고 슬그머니 눈을 떴을 때 깜짝 놀라고 말았다. 그녀와 똑같

은 모습의 여자가 나타나 의자에 앉아 있는 자신을 내려다
보고 있는 게 아닌가. 또 다른 자신의 모습을 맞닥뜨리는 순
간 그 사람은 죽게 된다는 괴담은 그녀도 들었다. 그렇다면
그녀는 백다섯 번째의 생일날, 혹은 하루 전날 등나무 의자
에 앉은 채 죽은 것인지도 모른다. 햇볕은 이탈리아인들을
명예롭게 만들기 위해서가 아니라 영혼이 빠져나간 육신을
살균하기 위해 쏟아져 내리고 있었던 것이다.

'마침내 내가 죽었군. 다행이야. 이로써 멜리스 집안의 사
람들이 지난 세기의 무거운 죄악 때문에 단 한 명도 죽지 못
하고 영원히 살아 속죄를 거듭해야 한다는 소문은 비로소
거짓으로 밝혀지게 됐어. 그중 나이가 가장 많은 내가 처음
으로 쓰러졌으니, 가장 행복한 자부터 죽음을 선물하는 신
의 섭리가 깨어진 것도 아니지.'

자신의 주검을 발견한 사람들의 반응을 직접 보고 듣지
않아도 알 수 있는 것으로 보아 그녀의 심장과 뇌는 더 이상
보호가 필요 없는 게 분명했다. 마침내 영혼이 육신의 방해
를 뚫고 외부 세계에 촉수를 뻗은 것이다.

평범한 사람들보다 두 배 가까이 긴 일생을 살면서도 미
처 경험하지 못한 사건들이 있었을까? 설령 지금 죽지 않고
앞으로 한 세기를 더 살게 된다면 그 미지의 사건들마저 경
험할 수 있을까? 콘솔라타는 고개를 흔들었다. 사는 데엔 그

렇게 많은 사건과 등장인물이 필요하지 않다. 그게 그녀의 장수 비결이었다. 그녀는 아홉 명의 자식을 낳았고 그 자식들에게서 수십 명의 자식이 태어났으며 그 자식들의 자식들이 이어졌지만, 그들의 이름들은커녕 정확한 숫자조차 알지 못한다. 그도 그럴 것이 대대로 많은 자손을 낳아온 멜리스 집안은 자손들의 이름을 잊어버리거나 혹은 그 이름으로 인해 그들을 의도치 않게 차별하지 않기 위해서 단지 몇 개의 이름들만 격세유전의 방식으로 대물림했기 때문에 더더욱 그녀의 기억은 믿을 만한 게 못 된다. 그러니까 그녀가 죽기 전까지, 예를 들면 콘솔라타라는 이름으로 불리는 여자들이, 그녀의 기억이 맞다면, 무려 여섯 명이나 그녀의 주변에서 살고 있었는데 생후 7개월의 갓난아이부터 60대의 노인까지 다양했다. 그래서 어제 죽은 콘솔라타는 살아 있는 동안 자신에게서 시작된 가족들의 가계도를 그리려고 몇 번이고 시도해보았지만 그때마다 그 숫자가 달라지는 바람에 ― 자신을 제외하고 적게는 예순한 명에서 많게는 여든아홉 명까지 셀 수 있었다 ― 결국 포기하고 말았다. 하긴 105년을 산 사람에게 61이나 89는 거의 같은 숫자일 따름이다.

"이게 모두 그리스도의 뜻이죠. 한 세기를 살게 될 줄 알았다면 젊었을 때 좀 더 화려한 삶을 선택하실 걸 그랬어요. 실패를 만회하느라 몇 년을 손해 봤다고 한들 전 생애에서 그 정도의 기간은 아무것도 아닐 테니까요."

콘솔라타는 목소리 쪽으로 고개를 돌렸다. 자신과 똑같은 모습의 여자가 여전히 거기 서 있었다. 그런데 좀 더 자세히 쳐다보니 지금의 자신보다 훨씬 젊어 보였다. 그래서 콘솔라타는 인간이 죽는 순간엔 제 육신 속에 숨겨져 있던 시간의 태엽이 풀리면서 시간을 거슬러 올라갈 수 있게 되는 게 아닌가 생각했다. 결국 영혼이 육신으로 드나들 수 있는 문은 없으며, 마치 제 꼬리를 삼키는 뱀처럼, 죽음이 생을 완전히 삼키는 것 이외엔 육신과 영혼을 완전히 사라지게 하는 방법은 없을 것 같았다. 생일에 죽은 자신이야말로 그리스도에게 가장 축복받은 사람인 것은 분명했다. 그리고 후손들 역시 생일과 기일을 하나로 합쳐서 자신들의 수고를 덜어준 그녀에게 두고두고 감사할지도 모른다.

'나는 점점 젊어져가고 있어.'

이런 생각이 콘솔라타를 다시 깊은 잠속으로 빠져들게 했다. 그러면서 그녀는 두 번 다시는 이 잠 밖으로 나갈 수 없을 것이라 생각했다. 그때 멀리서 아득한 목소리가 또다시 들려왔다.

"언니의 백다섯 번째 생일을 축하하기 위해 여기 멜리스 집안사람들이 모두 모였어요. 그리고 우리는 곧 세계 최고의 장수 집안으로 기네스북에 등재된 것을 기념하는 파티를 시작할 거예요. 그러니 이제 그만 일어나세요. 제 딸 콘솔라타도 함께 왔어요. 기억하시죠, 지난여름에 제 딸의 손녀가 이곳에서 클라우디아를 낳았잖아요? 멜리스 집안의 전통을 이어받아 이 아기도 언니처럼 천수를 누리면서 행복하게 살 거라고 믿어 의심치 않아요."

콘솔라타는 잠깐 잠든 사이에 한 살배기의 기억에까지 닿았다고 생각하니 자신도 모르게 눈물이 났다. 그래서 정말 갓난아이처럼 소리를 내어 울기 시작했다.

복제

제가 태어난 지 정확히 8년하고도 16일 뒤에 쌍둥이 동생이 태어났어요. 아니, 오빠라고 불러야 하는 게 맞는지도 모르겠습니다. 프랑스 사람들은 쌍둥이의 순서를 정할 때, 둘 중 더 늦게 세상으로 나온 자를 손위로 삼는다고 들었기 때문이지요. 물론 저는 프랑스 사람이 아니고 영국 사람이니까 영국의 전통을 따라야 하겠지요. 그렇다고 궁금증을 완전히 해결한 것도 아니에요. 체외수정 시술이 개발되기 이전이라면 엄마의 아기집에서 먼저 빠져나온 자를 언니나 오빠 또는 누나나 형이라고 부르는 데 아무런 이견이 없겠지만, 여러 개의 정자와 난자를 시험관에 동시에 투입하여 인공적으로 수정을 시키는 기술이 널리 보급된 지금에는 가장 먼저 시험관에서 수정된 자를 언니나 오빠, 또는 누나나 형이라고 불러야 옳지 않을까요? 세포의 나이를 따지자면 그렇다는 말이에요. 하지만 임신 성공률을 높이기 위해 엄마의 아기집 속으로 동시에 주입된 두 개 이상의 배아를 정확히 구별해낼 방법이 없고, 그것들이 모두 분화에 성공한다고 장담할 수도 없으며, 설령 그것들을 구분할 수 있고 둘 다 분화에 성공한다고 하더라도 아기집을 빠져나오는 순서는 오로지 엄마의 습관과 산파의 추임새와 의사의 의학적 판단에 따라 결정되는 것일 테니, 혼란을 피하기 위해서라도 프랑스 사람들의 전통이나 세포의 나이 따위는 무시한 채 아기집을 빠져나온 순서대로 쌍둥이의 서열을 매기는 게 낫겠지요. 그러니 설령 우리가 같은 날 엄마와 아빠의 몸속에서 씨앗의 형태로 채취됐다고 하더라도, 그가 7년 동안 머문 냉동실의 시간은 내가 머문 세상의 시간보다 훨씬 느리게 흘러갔을 것이고, 나는 아기로선 결코 구현할 수 없는 행동, 즉 자유롭게 걷고 생각하고 말할 수 있으므로, 이 아이를 남동생이라고 부르는 게 적절할 것 같아요. 하지만 그가 나와 이란성쌍둥이 관계라는 사실만큼은 결코 부정하지 않겠어요. 왜냐하면 남동생의 얼굴과 흰 피부색과 검은 머리카락을 병원에서 처음 보았을 때, 8년하고도 16일 전에 아빠가 찍어놓았던 내 사진을 들여다보고 있는 듯한 착각과 충격에 빠져들었기 때문이죠. 게다가 남동생과 눈이 마주친 순간 저는 그가 아기집을 빠져나오면서 겪었던 고통을 고스란히 느낄 수 있었어요. 그래서 혈육이라고 부르는 게 아닐까요? 게다가 엄마는 우리가 똑같은 몸무게를 지닌 채 태어났다고 말했지요. 나 같은 어린아이도, 유전자의 마법이 개입하지 않고선 이런 우연은 결코 불가능하다는 사실을 이해할 수 있답니다.

동생이 태어난 뒤로 저는 갑자기 어른이 됐답니다. 누군가 강제로 제 등을 떠밀어 그런 상태에 밀어 넣은 것이에요. 그랬더니 그동안 제가 결코 시도해보지 않았던 행동과 사고를 하게 됐지요. 무엇보다도 어른들의 윤리적 기준을 이해하게 됐을 뿐만 아니라 수긍하게 됐으니, 이 또한 여덟 살 차이 나는 쌍둥이 남동생의 존재만큼이나 놀라운 사실이었지요. 하지만 이런 수긍은 오로지 제 몸의 반응을 귀납적으로 해석한 결과에 지나지 않았습니다. 머리로는 인정하더라도 마음으로는 결코 그를 남동생으로 받아들이지 못했지요─인간이 몸과 마음으로 나뉘어져 있다는 사실도 남동생 덕분에 처음으로 깨닫게 됐어요. 몸과 마음의 거리가 멀어질수록 저의 고통은 더욱 커졌지요. 몸은 침대 위에 있어도 마음은 어두운 숲속을 떠돌고 있는 것 같았어요. 비록 이런 고통이 인간을 더욱 단단하게 단련시킨다는 사실을, 저는 이미 책에서 읽어 잘 알고 있지만, 직접 경험하지 못한 진리를 곧장 제 영혼의 양식으로 삼는 건 저 같은 어린이에게 쉽게 일어나는 일은 아니지요. 이해에서 믿음이 태어난다고 하더라도 말이에요. 결국 왜 엄마와 아빠에게 저 이외에 또 다른 아이가 가족의 일원으로 필요했는지, 그것도 제가 여덟 살이나 된 시점에, 정상적인 방법으로 임신하기 어렵다고 알려진 마흔여덟 살의 나이의 엄마와, 과중한 업무 스트레스 때문에 심장병이나 전립선암을 앓게 되거나 회사를 그만두거나 불건전한 취미에 빠져들 위험이 높은 아빠가, 왜 그런 결정을 내렸는지 알아내기 전까지 고통은 조금도 줄어들지 않을 것이라고 확신했지요. 그 고통이 저를 평생 동안 여덟 살의 아이로 고정시킬 것이라는 불안감에 휩싸이기도 했습니다. 거듭 말씀드리지만, 남동생의 출생은 어느 고요한 밤이 제 부모의 침대 주위를 지나가면서 일으킨 우연이 결코 아닙니다. 만약 우연이었다면 저와 제 동생의 생일이 매년 16일 차이로 찾아온다는 사실을 설명할 수가 없습니다. 엄마는 비록 8년의 간극이 있긴 하지만 이웃들이 이상하게 생각하지 못하도록 이란성쌍둥이의 생일을 일치시킬 계획을 세우고 정해진 일정에 맞춰 자신의 아기집 속에 배아를 주입했지요. 그리고 열 달 동안 예민하게 진도를 관리했어요. 하지만 유감스럽게도 예상보다 태아의 성장이 느리고 아빠의 월급마저 줄어드는 바람에 저의 생일에 맞춰 자궁 절제 수술을 받지 못한 채,

아기집이 저절로 열리기까지 며칠을 더 기다렸다가 자연분만을 해야 했던 것이죠. 어쨌든 여덟 번째의 생일 내내 저는 아직 태어나지 않은 동생 때문에 우울했고 엄마에게 산통이 있기 이틀 전부터는, 괴물을 닮은 아이가 태어났는데도 엄마가 그것을 나의 쌍둥이 동생이라고 말할 것 같아 너무 두려웠지요. 만약 그 괴물과 저의 유전자가 일치한다면, 저 역시 괴물이 되는 건 시간문제일 테니까요. 남동생이 태어나기 전날 저는 이브가 낙원에서 추방당하는 광경을 처음부터 끝까지 고스란히 지켜보았지요. 그다음에 비로소 아담이 태어났어요. 낙원은 두 명의 쌍둥이가 함께 살기에 너무 비좁았기 때문에 원주민을 먼저 추방해야 했던 것이지요. 디아스포라의 쓸쓸함을 강조하고 싶진 않아요. 다만 저를 추방할 수밖에 없는 부모의 목적을 이해하려고 노력했지요.

가장 쉽게 생각해볼 수 있는 첫 번째 추정은, 더 이상 옷섶에 우유를 흘리거나 위태롭게 걷거나 엉뚱한 질문들을 던지지 않게 된 저에게서 부모는 인생의 허무를 발견하고 시간을 돌리기 위해서라도 새로운 대체품이 필요해졌으리라는 것입니다. (그럼 저는 지금부터 그들에게 기쁨을 되돌려주기 위해서라도 방 안에 조용히 앉아 동화책을 읽는 일 따윈 당장 그만두고 다시 네발로 기어 다니고 악다구니로 떼를 쓰고 책을 찢고 바지춤에 오줌을 지려야 하는 것일까요. 필요하다면 엄마가 보는 앞에서 웃으면서 플라스틱 단추 두어 개를 삼킬 수도 있습니다.)

두 번째 추정은, 1년 전쯤에 제가 유치원에서 돌아오는 길에 우편함에서 편지 한 통을 발견하고 엄마한테 건넨 적이 있는데, 그 편지는 제가 태어난 병원에서 온 것이었어요. 전 그때 이미 신문을 읽고 절반 정도를 이해할 수 있는 수준이었기 때문에 마음만 먹었더라면 그걸 엄마 대신 개봉해서 읽어줄 수도 있었지요. 실제로 그렇게 해도 되냐고 엄마에게 물었지요. 하지만 엄마는 정색을 하더니 제 손에서 편지를 낚아채 갔어요. 전 너무 놀라 그 자리에 꼼짝하지 않고 서서 울기 시작했지요. 자신의 행동이 너무 심했다고 생각했는지 엄마는 저를 안아주면서 변명을 했는데 그것이 거짓이라는 사실은 쉽게 알아차릴 수 있었지요. 퇴근한 아빠가 그 편지를 읽을 때에도 엄마와 거의 같은 표정을 지었어요. 그들은 제가 잠들기를 기다렸다가 아주 낮은 목소리로 밤늦게까지 이야기를 나누었어요. 전 잠들지 않으려고 애를 썼지만 저녁 식사로 먹은 음식 때문인지 잠의 늪에서 빠져나올 수 없었지요. 다음 날 엄마가 샤워를 하는 사이 화장대를 몰래 뒤져보았지만 그 편지를 찾을 순 없었어요. 그 뒤로 잊고 있었는데, 1년 뒤 동생이 그 병원에서 태어났다는 사실과 그 편지가 연관이 있다는 생각이 문득 들었어요. 가령 그 편지 안에 이런 메시지가 적혀 있었을지도 몰라요. "만약 귀하의 연체금을 이달 말까지 납부하지 않을 경우 연방 법원의 결정에 따라, 현재 저희 병원에 7년째 보관되어 있는 귀하의 수정된 배아를 모두 폐기할 것임을 알려드립니다." 이 편지를 읽고 나서야 비로소 저의 부모는 두 번째 아이를 가질 수 있는 기회를 자신들이 7년 동안이나 방치하고 있었다는 사실을 깨달았겠죠. 수정된 배아를 훼손 없이 냉동 보관할 수 있는 최대 기간이 10년이라는 연구 결과가 그들에게 용기를 주었을 수도 있어요. (그렇다면 저는 5년 이상 냉동 보관된 배아에서 태어난 아이들이 주의력결핍 과다행동장애나 난독증을 앓게 될 확률이 얼마나 높으며 그들을 양육하기 위해 부모와 사회가 얼마나 많은 비용을 쏟아부어야 하는지 증명할 필요가 있겠죠. 하지만 유감스럽게도 영국 전역의 병원에 보관되어 있는 배아의 수량에 대한 공식 자료를 구할 순 없었어요. 아마도 영국 정부만이 그 정보를 독점하고 있다가 전쟁이나 자연재해로 인구가 급감하게 되면 슬그머니 병원들에게 세금을 지원하겠죠.)

세 번째 추정은, 우울증을 앓고 있는 엄마가 새로운 삶에 대한 출구 또는 입구로써 이혼 대신 새로운 아이의 육아를 선택했을 수도 있을 것 같아요. 그리고 그런 결정에는 당연히 저 역시 무시 못 할 만큼의 영향을 미쳤을 테고. 이혼한 부부의 아이들에게 자연스레 노출될 수밖에 없는 위험을 조금이나마 줄여볼 심산으로 엄마는 자신의 희생을 통해서라도 결혼 생활을 유지하고 싶었을 것이고, 새로운 아이의 출현이 아빠의 갱생과 가정의 존립을 도울 수 있을 것이라고 기대했겠죠. (그럼 저는 이혼이 모든 부부와 그들의 아이들에게 최악의 영향을 미치는 것만은 아니며 오히려 우울증을 치료하는 데 효과적인 방법이 될 수 있다는 사실을 알려야 하지 않을까요? 그리고 여덟 살부터는 세상으로부터 크게 상처받지 않고 제 운명대로 살 수 있을지도 몰라요.)

네 번째로, 영혼의 결이 너무 곱고 부드럽다는 이유로 사회로부터 무능력자로 낙인찍힌 아빠가 실직에 앞서 더 많은 정부 지원금을 수령하기 위해 급히 부양가족을 늘리려고 했다는 추정도 가능할 것 같아요. 영국의 각종 경기 지표들은 수십 년째 개선되지 않는 반면 세금과 실업자와 이민자와 노인 들의 숫자는 꾸준히 늘어나고 있어서, 국가의 지원 없이는 자랑스러운 영국인으로 살아가는 게 점점 더 어려워지고 있으니까요. 그렇다고 이웃 나라와 전쟁을 하거나 아시아나 아프리카에 식민지를 늘리자는 극우 정치인들의 주장에도 선뜻 찬성할 수 없어서, 기껏해야 이민자에게 빼앗긴 일자리를 회복한다는 옹졸한 명분으로 유럽연합에서 탈퇴하는 방법을 선택하긴 했으나, 빅토리아시대의 영광을 재현할 만큼의 능력을 영국은 이미 오래전에 상실했으니, 미래가 천상의 노랫소리로 이끌리는 것은 확실히 아니죠. 혹시 북해 아래에서 화산 몇 개가 터지고 몇 차례의 지진이 일어난 뒤로 엄청난 규모의 석탄 광맥이나 유전들이 발견된다면 또 모를까. (그렇다면 저는 제 부모의 경제적 부담을 줄여주기 위해서라도 허기를 참고 씀씀이를 줄여야 하는 게 아닐까요? 아니면 돈벌이를 하러 집을 떠나야 할지도 몰라요. 아동노동을 묵인해주되 최저임금은 보장해주는 기업이나 나라에서 벌어들인 돈을 매달 집으로 송금해서 남동생의 육아를 돕는다면 저희 부모는 좀 더 일찍, 그리고 좀 더 쉽게 영국 중산층의 자부심을 회복하게 되겠죠.)

마지막 다섯 번째 추정은, 진실에 가장 가깝길 바라마지않는 것인데, 제 부모가 저를 키우면서 익숙해진 즐거움을 배가시키기 위해, 아니면 잊지 않기 위해, 저와 유전적으로 가까운 동생을 낳아 처음부터 다시 키우겠다고 결심했을 수도 있을 것 같아요. 그렇지 않고서야 그들이 굳이 7년 전에 수정된 배아를 녹여 저의 쌍둥이 동생을 만들려고 한 이유가 달리 뭐가 있을까요? 제 부모에게 생식의 능력이 사라졌다는 세상의 소문은 결코 사실이 아닐 거예요. 거의 매일 밤 저는 침대에 누워 그들이 나누는 사랑의 이야기를 듣지요. 그리고 그 이야기로부터 태어난 생명의 그림자들이 그들의 침대 위에서 아른거리는 광경을 이불 속에 숨어서 지켜본답니다. 설령 제가 태어나기 전에는 그들에게 생식의 능력이 가득 차오르지 않아서 부득이 의학의 도움을 받아야 했을지 모르지만, 저를 임신한 이후로 지금까지 엄마는 균형 잡힌 식단을 유지하고 있고 아빠는 술과 담배를 끊고 몸에 이로운 노동을 계속하고 있으니, 그들의 생식능력은 오히려 더 왕성해졌을 게 분명해요. 사실 저는 엄마의 화장대 속에서 피임약과 콘돔을 여러 번 보았지요. 임신이 걱정되지 않았다면 그런 것들이 왜 필요했겠어요? (그럼 저는 제가 부모에게 선물했던 즐거움을 일일이 남동생에게 가르쳐야 할까요? 하지만 누군가로부터 무엇인가를 배우고 재현하려면 인간은 적어도 두 발로 걸어야 하지 않을까요? 더욱이 남동생에게 제가 자신의 쌍둥이 누나라는 사실을 이해시키려면 제 나이까진 자라야 할 것 같아요. 8년 터울의 쌍둥이가 존재할 수 있다는 사실은 어른들에게도 쉽게 이해되지 않는 뉴스니까.)

하지만 이상의 다섯 가지 추정은, 남동생이 졸다가 물고 있던 젖병을 바닥에 떨어뜨리자마자 놀라서 울기 시작하고 울음소리에 노루잠을 방해받은 엄마로부터 등짝을 얻어맞는 순간, 단 한 가지의 확신으로 귀결되고 말았답니다. 제 부모는 오로지 저를 학대하기 위해 남동생을 낳은 게 분명하다고. 저는 여덟 살하고도 16일 터울의 쌍둥이 동생을 엄마 대신 맡아 키우느라 학교를 제대로 다닐 수도 없을 것이고 친구를 사귀거나 취미를 갖지 못하게 될 것이며 직장을 구하거나 결혼을 할 수도 없게 될 거예요. 오로지 남동생의 인생을 통해서만 제 인생의 목적과 즐거움이 실현될 수 있는 유령 같은 존재가 되고 말겠죠. 어쩌면 쌍둥이의 운명은 두 명의 것을 합한 것보다 더 짧고 단순할지도 몰라요. 물론 저는 질투심이 인간을 더욱 매력적인 존재로 단련시킨다는 이야기를 책에서 읽은 적이 있지만, 운명을 책 한두 권에 의탁하기엔 제가 너무 어리고 세상을 너무 모른다는 게 문제죠. 그러니 당신의 도움이 필요해요.

소문

    괴이한 소문을 들은 자들이 마을 공터로 삼삼오오 모여들었다.

    "끝내 드루브가 사고를 치고 말았다는군요."

    "그래요. 아주 큰 사고를 쳤더군요. 그 때문에 온 마을이 발칵 뒤집혔어요."

    "조만간 우리에게까지도 부정적 영향이 미칠 게 분명해요. 그 때문에 누군가는 괴로워지겠지요."

    "하지만 며칠 전까지 감옥에 갇혀 있었는데 어떻게 밀림으로 도망칠 수 있었죠?"

    "간수들조차 그를 감당할 수 없게 되자, 발목에 추적 장치를 매달아 밀림 깊숙이에 풀어주었다네요. 용서받지 못한 그의 여죄를 밀림의 정령이 해결하도록 인계한 것이죠."

회중은 일제히 웅성거렸다. 벌써부터 서로 몸을 부딪치면서 완력을 시험해보는 자들 때문에 소음이 일고 먼지가 날렸다. 회중의 가장 늙은 자가 나서서 상황을 진정시키기까지는 시간이 제법 흘렀다.

"우선 소문부터 확인해봅시다. 그러고 나서 드루브를 오랫동안 알고 지낸 자들의 이야기도 들어봐야 해요. 우리가 오랫동안 평화로운 사회를 유지할 수 있었던 까닭도 부처보다도 더 큼지막한 귀를 지녔기 때문이라는 사실을 한시라도 결코 잊어선 안 되오. 우리의 판결은 비록 느리지만 지엄해서 누구도 그것을 부정할 수 없어야 하오. 그렇지 않으면 이 육중한 몸과 좁은 생활 터전은 우리의 생존에 치명적인 단점이 될 것이오."

멋쩍어진 자들은 딴청을 피우면서 입을 연신 오물거렸는데 가시가 박힌 언어들은 삼키고, 어제 삼켜서 적당히 부드러워진 언어들은 게워내려고 애쓰는 것 같았다. 발밑에 버글거리는 먼지 때문에 정체를 알아볼 수 없는 자가 침묵을 깼다.

"드루브는 한 달 사이에 여섯 명의 사람을 죽인 살인자예요. 최근엔 환갑이 넘은 노부부의 두개골을 박살 냈지요. 굳이 그렇게까지 분노할 이유가 전혀 없었는데도 말이죠."

일순간 뾰족한 탄식이 회중 사이를 화살처럼 날아다녔고

가장 먼저 그걸 피할 수 있었던 자가 기다렸다는 듯이 이야기를 덧붙였다.

"4년 동안 이웃 마을 사람이 아홉 명이나 살해당했다는 소문을 들었지요. 물론 모두 드루브가 저지른 일이라고 단정 지을 순 없지만, 딱히 그 이외의 용의자를 상상할 수 없는 게 문제죠. 아무튼 아주 심각한 상황인 것만큼은 분명합니다. 제때에 제대로 대처하지 못한다면 우리가 그동안 쌓아놓았던 이웃과의 신뢰와 전통이 모두 파괴될 것이고, 우린 밥벌이를 빼앗기거나 밀림으로 추방될 위험도 아주 높아요."

"흥분한 사람들이 경찰서로 몰려가 대책을 요구하면서 경찰차까지 불태우는 소동을 벌였답니다. 중무장한 군대까지 출동한 뒤에야 겨우 사태를 진압할 수 있었다고 들었어요."

목소리로 추정하건대, 자신의 존재를 남들의 이야기를 통해 간접적으로 인지할 수밖에 없는 젊은이인 게 분명했다. 그래서 젊음은 혁명의 무기가 될 수 있는 것이리라.

이때까지만 하더라도 분위기는 장례식장의 그것보다 훨씬 무거웠다. 하지만 드루브와 어릴 때부터 친하게 지내온 친구가 입을 여는 순간 여기저기서 폭소가 터져 나왔다.

"오죽했으면 사람들이 나서서 처녀들을 밀림에 들여보내 드루브의 자수를 설득할 궁리까지 했을까요. 하지만 그래봤자 처녀들은 아무런 성과도 없이 마을로 돌아오게 될 거예요. 왜냐하면 드루브는 성년이 된 이후로 지금까지 줄곧 혼자 지냈기 때문에 처녀의 엉덩이보단 야자나무나 원숭이들 앞에서 더욱 흥분하게 됐으니까요."

발을 구르며 웃는 자들 때문에 소음과 먼지가 콘크리트 벽처럼 자라나 눈과 귀와 코와 입을 틀어막는 바람에 회중은 잠시 움직임을 멈춘 채 침묵했다. 그사이 누군가가 사라지고 누군가가 나타났을 것이다.

"성욕 때문에 살인을 한 드루브는 우리의 치욕입니다. 사람들에게 화해의 메시지를 전달하기 위해서라도 근엄한 율법으로 드루브를 다스려야 합니다. 제게 일체의 권한을 허락해주신다면 제가 직접 밀림으로 들어가 그를 붙잡아 오겠습니다."

한 지점에서 시작된 감탄이 회중을 거쳐 가면서 코끼리의 발소리처럼 묵직하게 불어났다. 회중은 그렇게 말한 자가 누구인지 확인하고 싶었지만 소음과 먼지 속에서 하나의 이름을 완성할 수가 없었다.

"자넨 누군가?"

회중에서 가장 늙은 노인이 물었다.

"드루브의 형입니다."

그러자 그를 기억하는 자들이 수런거렸다.

"왜 형인 자네가 직접 동생을 징벌하려고 나서는 것인가?"

먼지가 수그러들자 그의 형형한 눈빛이 멀리까지 빛났다.

"그야 저보다도 제 동생을 사랑하는 자는 여기 아무도 없기 때문이죠. 게다가 우리의 전통과 명예를 지켜야 할 신성한 의무가 저에게도 있으니까요. 이 일을 다른 이에게 맡긴다면 필경 적의에 눈이 멀어 동생의 안위를 해치거나 반대로 여러분의 호의를 망칠 위험이 있습니다."

드루브 형의 평소 품행을 칭찬하는 이야기들이 회중을 한발짝씩 뒤로 물리고 그를 중앙으로 천천히 이끌었다. 그는 마치 평화를 중재하기 위해 이웃의 전권을 받고 이곳으로 파견된 특사처럼 보이려고 애써 느리고 우아하게 걸어 나왔다. 그가 내딛는 걸음 하나가 곧 준엄한 판결을 완성하는 구두점이라도 되는 것 같았다.

"드루브의 발목에 채워져 있던 추적 장치는 이미 파괴된데다가 우기로 밀림이 더욱 울창해져서, 사람들은 헬기까지 동원하고도 그의 흔적조차 찾아내지 못했다고 들었소. 그런데 자넨 어떻게 그를 추적하려는 것이오?"

드루브의 형이라는 작자는 조금도 망설이지 않고 대답했다.

"추억을 활용할 작정입니다. 궁지에 몰리면 하나같이 그렇게 단순한 방법에 의지하여 길을 찾기 마련이니까요."

그때 그의 얼굴과 목소리를 기억하는 누군가가 옆에 서 있는 자에게 중얼거렸다.

"아, 이제야 기억이 났어, 저자에 대해, 저자와 관련된 소문에 대해. 한 여자를 차지하기 위해 형제가 생사를 걸고 치열하게 경쟁하다가 결국 형이 그 여자를 차지했는데, 정작 그건 여자의 뜻과는 반대의 결과였지. 여자는 어느 날 흔적도 없이 형제를 떠났고, 형은 다른 여자와 곧 결혼했지. 하지만 드루브는 죄책감 때문에 평생 독신으로 살겠다고 신에게 맹세했다고 들었네."

"아니, 내가 들은 이야기는 전혀 반대야. 경쟁의 결과에 수긍할 수 없었던 드루브가 형이 잠시 자리를 비운 사이에 형의 여자를 유혹했지. 여자는 간신히 정절을 지킬 수 있었지만 더 이상 그 형제 사이에서 살 수 없다고 판단해서 혼자 떠났지. 그 사실을 나중에 알아차린 형은 동생과 영원한 절교를 선언하고 그를 밀림으로 추방했어. 상심한 드루브가 죄를 짓기 시작한 것도 그 사건 직후였다는 거야."

소음과 먼지 때문에 회중의 수군거림이 드루브의 형에게까지는 들리지 않았지만 그는 회중의 수상한 표정에서 상황을 간파하고 더욱 단단하고 날카로운 목소리로 회중을 찔러댔다.

"제 동생은 한낱 성욕 때문에 도망친 게 아닙니다. 일부러 그렇게 보이려고 연기했을 수는 있습니다만, 정작 그에게 탈출할 용기를 자극한 건 자유에 대한 의지였습니다. 어떤 자에게 감옥은 영혼이 육신을 제압하는 최초의 공간이 될 수도 있지요. 그는 우리를 굴종의 역사로부터 해방시키기 위해 힘든 전쟁을 혼자서 시작한 것입니다. 우리는 그의 숭고한 의지에 경의를 표해야 합니다. 그리고 그를 도와주어야 합니다. 그러지 않으면 우리의 미래는 조만간 파괴되고 말 것입니다. 거대한 중장비들 때문에 삶의 터전과 가족을 잃고 서커스단이나 동물원에 갇힌 동족을 우린 이미 너무 많이 보고 있지 않습니까? 도망칠 수 없다면, 함께 힘을 모아 바꿔야 합니다."

그리고 그는 하케마테Jaque Mate를 외치기에 앞서 주변을 천천히 살펴본 뒤 입을 열었다.

"다만 안타까운 사실은, 제 동생이 아직까지도 자신이 코끼리라는 사실을 전혀 인정하지 않는다는 것이지요. 또한 이미 밀림은 코끼리 한 마리조차 숨기 어려울 만큼 파괴되어 있다는 사실도 믿지 않았습니다. 사실 그는 사람들에게서 너무 많은 거짓말에 깊은 상처를 받은 이후로 자신과 현실에 대한 인지능력을 거의 상실했습니다. 그를 만나서 옛날이야기를 들려주는 게 제 계획의 전부입니다."

회중은 자신들을 코끼리라고 폄하하는 그를 도저히 용서할 수가 없었다. 그래서 일제히 코를 뻗어 주변에 널린 똥덩어리와 나뭇가지를 그에게 집어 던졌다. 그 행동만으로

분을 삭이지 못한 자들은 일제히 엄니를 쳐든 채 마치 허공을 통째로 옮기려는 듯 날뛰었다. 한낮의 소란에 깜짝 놀라 점심 식사를 중단하고 공터로 돌아온 사육사들이 채찍과 갈고리를 휘두르면서 코끼리들을 제압하려고 애썼고, 이 볼거리를 놓치고 싶지 않은 관광객들이 여기저기서 연신 카메라 플래시를 폭죽처럼 터뜨렸다.

각인
Imprinting

    워릭셔주의 야생동물 보호 구역 담당자인 제프 그렉콕은 지역 언론사와의 인터뷰를 마친 뒤에도 여전히 찜찜한 기분을 떨쳐버릴 수 없었다. 뉴스를 접한 시청자들이라면 10년 동안 야생동물 보호 구역을 담당해온 자신을 무능하다고 수군거릴 게 분명했기 때문이다. 자신이 생각해도 "백조의 날개에 부딪히면 타박상을 입을 수 있으니 조심해야 한다"는 조언은 결코 전문가의 입에서 나올 수 있는 것이 아니었다. 하지만 인터뷰에서 밝힌 바대로, 야생의 백조가 사람을, 그것도 유색인종만을 골라서 공격했다는 이야기를 그는 10여 년 동안 결코 들어본 적이 없다.

    기자 앞에서 굳이 현학을 자랑하려 했다면 각인이라는 용어를 동원할 수 있었다. 만약 그 백조가 알에서 깨어나던 순간에 유색인종을 보았다면 그렇게 반응할 수도 있다. 백조의 신체 구조상 호기심은 호전성으로 오해받기 충분하다. 사람들에게 백조가 익숙한 반면, 그 백조에게는 사람들이 익숙하지 않기 때문에 발생한 해프닝이라고 결론지었다면 어땠을까. 하지만 자신과 같은 과학자가 확실한 증거 없이 의견을 피력하는 건 위험하고도 무책임한 행동이었다. 그래서 그는 조사가 필요 없는 범위에서만 대답했던 것인데, 너무 우스꽝스러운 모습으로 뉴스에 등장하게 되었다.

열패감 때문에 그는 오후가 어떻게 지나갔는지도 의식하지 못했다. 퇴근하자마자 뜨거운 물로 샤워를 하고 소파에 누워 맥주를 마시면서 축구 경기를 본다면 엉망이었던 하루를 조금이나마 보상받을 수 있을 것 같았다. 그래서 그는 자동차의 속도를 높였다.

하지만 집 안에 들어서자마자 자신의 계획을 수정해야 했는데, 거실이 아이들의 장난감과 동화책, 옷가지, 음식 그리고 쓰레기로 난장판이 되어 있었기 때문이다. 축구 전반전이 끝나기 전에 그걸 정리하려면 샤워는 포기하는 수밖에 없었다. 가까운 곳에 살고 있는 딸이 두 명의 손자를 제 어미에게 맡긴 채 최근 새로 사귀기 시작한 남자 친구와 영화관으로 데이트를 간 게 분명했다.

제프는 딸의 새로운 남자 친구가 전혀 마음에 들지 않았다. 그가 정통 영국인의 피라곤 조금도 섞여 있지 않은 순수 인도인이기 때문만은 결코 아니었다. 피부 색깔이나 억양은 아무래도 좋았다. 그에게서, 제 자식을 전부인에게 떠넘기고 이혼한 지 두 달 만에 인도 출신의 영국 여자와 재혼한 전 사위와 비슷한 점을 많이 발견했기 때문이다. 어쩌면 딸은 전남편에게 복수하기 위해서 인도 출신의 영국 남자를 선택했는지도 모른다. 하지만 제프는 자신의 인생에서 가장 큰 부분을 차지하고 있는 딸이 두 번씩이나 인도로부터 부정적인 영향을 받게 되는 걸 원하지 않았다. 그래서 오랫동안 머뭇거린 끝에 2주일 전 딸에게 전화를 걸어 충고했건만 그녀는 울면서 이렇게 항변했다.

"아빠에게 항상 중요한 건 나의 행복이 아니라 내 남자 친구의 피부색뿐이야."

그러고는 제프와 마주칠 수 있는 기회를 일부러 피했다. 딸은 그가 출근한 뒤에 집에 들러 아이들을 맡겼고, 자정이 되어서야 은밀히 찾아와 그의 잠을 깨우지 않은 채 아이들을 조용히 들쳐 업고 돌아갔다. 아내는 생활이 안정될 때까지 아이들을 맡아서 길러주겠다고 제안했지만 딸은 고집을 꺾지 않았다. 딸과의 연대감이 사라진 제프는 직장에서 자신의 역할에 더욱 집중하는 방식으로 삶의 균형감을 회복하던 중이었다. 하지만 아직 완전히 회복되지는 않았는지, 워릭셔 전 주민들을 상대로 엉터리 인터뷰를 하고 말았다.

제프의 아내는 2층에서 아이들을 씻기고 있었다. 제프는 옷을 갈아입자마자 냉장고에서 맥주 한 캔을 꺼내어 마시면서 텔레비전을 켰다. 레스터 시티와 첼시의 선수들은 득점 없이 지루한 공방전을 벌이고 있었다. 제프는 아내에게 들키지 않도록 볼륨을 줄였다. 그러고는 바구니 하나를 가져와 장난감과 동화책, 옷가지, 음식 그리고 쓰레기 들을 쑤셔 넣었다. 아내는 깨끗해진 아이들을 침대에 눕히고 동화책을 읽어줄 것이다. 아이들이 잠들기 전까지 이곳은 묘지처럼 조용해야 한다. 설령 두 명의 아프리카 출신 수비수가 어처구니없는 실수를 번갈아 저질러 레스터 시티가 크게 패하더라도 그는 마치 어제 죽은 자처럼 침묵한 채 맥주를 들이켜야 하는 것이다. 그러고 보니 자신의 처지 역시 울타리에 갇힌 백조와 다를 바 없다는 생각이 들었다.

어쩌면 각인 효과는 자신과 자신의 딸에게도 영향을 미치고 있는지도 모른다. 그는 딸이 태어나던 순간을 결코 잊지 못한다. 그래서 아직까지 자신의 딸보다 아름답고 귀여우면서도 연약한 인간을 발견하지 못했다. 반면 딸의 인생은 열여섯 살을 기점으로 수정됐다. 그때 제프는 아내와 별거 중이었다. 각자 애인이 생겼거나 권태에 짓눌렸기 때문은 아니었다. 제프는 워릭셔주의 야생동물 보호 구역 담당자로

승진하여 관공서와 시민들 사이를 오가면서 이런저런 일들을 처리하느라 가정을 돌볼 여유가 없었고, 그의 아내는 사춘기를 심하게 앓고 있는 딸을 돌보느라 남편의 불만까지 신경 쓸 여유가 없었다. 그래서 그들은 2년 동안 별거하기로 합의했던 것이다. 그래도 시간이 허락하는 한 그들은 수시로 집 밖에서 만나 외식을 하고 영화관에 갔다. 제프와 그의 아내는 새로운 환경에 적응했지만 딸은 전혀 그렇지 않았다. 그리고 열여섯 살 생일날 딸은 남자 친구를 집으로 초대하여 부모에게 소개했다. 인도 이민자의 후손인 그 녀석은 끝까지 영국인 행세를 했고, 딸은 그 녀석의 일거수일투족에 열광했다. 참다못한 부모가 간섭이라도 할라치면 딸은 매번 사생결단의 결연함으로 맞섰고 그때마다 부모는 물러나지 않을 수 없었다. 딸의 행동을 과학적으로 설명하자면, 그녀가 사랑에 눈을 떴을 때 가장 먼저 발견한 남자가 인도인이었고 그 뒤로 그녀의 사랑은 인도의 국경 안에 갇히게 됐던 것이다.

어떻게 하면 이 각인의 저주에서 벗어날 수 있을까. 제프는 맥주 캔이 빈 줄도 모르고, 심지어 레스터 시티의 모든 선수들이 마치 지뢰 매설지 안에서 이동하는 군인들처럼 잔뜩 경직되어 실수를 연발하고 있는데도 전혀 흥분하지 않은 채 생각에 빠져들었다.

재능 있고 성실한 과학자들은, 기억을 거슬러 최초의 경험에 이를 수만 있다면 상담과 약물을 통해 부정적인 각인 효과를 개선할 수 있다는 사실을 입증했다. 그러니까 딸이 최초로 인도 출신의 청년에게 호감을 갖게 된 순간으로 거슬러 올라가 그 형편없는 녀석이 사용했던 흑마술—그것은 인도라는 지역적 특성을 반영한 게 아니라, 그 나이의 혈기왕성한 청년에게 공통적으로 발견되는 과장과 거짓에 불과하다—의 진면목을 폭로하고, 부모로서 좀 더 세심한 관심을 쏟지 못했던 사실에 대해 용서를 구할 수만 있다면 딸은 스스로 현재의 시행착오를 멈출 수 있지 않을까. 그래서 제프는 딸의 새로운 남자 친구를 조만간 따로 만나봐야겠다고 생각했다. 당장 헤어지라고 협박하려는 건 아니고 더 이상 딸이 상처를 입지 않도록 애정을 쏟아달라고 구걸할 작정이었다.

　아이들을 재우고 아내가 거실로 내려온 줄도 모른 채 그는 상념에 잠겨 있었다. 아내는 그의 손에 들려 있는 맥주 캔과 텔레비전에 등장한 레스터 시티 응원단의 침통한 표정에서 상황을 모두 짐작했다. 그래서 굳이 제프에게 말을 건네지 않고 부엌으로 조용히 움직였다. 뒤늦게 아내를 발견한 제프는 뒤춤에 맥주 캔을 숨긴 채 적절한 변명을 찾지 못하고 잠깐 머뭇거렸으나, 손자들에게 충분히 시달렸을 그녀에게도 잠시나마 휴식이 필요할 테니 아내가 소파에 앉아 먼저 입을 열기를 기다렸다. 자신의 인터뷰를 듣고 깊게 실망했을 아내를 위해 변명을 미리 준비해놓아야 할 것 같았다.

하지만 아내가 소파에 앉기도 전에 현관문 열리는 소리가 났다. 그리고 딸의 모습이 보였다. 그녀는 제프를 보고 당황했는지 현관문 앞에서 한참 동안 머뭇거릴 뿐 안으로 들어오지 않았다. 그녀의 뒤에서 그림자가 어른거리는 것으로 보아 딸과 대화를 나눌 시간은 거의 없는 게 분명했다. 부엌에서 나온 아내가 말없이 계단으로 올라가 잠들어 있는 아이들을 깨워 옷을 입히는 동안―보통 때 같으면 한 아이는 아내가, 또 하나는 딸이 들쳐 업고 계단을 내려왔을 텐데, 제프 때문인지 딸은 집 안으로 들어오지 않았다―제프는 소파에 앉아 레스터 시티의 수치스러운 가축들이 하나씩 도살장으로 끌려가는 모습을 지켜보았다. 더 젊고 더 유능한 선수들을 아프리카에서 수입해 와야 한다고 지난여름부터 목청을 높였던 응원단이 받아들이기에 3 대 0의 패배는 너무 잔인했다.

"오늘은 그냥 갈게요. 일진이 나빠서 레스터 시티가 첼시에 진 건 아니에요. 샤이드의 말로는 감독을 교체하는 게 유일한 방법이래요."

"샤이드가 누구냐? 새로운 축구 경기 해설자냐, 아니면 레스터 시티의 구단주냐?"

이렇게 말하면서 제프는 스스로 놀라지 않을 수 없었는데, 자신의 목소리가 밤과 맥주의 영향으로 너무 음산하게 변해 있었기 때문이다. 후회는 늘 행동보다 늦다. 딸의 얼굴 위로 살얼음이 번져갔다.

"아빠는 밤에도 피부색을 볼 수 있는 능력을 지니셨네요."

제프는 곧바로 대답하지 못했다. 사과를 해야 할지, 아니면 부연 설명을 해야 할지.

"아이들은 내일 데려가겠다고 엄마한테 이야기해주세요. 그리고 그 못된 백조는 서둘러 처리하시는 게 좋을 것 같아요. 그러지 않으면 이 동네에 사는 인도 사람들이 아빠를 대신해서 그 고약한 인종차별주의자를 추방할지도 몰라요. 백조의 날개에 부딪혀 타박상을 입는 게 두려워서 부당함을 참을 만큼 멍청한 사람은 더 이상 이곳에 살고 있지 않으니까요."

순간 제프는 자신의 감정을 추스르지 못하고 현관으로 급히 달려가 그림자를 향해 소리를 지르고 말았다. 그 반응은, 딸이 유색인종과 연애나 결혼, 이혼을 하면서 제프 자신에게 쌓이게 된 피해 의식에서 비롯된 것이 분명했다.

"겉으로는 정의로운 척하고 있지만, 너희들도 머지않아 인종차별주의자로 전락할 거야. 하지만 두 가지 사실만큼은 꼭 명심해라. 인도 사람들이 황당한 이유를 들어 이 말썽꾸러기 백조를 마을에서 쫓아낸 다음엔 너를 찾아갈 것이다. 그 소란이 백인들의 편협한 교육 때문에 일어난 것이라고 생각하고 있기 때문에 이 모든 소동의 원인을 피부색에서 찾으려 할 것이란 말이다. 하지만 그때도 난 그들에게 이렇게 말할 것이다. 내 딸의 머리카락 한 올이라도 건드리면 두개골이 박살 날 수 있으니 조심하는 게 좋을 거라고. 그러니 외출할 때만이라도 제발 너도 네 어머니처럼 히잡을 쓰고 다니면 안 되겠니? 백조는 히잡을 아주 좋아하니까. 그것도 흰색 히잡을. 도대체 영국으로까지 이민 온 인도인들은 정작 순수 영국인의 자랑스러운 전통인 히잡을 쓰는 걸 왜 따르지 않는지 네 남자 친구에게 제발 물어보거라."

여행

존경하는 위원장님께

이슬람 종교 기부 당국의 최고 책임자인 당신께 존경과 신뢰를 표명하는 가장 예의 바른 방법을 알지 못하는 저를 부디 너그럽게 이해해주시기를 바랍니다.

앗살람 알라이쿰Al-salam alaykum, 알라의 평안이 당신과 함께하기를.

이번에 어려운 결정을 내리신 이슬람 종교 기부 당국에도 깊은 경의를 표합니다. 『코란』의 가르침이 없었다면 어리석은 인간들은 아직까지도 어둠 속을 헤매고 있을 것입니다.

저는 미국 샌디에이고에 사는 평범한 대학생이고 무슬림은 아닙니다. 독실한 크리스천이신 부모님의 교육 덕분에 저 역시 크리스천으로 성장했습니다만, 무슬림과 크리스천의 차이는 오직 경전을 읽는 방법뿐이라고 생각하고 있습니다. 대학에서 천문학을 전공하면서부터, 특히 샌디에이고의 팔로마 천문대에서 진행되는 수업에 참가한 뒤부터, 과학은 결국 종교를 이해하는 방편에 불과하다고 믿게 됐습니다. 머리 위에 끝없이 펼쳐져 있는 우주의 역사에 대해 고작 1퍼센트도 알지 못하는 인간이 망원경을 통해 우주 속에서 찾을 수 있는 건 무력한 개인과 광대무변한 신이 아닐까요? 인간이 도저히 설명할 수 없는 암흑과 고요를 어떤 자는 부처라고 일컫고 어떤 자는 여호와, 어떤 자는 알라 그리고 어떤 자는 시바라고 일컫는 게 분명합니다. 절대적인 것에 편의적으로나마 이름마저 붙이지 않는다면 인간은 자신의 삶을 설명할 수조차 없으니까요. 인간은 늘 대상을 통해서만 자신을 인식한다고 배웠습니다.

『코란』에서 "깜깜한 바다와 육지에서 너희를 인도할 별들을 가리키시는 분은 바로 알라시니라"라는 구절을 읽었습니다. 무슬림에게 천문학 연구는 알라가 허락하신 성스러운 작업이라고도 들었습니다. 그래서 그들이 천문학 발전에 얼마나 중요한 역할을 해왔는지도 잘 알고 있습니다. 가령 9세기 초 칼리프 알 마문Al-Ma'mun은 바그다드와 다마스쿠스에 천문대를 설치하고 지리학자와 수학자 들로 하여금 우주를 연구하도록 지시했습니다. 중세 이슬람 시대의 가장 위대한 학자였던 아부 라이한 알 비루니Abū al-Rayḥān Muḥammad ibn Aḥmad al-Bīrūnī는 요하네스 케플러가 태어나기 5백 년 전인 1031년에 이미 행성들이 타원 궤도를 따라 공전한다는 사실을 알아냈습니다. 알 자르칼리Al-Zarqali가 11세기에 아스트롤라베Astrolabe와 물시계, 그리고 톨레도 표를 완벽하게 사용할 줄 몰랐다면 세상의 어떤 천문학 책도 결코 열 페이지를 넘지 못했을 것입니다. 그리하여 마침내 알라의 충실한 종인 나시르 알 딘 알 투시Nasir al-din al-Tusi는 13세기 초 이란 북부의 말라크에 천문대에서 오랫동안 천체의 움직임을 관찰한 끝에, 프톨레마이오스의 천동설을 부정하고 지동설을 주장하는 논리와 근거를 『천문학입문』에 기록했습니다. 이는 크리스천이자 천문학의 혁명가인 니콜라우스 코페르니쿠스보다도 3백 년이나 앞선 발견입니다. 코페르니쿠스의 유명한 저서 『천구의 회전에 관하여』가 알 투시의 저서에서 지대한 영향을 받았다는 이야기는 익히 알려져 있습니다.

그러니 무슬림의 역사를 배제하고 현대 천문학의 성과를 이야기하는 게 얼마나 무의미한 일이겠습니까? 하긴 수학이나 물리학, 화학, 생리학, 의학 분야에서도 상황은 다르지 않다고 들었습니다. 이 모든 은혜가 알라에게서 비롯됐겠지요.

인샬라Insha'Allah. 부디 알라의 뜻대로 하옵소서.

하지만 저 같은 이교도는 알라의 깊은 뜻을 결코 헤아릴 방법이 없습니다. 그래서 지금 이 편지를 쓰고 있는 것입니다. 위원장님의 도움이 간절합니다.

아마 크리스천인 제가 천문학 발전과 무슬림의 역할에 대해 잘 알고 있다는 사실이 위원장님을 놀라게 만들었을 수도 있겠습니다. 하지만 이건 제 스스로 깨우친 게 아니라, 제 절친한 친구에게서 듣고 기억하는 것에 불과합니다. 그의 이름을 밝히지 않는 걸 부디 용서해주십시오. 그는 제가 이런 편지를 위원장님께 쓰는 걸 결코 용납하지 않을 것입니다. 하지만 그를 진심으로 걱정하는 저로서는 다른 방법이 없었습니다. 그는 독실한 무슬림이자 조만간 천문학의 미래를 바꿔놓을 만큼 명민한 천재입니다. 저 같은 범인들은 도저히 크기조차 가늠할 수 없는 능력을 지녔지요. 아마도 알라는 그를 통해 자신이 설계한 우주의 역사와 원리를 설명하려고 하시는지도 모르겠습니다. 그의 한계는 알라 이외에는 아무도 모르지만, 그의 지성과 열정이 조만간 우주에 대한 인간의 이해 범주를 획기적으로 확장시킬 것을 의심하는 자 또한 아무도 없습니다. 그가 성공하면 인간은 알라와 부처와 여호와와 시바의 가르침을 더욱 잘 이해하게 될 것입니다.

단, 그가 절체절명의 위기를 슬기롭게 극복해낸다면 말이죠.

그의 재능을 아끼는 많은 친구와 교수의 반대에도 불구하고 그는 두 달 전에 마스원Mars-One 프로젝트에 지원했습니다. 자신의 주검조차 지구로 돌려보낼 수 없다는 사실을 그는 잘 알고 있지만 지구를 출발하여 화성에 이르는 전 과정을 경험하고 기록하면서 자신의 이론과 신앙심을 직접 증명해 보이고 싶어 합니다. 비록 화성 표면이 너무 차가워서 발을 내딛는 순간 얼어붙는다고 하더라도, 위대한 도전을 끊임없이 시도하지 않는다면 우주가 완전히 닫히는 순간까지도 인간은 태양계조차 빠져나갈 수 없다고 그는 주장했습니다. 그 결정에는 종교적인 사명감도 포함되어 있는 게 분명합니다. 그의 할아버지의 할아버지가 오스만튀르크 시대의 왕실 천문학자였다는 소문도 들었습니다만, 유감스럽게도 사실 여부를 확인할 방법을 저는 모릅니다.

  두 달 동안 황홀경에 빠져 있던 그가 2주일 전에 이슬람 종교 기부 당국이 무슬림의 화성 여행을 금지하는 판결을 내렸다는 소식을 전해 들은 뒤부터 식음을 전폐한 채 나흘 동안 기숙사 방 밖으로 나오지 않았습니다. 화성 여행은 이슬람에서 엄격히 금하는 자살을 시도한 자와 똑같은 수준의 형벌을 받을 수 있다는 두려움 때문에 그는 더욱 움츠러들었습니다. 중간고사에 불참한 사실이 걱정되어 찾아온 친구들조차 만나주지 않았습니다. 결국 911을 불러 방문을 강제로 열어야 했지요. 그는 죽음의 문턱에 이를 때까지 기도를 하고 있었던 것 같습니다. 응급실에 입원했는데도 치료와 음식을 일절 거부해서 의료진과 친구들을 고통스럽게 만들었지요. 결국 뉴텍사스주에서 급히 모셔 온 이맘의 설득 덕분에 그는 자신의 혈관에 포도당액을 주입하는 걸 허락했답니다. 하지만 포도당액만으로 천문학에 대한 그의 열정을 되살리는 건 불가능했습니다. 그는 나흘 동안의 금식과 기도 끝에 인간이 인식할 수 있는 우주의 경계를 확장하겠다는 포부를 폐기했다고 말했습니다. 대신 알래스카로 가서 연어잡이 어부가 되겠다고 선언했습니다. 그가 알래스카를 선택한 이유는 그곳이 화성과 가장 비슷한 자연환경을 지녔기 때문이죠. 나중엔 사하라사막 한복판으로 가서 낙타몰이꾼이 되어 있을지도 모르겠습니다. 어부나 낙타몰이꾼을 폄훼할 의도는 전혀 없습니다. 다만 우리의 후손들이 모두 어부나 낙타몰이꾼의 운명에 갇히게 될까 봐 몹시 걱정될 따름입니다.

그의 고집을 꺾을 수 있는 자는 위대한 알라와 위원장님뿐입니다―아랍에미리트에 살고 있는 그의 부모님은 이미 그를 설득하는 데 실패했습니다. 그렇다고 이슬람 종교 기부 당국의 결정을 번복해달라는 무례한 요청을 드리는 것도 결코 아닙니다. 이교도인 저에겐 그런 요구를 드릴 자격이 없습니다. 오히려 그의 무모한 도전을 막아준 당국과 위원장님께 진심으로 감사드립니다. 그리고 그를 화성으로 보내지 않은 알라에게 다른 목적이 있으실 것이라고 굳게 믿습니다. 알라가 그의 기도 속에 나타나서 그의 사명과 운명에 대해 이야기해주면 더할 나위 없겠습니다만, 만약 그럴 수 없다면 위원장님께서 편지나 전화로 그를 위로하고 설득해주실 순 없을까요? 그는 이슬람 율법을 잘 알고 있기 때문에, 그보다도 더 완벽하게 율법을 알고 집행하시는 위원장님께서 알라의 자비를 그에게 알려주신다면 분명히 본연의 열정과 지성을 회복할 수 있을 것입니다. 어차피 인간은 마스원 프로젝트 이후로도 우주를 향한 도전을 계속할 것이고 시행착오를 겪다 보면 언젠가는 지구와 화성을 왕복할 수 있는 유인우주선을 발명하게 될 것입니다. 그때 그가 다시 신청서를 내더라도 그리 늦진 않을 겁니다. 물론 그때도 그에겐 이슬람 종교 기부 당국의 율법 해석Fatwa이 가장 중요하겠지만 말입니다.

그의 재능만을 아까워하는 건 아닙니다. 또한 그것을 미국의 자산으로 선점하려는 불순한 의도를 지니지도 않았습니다. 그와 같이 비범한 재능을 타고나지 못한 저로서는 그가 없는 우주를 상상하는 게 너무 고통스럽습니다. 그리고 그건 분명히 제 자식들에게도 불행이 되겠지요. 왜냐하면 천문학자로서의 그의 미래를 거세하는 건 인간의 문명을 뒤로 돌리는 일과 다를 바 없기 때문입니다. 코페르니쿠스와 갈릴레오와 케플러를 상정하지 않고서 어떻게 허블 망원경과 우주왕복선을 상상할 수 있겠습니까?

다시금 위원장님께 간곡히 요청드립니다. 천문학의 역사에 공헌해야 할 숙명을 부여받은 그가 한여름 밤의 신기루에 불과한 불안감과 자책감에 마비되어 인류의 미래를 훼손하지 않도록 율법으로 그를 인도해주십시오. 만약 그가 위원장님의 설득마저도 수긍하지 않는다면 자살을 시도한 무슬림에게 내리는 형벌로 그를 독방에 가두고 일깨워주십시오. 신체가 부자유스러워지면 비로소 영혼이 날개를 얻는 법. 누가 알겠습니까? 그가 독방에서 현대 천문학 독본을 완성해낼지.

앗살람 알라이쿰, 그리고 인샬라.

친구
Copain

20여 년째 『미슐랭 가이드』 평가원으로 일하면서 세상 거의 모든 음식의 맛과 이름을 기억하고 있는 모헤드 씨에게 더 이상 최고의 평점을 부여할 음식은 존재하지 않는 것 같았다. 식도락을 위해서라면 자신의 거실 벽에 걸려 있는 에곤 실레의 작품마저 주저 없이 팔아치우겠다고 공언한 재력가에게서 외동딸의 결혼 피로연에 어울리는 음식을 추천해달라는 부탁을 받았을 때, 그는 파리 외곽의 레스토랑에서라면 언제든 맛볼 수 있는 애플파이와 모로코의 민트 차를 포함시켰다. 식도락가라고 자처하는 사람들은 대개 희귀한 재료로 만든 새로운 음식에만 열광하기 때문에 그들의 뇌속에 들어찬 성에부터 제거해주는 것이 자신의 임무라고, 모헤드 씨는 생각했다. 자신의 사무실 앞에 두 시간째 서 있는 그 재력가의 비서에게 음식 목록을 서둘러 건네고 가까운 식당에 들러 싱싱한 양상추 샐러드를 한 접시 먹고 싶었다. 그에게 가장 훌륭한 음식이라면 허기에 직접 작용하는 것이다. 식도락을 이해하는 장기는 혀가 아니라 항문이라는 걸 깨닫는 데 20년이 걸렸다. 2년 전 대장 속에서 용종이 발견되어 3센티미터쯤 잘라낸 이후로 그는 환갑이 되는 내년까진 반드시 직업을 바꾸겠노라고 다짐했다. 일반적으로 음식 평론가의 다음 직업은 레스토랑 사장이지 요리사가 아니며, 요리사의 다음 직업은 음식 평론가가 아니라 신선한 식재료를 공급하는 농부거나 낙농업자이다. 꿈을 이루는 게 아직 늦지 않았다면 그는 재즈 콰르텟Jazz Quartette에서 소프라노 색소폰을 연주하고 싶다. 반년 전부터 그는 매주 한 번씩 유명한 색소포니스트 ─ 버드 파월이 죽기 1년 전까지 소속되어 있던 재즈 밴드의 일원이었다는 게 그의 커다란 자랑이다 ─ 에게서 색소폰을 사사하고 있다. 수업이 끝나면 그는 스승을 데리고 파리 곳곳의 식당들을 찾는다. 외곽에 위치한 작은 곳들이라 관광객들이나 음식 평론가들에게는 거의 알려지지 않았지만, 뛰어난 풍미에 비해 아주 저렴한 음식들이 그들의 저녁 시간을 풍성하게 만들어주었다. 더욱이 그곳의 주인이나 요리사가 『미슐랭 가이드』의 평가를 신뢰하지 않는다는 사실에 모헤드 씨는 아주 만족해했다.

그는 헤드폰으로 버드 파웰의 피아노 연주를 들으면서 손가락으로 허공에다 그 선율들을 하나씩 짚어보았다. 그러자 사막보다 더 건조한 비행기 내부로, 미국인들의 표현을 빌리자면 두 번째 바람Second wind이 불어와서 자신도 모르게 잠에 빠져들었다. 하지만 30분도 채 지나지 않아서 코를 쥐고 흔드는 음식 냄새 때문에 잠에서 깨고 말았는데, 스튜어디스에게 미리 채식주의자를 위한 음식을 주문해두지 않은 걸 후회했다. 닭가슴살은 너무 익혀서 팍팍했고 키위 드레싱은 향이 강해서 샐러드 고유의 맛을 망치고 있었다. 레드 와인 대신 몰트위스키 한 잔을 주문하는 게 그가 할 수 있는 최선이었다. 비닐 목욕 가운 같은 술기운에서 겨우 벗어났을 때 발밑으로 라오스의 비엔티안 공항이 드러났다.

거기서 사륜구동 승합차로 옮겨 타고 북쪽으로 비포장도로를 두 시간이나 더 달려가야 도달할 수 있는 곳에 새로운 프랑스 음식점을 차린 친구의 초대가, 처음부터 마음에 내킨 건 아니었지만 11월 파리의 우울한 공기에서 벗어날 기회를 놓치고 싶지 않아서 마지못해 승낙했다. 천연고무를 사고파는 장사꾼들 이외엔 외지인들이 거의 찾아가지 않는 곳에 프랑스 음식점을 세우는 게 얼마나 어리석은 일이며 『미슐랭 가이드』의 별점이 항상 기적을 만들 수 없다는 사실을 직접 확인하고 싶었다―고무나무의 씨앗으로 만든 건

성유로 생선을 튀겨내고 그 위에 계피 가루와 마늘 기름을 듬뿍 뿌린 베트남 전통 요리를 파리에서 먹어본 적이 있지만 『미슐랭 가이드』에서 거론할 수준은 아니었다. 오랫동안 프랑스의 식민지였기 때문에 곳곳에 프랑스 문화의 잔재들이 남아 있긴 하지만 공산 혁명 이후 라오스인들은 더 이상 프랑스에 대한 향수나 열등감 따윈 지니고 있지 않다고 들었다. 그래서 라오스에 입국하는 순간부터 가능한 한 영어를 사용하는 게 낫다고, 친구는 편지에서 충고했다. 하지만 프랑스 음식에 대한 평가를 영어로 한다는 것은 어불성설이다. 그것은 마치 칸트의 금욕적 지침들을 스페인어로 번역하는 행위와 같고 풍차 괴물 앞에서 중국어로 궤변을 늘어놓는 돈키호테를 상상하는 것과 다를 바 없다. 조리법과 향신료에 따라 분명하게 변하는 음식들의 미덕을 표현하는 데 비음이 강한 프랑스어보다 더 적합한 언어는 이 세상에 존재하지 않는다. 전통 요리라곤 기껏해야 피시 앤드 칩스Fish and chips밖에 발명해내지 못한 영국인들의 언어에는 음식의 맛은커녕 인간의 감각을 표현할 어휘조차 턱없이 부족하다. 그래서 프랑스어 이외의 언어로 발간되는 요리 서적은 모두 가짜라고 모헤드 씨는 생각한다. 그는 한때 자신의 아랍식 이름을 프랑스식으로 바꾸려고 했던 사실을 떠올렸다. 하지만 프랑스 음식 역사에 아랍 상인들이 끼친 막대한 영향을 감안한다면 아랍식 이름이 오히려 프랑스 음식에 대한 자신의 평가에 더욱 권위를 부여할 수 있을 것 같았다. 그래서 아르노라는 가명을 두어 번 사용한 뒤에 버렸다. 자신의 프랑스식 이름에 대해 알고 있는 친구 중 한 명이 바로 라오스에서 프랑스 식당을 시작한 장 쉴레이다. 그는 모헤드 씨의 정확한 직업에 대해 알고 있는 유일한 친구이기도 하다. 『미슐랭 가이드』의 공정성을 유지하기 위해서 평가원들은 가족들에게조차 신분을 숨겨야 한다는 서약에 따라 모헤드 씨가 친구들 앞에서 북 디자이너라고 자신의 직업을 위장했을 때, 대부분은 그의 정체를 의심하지 않고 받아들였다. 그러나 대학에서 심리학을 전공한 장만큼은 모헤드 씨의 언어와 행동에서 많은 모순을 감지했고, 우연히 읽게 된 『미슐랭 가이드』에서 모헤드 씨의 고유한 언어를 발견해냈다. 모헤드 씨가 『미슐랭 가이드』를 발행하고 있는 미쉐린 타이어 회사에서 5년 동안 고객 서비스 부서에 근무했다는 사실이 결정적 단서였다. 다행히 장은 10년 전 은행원으로서의 일상을 정리하고 오지 탐험가가 되어 프랑스보단 해외에 오래 머물렀기 때문에 모헤드 씨의 진짜 신분은 프랑스 안에서 거의 알려지지 않았다. 하지만 모헤드 씨는 장의 소식을 듣거나 연락을 받을 때마다 불안해했다. 장으로부터 라오스행 왕복 비행기 티켓과 함께 넉넉한 여비를 항공우편으로 받았을 때

모헤드 씨가 선택할 수 있는 대안은 거의 없었다. 그저 그들의 조우가 프랑스 밖에서 일어나게 되어 감사할 따름이었다.

사륜구동 승합차가 멈춰 선 건물에서 반군의 우두머리처럼 나타난 장은 라오스식으로 반가움을 표시했다. 그러고는 곧장 식당으로 안내했다. 덥고 습하고 냄새나는 2층 식당에서 모헤드 씨는 자신의 일생에서 최고의 평점을 매기게 될 음식과 마주하게 되리라고는 전혀 상상하지 못했다. 장시간의 여행으로 피곤했기 때문에 식사보다는 휴식이 더 절실했다. 하지만 수프를 입에 넣는 순간 그는 식도락을 위해 진화한 장기는 항문이 아니라 혀라고 정정했다. 그리고 식도락을 위해서라면 에곤 실레의 그림마저 팔아치우겠다는 어느 재력가의 마음을 잠시 이해했다. 『미슐랭 가이드』가 아시아 음식 산업을 정복하는 일에 본격적으로 나서게 된다면 재즈 콰르텟의 색소폰 연주자가 되는 일은 한두 해 정도 뒤로 미루어도 상관없을 것 같았다. 갑자기 죽음의 신이 들이닥쳐 천상의 음식까지 탐한 자신의 혀를 뽑아 가지 않는다면.

"『미슐랭 가이드』의 베테랑 평가원이 그런 표정을 지었다는 사실만으로도 이 음식의 위대함을 짐작할 수 있겠어."

장의 손짓에 맞추어 종업원들은 또 한 그릇의 접시를 들고 와서 모헤드 씨의 턱 밑에 내려놓았다. 맛은 점점 더 강렬해졌으나 그것을 표현할 수 있는 언어는 점점 건조해졌다. 프랑스어가 아니라 라오스 언어 중에 이 맛을 표현할 수 있는 유일한 단어가 있지 않을까.

"자네가 직접 요리한 건가?"

"아니, 우리 집 주방장 솜씨지. 하지만 이건 아무것도 아냐. 놀라운 사실은 라오스 사람들이라면 누구든 이 정도의 음식을 만들 수 있다는 걸세."

"자네 말이 사실이라면 이곳에선 더 이상 『미슐랭 가이드』를 발간할 필요가 없겠군."

"그게 바로 내가 이런 오지에다 프랑스 음식점을 차리게 된 이유라네. 자네에게 내 판단이 옳았다는 걸 확인받고 싶었는데. 자네의 반응은 내가 예상했던 수준 이상이야."

모헤드 씨는 자신이 먹은 음식의 재료를 알아내기 위해 연신 혀를 굴리고 추억을 더듬었다. 첨가된 향신료라곤 육두구와 정향 정도가 전부인 듯했으나, 정작 주재료에 대해선 도무지 짐작할 수가 없었다. 생선이나 육류라고 하기엔 너무 부드러웠고 곡물로 만들었다고 하기엔 너무 아삭했다. 베트남이나 태국에서조차 이와 비슷한 음식을 먹어본 적이 없었다. 하지만 모헤드 씨는 장의 손을 쉽게 들어주고 싶진 않았다.

"요리법은 간단한데, 재료만큼은 신비로운 것 같군. 하지만 명심하게. 프랑스인들은 자신들의 식재료가 합법적으로 재배된다는 사실을 매우 자랑스럽게 여긴다는 걸."

"푸아그라를 제외하고 하는 말이라면 기꺼이 동의하겠네. 나도 엄연히 프랑스인이니까."

"자네 말대로 푸아그라는 프랑스의 수치이고, 난 그것이 포함된 음식에 단 한 번도 호의적인 평가를 한 적이 없지. 하지만 그것을 생산하는 농가들이 프랑스 정부에 정당한 세금을 내는 한 불법이라고 매도해서는 안 되네. 엄연히 전통을 지닌 산업이니까. 하지만 프랑스처럼 발달된 조세제도가 여기서도 제대로 작동하는지는 잘 모르겠네."

"결국 『미슐랭 가이드』는 오만한 제국주의의 바이블로 전락하고 만 것인가?"

"피해 의식으로 충만한 사대주의도 문제일세."

10여 년 만에 해외에서 해후한 친구 사이에는 더 이상 최상의 음식이 가져다주는 화해와 공감이 존재하지 않았다. 그들은 마치 라오스의 운명을 결정짓기 위해 비밀 회동을 한 프랑스 대사와 라오스 혁명군 지도자 같았다. 인내심이 먼저 고갈된 사람부터 숟가락을 던지고 품속에서 총을 뽑아 상대의 심장을 겨눌 태세였다.

"자넨 프랑스를 떠나던 모습에서 하나도 변하지 않았군."

손님을 초대한 주인답게 장이 먼저 표정을 바꾸면서 말을 이었다.

"자네가 20여 년 동안 즐겼던 음식들 때문일 수도 있어. 그것들이 자넬 너무 예민하게 만든 게 분명해. 음식 평론가나 별점 따위가 프랑스에서 아직까지도 필요한 이유를 도저히 이해하지 못하겠네."

모헤드 씨는 장의 표정에서 화해의 뉘앙스를 알아차렸다.

"나도 요즘 그런 생각을 하고 있긴 하지. 요즘 음식들은 지나치게 눈과 혀의 감각에만 집중되어 있으니까. 게다가 가격도 터무니없이 비싼 것 같아. 그래야 그 식당으로 초대받은 자들이 실망하지 않을 테니까. 요즘처럼 정보의 홍수 시대에는 최고의 음식과 식당을 추천해줄 게 아니라, 절대로 선택하지 말아야 할 음식과 식당부터 가르쳐주는 게 나을 수도 있겠어. 하지만 나도 내년쯤 은퇴할 작정이라네."

"그렇다면 더욱 이 음식의 재료가 알고 싶겠군. 그렇지?"

"그걸 알기 전까진 나도 평가를 미룰 수밖에 없겠지."

장은 종업원들을 시켜 새로운 음식을 가져오게 했다. 찜 요리였는데 재료는 수프의 그것과 똑같았다. 모헤드 씨는 목구멍 속으로 자신이 통째로 빨려 들어가는 것 같아 아찔했다. 어색한 침묵이 흐르고 장이 입을 열었다.

"이건 일종의 제사 음식이라네. 죽은 조상들에게 감사하기 위해 라오스 사람들이 1년에 두 번씩 준비하는 것이지. 오직 핏줄이 같은 후손들에게만 돌아가는 음식이었는데, 이

방인인 내가 맛볼 수 있었던 건 정말 행운이었지. 진통제 세 알로 새로운 운명을 산 셈이야."

라오스의 오지를 여행 중이던 장은 어느 마을에 들렀다가 화농으로 손이 썩고 있는 어린아이를 발견했다. 진통제 세 알을 건네고 그는 잠자리와 음식을 얻을 수 있었다. 그리고 그곳에서 천상의 수프 한 그릇을 맛본 뒤로, 식도락에 열광하는 프랑스인답게, 그 이후의 여행 일정을 취소하고 말았다. 자신이 지닌 모든 재산과 열정을 쏟아 작은 고무 농장을 세우고 마을 사람들을 고용했으며 프랑스어 학교를 운영했다. 오랜 노력 끝에 장은 마침내 그 음식의 제조법과 재료에 대해 알아낼 수 있었다.

"이건 인간의 신체로 만드는 것이라네."

모헤드 씨는 놀라지 않을 수 없었다. 집게손가락을 삼키며 인간성을 회복하기 위해 애를 썼으나 이미 위장까지 다다른 환희를 되돌리는 것은 불가능했다. 20년 동안 세상의 모든 음식에 대해 평점을 매겨온 자신을 자극할 수 있는 음식이라면 그것은 어쩌면 인간이 아직까지 사용하지 않았거나 사용할 수 없는 재료로 만든 게 아닐까 하고, 모헤드 씨는 천상의 수프 한 모금을 넘기고 나서 반드시 의심했어야 했다.

"자네의 지나친 상상력은 사양하겠네. 음식을 얻기 위해 살인을 하는 곳은 세상에 더 이상 존재하지 않아. 그건 오랫동안 세계 오지를 뒤지고 다녔던 나의 명예를 걸고 단언할 수가 있네. 도시의 범죄자들이나 아프리카의 반군들이 부하의 충성심을 확인하고 복수심을 충전시키기 위해 피해자의 신체 일부를 강제로 먹인다고 듣긴 했지만 그건 엄연히 요리가 아니지. 라오스는 결코 그런 나라가 아니라네."

모헤드 씨는 자신의 호기심이 완전히 해소되기 전까지 쥐고 있던 포크와 나이프를 탁자 위에 내려놓을 수 없었다.

"이곳 주민들은 자신이 조상의 뼈와 살로 만들어졌다고 굳게 믿고 있지. 그래서 죽은 조상들의 기일이 되면 자신의 뼈와 살로 제사 음식을 만드는 풍속이 있어. 그렇다고 희생자를 선택하여 살육하는 것은 아니고, 발바닥이나 손바닥의 굳은살이나 각질, 손톱, 발톱, 치아, 심지어 머리카락까지, 저절로 제 몸에서 떨어져 나가는 것들을 1년 내내 모아두었다가 그것으로 음식을 만드는 거라네. 교통사고가 나서 손발이 잘려 나간 사람들이 그것들을 냉동고에 보관해두었다가 요리에 사용한다는 소문을 듣긴 했지만 사실은 아닌 것 같아. 하지만 제사 음식을 정성스럽게 준비할수록 조상의 후광을 더 많이 누릴 수 있다는 믿음만큼은 아시아 여러 사회에 전파되어 있다고 들었네."

"말도 안 돼."

모헤드 씨는 그렇게 말한 자신을 곧 부끄럽게 여기지 않을 수 없었다. 식도락이 궁극적으로 탐내고 있는 재료가 인간의 살과 뼈라는 주장은 프랑스 요리사 사이에서도 그리 놀라운 것이 아니기 때문이다.

"우리 집 주방장인 솜빳 씨와 악수를 해보면 알 수 있지. 2주일 전에 그의 아버지 기일이었거든. 그래서 마치 크리켓 글러브처럼 손바닥에 눌어붙어 있던 굳은살들을 모조리 벗겨내는 데에만 무려 이틀이나 걸렸다고 하더군. 이곳 사람들이 신발을 신지 않고 맨발로 다니는 까닭도 사실은 굳은살을 더 많이 얻기 위해서라면, 자네는 믿을 수 있겠나?"

"역겨워서 더는 못 듣고 있겠군. 이제 그만 돌아가야겠네."

모헤드 씨는 인내심을 웃도는 수준까지 높아진 온도와 습도 때문이라도 더 이상 라오스에 머물 수 없을 것 같았다. 그리고 남은 일생 동안 다시는 장과 마주치는 일이 없기를 바랐다.

"자네 뜻이 정 그러하다면 더 이상 자넬 붙들어둘 명분이 없군. 그럼 이쯤에서 헤어지는 게 좋겠어. 다음 만남은 어느 누구도 기약할 수 없겠지만 말이야."

장은 종업원에게 손짓을 했다. 그러자 종업원은 방에 가져다 놓은 모헤드 씨의 짐을 가지고 식당으로 돌아왔다. 그의 민첩한 행동으로 미루어보아 그곳의 종업원들은 모두 프랑스어에 능통한 게 분명했다.

이별의 마지막 형식으로 모헤드 씨는 포옹 대신 악수를

선택했다. 장은 모헤드 씨와 짧게 눈을 마주친 다음 손을 내밀었다. 그 순간, 모헤드 씨는 정수리에서부터 발뒤꿈치까지 순식간에 흘러가는 전율에 몸을 움직일 수가 없었다.

10여 년 동안 오지를 여행한 여행자의 손바닥치곤 너무 부드러웠기 때문이다. 장은 하얀 양말에 샌들을 신고 있었는데 뒤꿈치에서 얼핏 붉은 핏자국이 비쳐 보이기까지 하는 게 아닌가.

프랑스어로 친구란 '빵을 함께 나누어 먹은 사이'라는 뜻이다.

이름

"우리는 영웅들의 이름을 하늘과 바다에 붙였다네. 그들의 이름과 업적을 영원히 기억하고 싶었기 때문이지. 이건 잉카 시대부터 시작된 우리의 자랑스러운 전통이야. 물론 이 전통은 자네의 선조들에게도 영향을 미쳤을 테지만, 그걸 자네가 알지 못한다면 몹시 유감이군."

노인은 피스코Pisco 한 잔을 들이켠 뒤 연신 혀로 입술을 핥았다.

"하긴, 새들 때문에 이렇게 된 것이니까 자넬 탓할 수만도 없겠군."

노인의 이야기를 듣고 있던 청년은 서둘러 자리를 피하고 싶었지만, 코앞이 보이지 않을 정도로 굵고 촘촘한 비가 내리고 있어서 선뜻 카페 밖으로 발을 내디딜 엄두조차 나지 않았다. 피스코의 마법이 노인의 이야기를 멈춰줄 때까지 묵묵히 기다릴 수밖에 없었다. 그래서 청년은 노인의 몫으로 피스코 한 잔을 더 주문해주고 자신의 커피를 마시면서 책을 읽었다. 하지만 그는 5분여 동안 단 하나의 문장도 완독할 수 없었다. 노인은 말이나 형체뿐만 아니라 소리와 냄새로도 청년의 독서와 여행을 방해하고 있었기 때문이다. 청년은 오늘 저녁 이카ica로 떠나는 장거리 버스를 탈 예정이었으므로 카페에서 여행 가이드북을 미리 읽어둘 심산이었다.

"비는 모든 만물의 창조주인 비라코차Viracocha의 눈물이기도 하지. 그러니까 누군가가 그의 심기를 건드린 게 분명해. 어쩌면 이 비는 칠레나 에콰도르로 건너가서 폭풍우가 될지도 모르겠어. 왜냐하면 비라코차는 태양과 폭풍도 주관하시니까."

새로운 피스코 잔을 받아 든 노인은 감사의 말과 함께 단숨에 술을 입안에 털어 넣었다. 그러고는 또다시 혀로 입술을 연신 핥았다. 마치 그런 행동 역시 잉카의 오래된 전통이라도 되는 것처럼.

"이렇게 훌륭한 페루산 피스코를 칠레나 에콰도르 사람들은 맛볼 수 없다는 게 몹시 유감이군. 물론 공식적으로 말하자면 말일세. 사실 이 또한 새들 때문이니까, 그곳 사람들의 잘못만도 아니지."

'당신이 저를 괴롭히고 있는 것도 새들 때문인가요? 그렇다면 그 새들에게 인간에 대한 예의부터 가르쳐야겠군요.'

청년은 이렇게 대꾸하고 싶은 충동을 커피와 여행 가이드북으로 겨우 억제할 수 있었다. 페루가 새들과 연관이 있다는 사실은 로맹 가리의 『새들은 페루에 가서 죽다』라는 소설과 영화를 통해 외국에 제법 알려져 있다. 하지만 그 소설과 영화는 정작 새들이 왜 페루로 와서 죽는지 친절하게 설명해주진 않는다. 오히려 무의미한 죽음을 미화하기 위해 페루가 동원됐다는 인상을 떨쳐버릴 수 없었다.

"이 피스코는 말일세."

노인이 빈 잔을 돌리며 말했다. 그 잔 속에 마치 세상의 모든 장소와 사람들과 사건과 회한이 담겨 있다는 것처럼 그의 시선은 웅숭깊었고 목소리는 차분했다.

"잉카의 언어로 '작은 새Pisqu'라는 단어에서 유래됐지. 리마에도 피스코라는 이름의 항구가 있긴 하지. 하지만 진짜 피스코는 이카로 가야 구할 수 있어. 칠레 사람들은 엘키 밸리Elqui Valley의 피스코가 으뜸이라고 하지만 난 결코 동의하지 않네. 맹목적 애국심은 이성과 감성을 동시에 마비시키는 법이니까. 만약 엘키 밸리가 여전히 페루의 영토에 포함되어 있다면야 내 말을 철회할 수도 있겠지만, 유감스럽게도 페루는 그 지역을 칠레에게서 돌려받을 능력이 없는 것 같군. 이 비극 또한 새들 때문에 일어난 일인 셈이지."

청년은 이카라는 말에 정신이 번쩍 났다. 노인이 어떻게 자신의 다음 행선지를 알았는지 놀랍기도 하고 의심되기도 했다. 청년이 이카로 가려는 목적은 피스코를 맛보기 위해서가 아니라 사막에서 샌드 보드를 타기 위해서였다. 이미 자신의 고향 바다에서 최고의 서퍼로 이름을 날리고 있는 그는 자신의 실력을 사막에서도 확인하고 싶어 대서양을 건너왔던 것이다. 사막을 미끄러져 내려온 뒤 모래가 버석거리는 입안을 피스코 몇 잔으로 씻어내는 것도 나쁘지 않겠다고 그는 생각했다. 그런 정보를 듣게 된 것만으로도 노인에게 제공한 한 잔의 피스코는 충분한 값어치를 했다. 이제 비만 그친다면 그는 곧장 자리에서 일어나 숙소로 돌아갈 것이다. 물론 여행 가이드 북과 100솔$_{Sol}$가량의 지폐가 비에 젖는 걸 괘념치 않는다면 당장이라도 빗속으로 뛰어들 수 있었다. 하지만 결정을 너무 지체하는 바람에, 결국 노인의 이야기가 궁금해지고 말았다.

"왜 자꾸 새들 때문이라고 말씀하시는 거죠?"

청년은 곧 자신의 모호한 질문을 후회했다. 칠레 사람들만큼이나 맹목적 애국심을 지닌 노인에겐 이렇게 들렸을 수 있기 때문이다.

'새들이 어떻게 페루를 황폐하고 가난하게 만들었다는 거죠?'

더욱이 카페의 침울한 분위기는 이런 오역誤譯을 조장하고도 남을 것 같았다. 아마도 몇 달 동안 그곳을 찾아온 손님이라곤 중늙은이들 몇 명이 전부였을 것이고, 그들은 고작 피스코 한 잔 주문해놓고 하루 종일 의자에 앉아 신문을 보거나 거리를 바라보면서 졸고 있었을 것이다. 카페 벽에 걸려 있는 흑백사진들은 그 카페가 처음 문을 연 1920년대 무렵을 희미하게 증언하고 있었다.

노인은 초점이 없는 시선으로 카페 밖을 한참 동안 내다본 뒤 고개를 청년 쪽으로 돌렸다.

"왜냐하면 페루 사람들이나 칠레 놈들은 모두 그 새들이 수백 년 동안 여기저기 싸질러놓은 똥으로 값비싼 비료를 만드는 방법을 알고 있기 때문이지. 그런데 언제부턴가 새들이 배불리 먹지 못하기 시작했어. 사람들이 물고기들의 씨를 말리고 있으니 그럴 수밖에. 게다가 포도나 밀을 재배하기 위해 또 얼마나 많은 화학비료를 땅에 쏟아붓고 있는지 아나? 새똥이 돌처럼 굳기도 전에 모조리 긁어다 팔아치우는 바람에 광산은 금방 텅 비고 말았지. 인간의 탐욕은 끝이 없는데 자원은 한정되어 있으니, 이를 해결하는 방법이 전쟁 말고 또 뭐가 있을까? 처음엔 페루와 칠레가 싸웠고, 그다음엔 페루와 에콰도르가 싸웠지. 페루가 에콰도르와 싸운 건 칠레와의 싸움에서 졌기 때문이야. 어쩌면 패배의 전통도 잉카제국에서 시작됐는지도 모르겠어."

　노인은 카운터의 웨이터가 졸고 있는 사이에 빈 피스코 잔을 슬그머니 자신의 주머니 속에 집어넣었다. 청년은 웨이터를 깨우려 하지 않았다. 하찮은 물건에 대한 탐욕 때문에 노인이 자신의 이야기를 새똥처럼 조금씩 배출할 수 있는 공간을 한꺼번에 잃게 되는 걸 원하지 않았기 때문이다. 완전범죄를 확신한 노인은 혀로 입술을 핥은 뒤 청년에게 윙크까지 흘려보냈다. 어쩌면 노인이 그 카페에서 기다린 건 비가 그치는 순간이 아니라 웨이터가 잠드는 순간일지 몰랐다. 내일 이곳에 다시 나타난 노인은, 피스코 잔이 사라졌다고 호들갑 떠는 웨이터와 함께, 뜨내기 여행객이었던 스페인 청년의 부도덕함을 힐난할 것이 분명했다. 피스코 한 잔을 공짜로 마시고 그 잔까지 챙겼으니 노인은 이제 비가 그치기를 느긋이 기다릴 게 분명했다.

　"그래서 페루의 모든 새들은 '캡틴 호세 아벨라르도 키뇨네스'라고 불리는 하늘과 '미겔 그라우'로 호명된 바다 사이를 오가게 됐다네. 물론 오늘처럼 폭우가 쏟아지는 날에도 허기가 꿈틀거리는 한 그들의 고행은 멈추지 않겠지. 나도 이제 가 봐야겠네. 아내가 저녁을 준비할 시간이니까. 이카에 들르거든 꼭 피스코 한잔 마시는 걸 잊지 말게나. 그것도 하늘이나 사막이 잘 보이는 술집에서 말일세. 시인이나 여행자의 눈에는 사막도 파도만 남은 바다와 같지 않나. 어쩌면 그게 페루가 자네에게 줄 수 있는 최고의 선물이 될는지도 몰라."

비의 기세가 여전한데도 노인은 옷깃 한번 추스르지 않고 태연하게 그 속으로 걸어 들어갔다. 마치 자신의 눈엔 빗줄기가 보이지 않는 것처럼. 그리고 자신의 영혼뿐만 아니라 몸 또한 비에 젖지 않는 것처럼. 페루의 새들처럼.

청년도 서둘러야 했다. 여전히 여행 가이드북과 몇 푼의 지폐가 비에 젖는 걸 원하지 않는다면 당장 웨이터를 깨워 노인의 범죄 사실을 알려야 했다. 그 노인은 '미겔 그라우'나 '캡틴 호세 아벨라르도 키뇨네스'를 불명예스럽게 만들었고 그 사이를 힘겹게 오가는 페루의 모든 새들에게도 큰 실수를 저질렀다. 그리고 그건 엄연히 페루 사람들 사이에서 해결되어야 할 문제였으며 전쟁까지 불사할 필요는 없었다. 하지만 청년은, 이카에는 좀도둑과 위폐가 많아 소지품 관리에 각별히 주의해야 한다는 내용을 여행 가이드북에서 읽었기 때문에, 어차피 제 힘으로 지켜내지 못할 돈이라면 차라리 노인이 훔쳐간 피스코 잔을 변상하는 데 쓰는 게 낫겠다고 생각했다. 그 엉뚱한 결정 또한 새들 때문이라고 생각하니 마음이 편해졌다. 그러자 신기하게도 눈앞의 빗줄기가 점점 가늘어지는 게 아닌가. 청년은 피스코가 왜 작은 새에서 유래했는지 묻기 위해 웨이터가 깨어나길 조용히 기다렸다.

그림자

　백주의 한복판에서 참, 괴이한 광경을 보았어. 갑자기 흑단나무 널보다도 더 검고 납작한 그림자가 일어나더니─바람 한 점 없었으니까, 더 가볍고 마른 것들에게도 기적은 얼마든지 가능했겠지─빈 소주병보다 창백한 어떤 남자의 멱살을 붙들고 자신이 누워 있었던 짓무른 자리 위로 밀쳐내는 거야. 그림자는 남자의 호적상 나이보다도 더 오래 누워 있었다고 투덜거렸어. 그러니까 그림자와 남자는 견고한 스위치처럼 발목을 같이 쓰고 있어서 한쪽이 일어서면 한쪽이 쓰러지게 되어 있나 봐. 생은 좁고 무른 존재의 이유에 붙박여서 앞뒤로 불안하게 흔들리지. 그렇다고 뭐 특별한 이유가 있겠어? 너무 무거운 걸음 탓에 누운 자가 잠에서 일찍 깨어났을 수도 있어. 그런데 운이 나빴던 건 그때가 하필 백주었다는 거야. 겨울의 낮은 봉우리 위로 겨우 정오를 넘어선 시간, 눈구름도 철새들의 깃털에 묻어 흩어진 뒤였으니까. 아무리 웅크려도 사지 멀쩡한 남자가 온전히 눕기엔 너무나도 얕고 검고 차갑고 얽은 자리였지. 어찌나 음습하던지 제대로 숨을 쉴 수가 없었거든. 아직 쓰러지지 않은 남자는 노모나 아이들을 들먹이며 사정했겠지. 하지만 등창 때문에라도 그림자 인간은 더 누워 있을 수 없었을 거야. 죽살이는 누구에게나 공평해야 하지 않겠어? 그림자 인간이라고 왜 살고 싶지 않겠냔 말이야! 그의 가벼운 손을 뿌리치는 건 불가능해. 그늘 속으로 뛰어드는 건 고작 눈을 감는 것과 다르지 않아. 그늘은 걷지 못하는 늙은 그림자들이 몸을 펼쳐둔 하늘이니까. 생을 유지해야 할 가장 중요한 이유를 찾지 못한 남자는 끝내 차도로 뛰어들었고 사람들은 생활고에 비관한 자살자의 주검을 끌탕을 치며 내려다보았어. 경황없는 동전들이 바지춤에서 굴러 나와 죽은 자를 욕보이기도 했지. 늘 궁핍하게 살았어도 자신 뒤에 살아남을 자들을 사랑했을 것이므로 그의 유품 속에 생명보험 계약서 한 통 정도는 들어 있을 것 같았지. 그래서 차도로 뛰어 내려가 그가 부당하게 살해됐다고 소리치며 나는 살인자를 손가락으로 가리켰지만, 정작 살인자는 살면서 이토록 재수 없는 날은 처음이라고 투덜거렸고, 경찰은 개인의 자유로운 죽음이 공공의 이익을 방해하진 않길 바랐지. 시계 속에 갇혀 있는 자들은 보거나 들은 척도 하지 않았어. 하긴, 누가 그 중씰한 여자가 불과 5분 전엔 저 얼굴 없는 남자의 그림자였다는 걸 쉽게 믿을 수 있겠어? 그런데 어떻게 내가 그런 사실을 혼자만 알 수 있느냐고? 그야 방금 전에 태양을 짊어진 누군가가 내 배를 밟고 지나갔으니까 알아차린 거지.

재앙에서 기적적으로 살아남는 방법

 현지 시간 4월 16일 오전 8시 50분경 목적지를 50마일 정도 앞두고 바닷속으로 급히 추락하는 바람에 304명의 승객 전원이 실종된 비행기의 티켓을 구입했으나 탑승하지 못한 자는 여섯 명이었다. 두 명은 남자였고, 네 명은 여자였다. 네 명은 성인이었고, 한 명은 소년이었으며, 한 명은 어린아이였다. 한 명은 회사 업무 때문에 티켓을 구입했고, 다른 한 명은 귀가하는 중이었으며, 네 명은 휴가 목적이었다. 여섯 명 중 네 명은 한 가족이었는데, 생후 7개월 된 어린아이도 포함되어 있었다. 귀가하는 자를 제외한 다섯 명 중 단한 사람만이 이전에 그 섬을 방문한 적이 있다. 여섯 명 모두 취소 수수료를 제외한 금액을 환급 받았으나, 두 명은 목적지의 숙소를 취소할 수 없어서 손해를 봐야 했는데, 그중

한 명은 가족을 데리고 그 섬으로 여름휴가를 떠나려 했던 가장이었다.

각국에서 급파된 기자들의 격앙된 목소리 때문에 내용이 명확하지 못한 속보들이 이어지는 가운데, 아시아의 어느 신문기자가 여섯 명의 존재를 확인하고 그들의 사연을 취재하기 위해 나섰다.

여섯 명의 생존자 중 그 기자가 말하는 취재의 목적을 정확히 이해하는 자는 아무도 없었다. 네 명의 성인 중 두 명은 망자들에 대한 예의가 아니라는 이유로 취재를 완강히 거부했다. 나머지 두 명의 성인은 부부이며 기자의 방문을 차마 거절하지 못했지만 자신들의 동의 없이 기사가 실릴 경우 법적 대응을 하겠다고 엄포를 놓았다. 부부 중 아내는 생후 7개월 된 딸을 돌봐야 한다는 이유로 아예 기자 앞에 나타나지도 않았다. 남편은 질문에 짧게 대답하는 대신 기자에게 더 길고 집요하게 질문했다. 부부의 아들인 열두 살의 소년만이 적극적으로 인터뷰에 응했다. 기자는 어떤 전조가 그들의 불행을 막아줬는지 질문했다. 하지만 소년의 아버지는 그저 비행기 출발 시간을 착각해서 일어난 해프닝에 불과하다고 했다. 5년 만에 어렵게 계획한 여름휴가를 망친 경험을 군이 기억하고 싶지 않다고도 했다. 그래서 기자는 열두 살 소년의 호기심 또는 허세에 기대지 않을 수 없었다. 아버지가 잠시 자리를 비우자 소년은, 자신의 부모가 공항에서 격렬하게 말다툼을 했고, 각자 한 명의 아이만을 데리고 집으로 돌아왔다고 귀띔했다—그땐 남자가 생후 7개월 된 딸을 챙겼고, 여자는 열두 살 난 아들의 손을 끌었다. 저녁도 거른 채 냉랭한 공기를 견디다가, 텔레비전에서 뉴스를 보고 그들은 화해의 제스처도 없이 자신들의 행운에 감사의 기도를 올렸다고 했다. 그러면서 소년은 그날 일어난 세 가지 특이한 사건을 기억해냈는데, 그것들이 자신의 운명과 연결되어 있다고 확신했다.

사고 당일 소년의 꿈에 푸른색 털을 지닌 토끼들이 등장했다. 그날 아침, 그의 어머니는 오븐 속의 빵을 검게 태웠는데 그전엔 단 한 번도 일어난 적 없는 사건이었다. 급히 식사를 마친 뒤 자동차를 타고 집을 나서는데 낯선 개 한 마리가 뒤따라왔다. 자동차의 속도가 점점 빨라지는데도 그 개는 거리를 좁히기 위해 필사적으로 달리면서 짖어댔다. 마치 뭔가 할 말이 있다는 것처럼. 소년의 눈에 그 개는 알프스에서 인명을 구조하는 세인트버나드처럼 보였다. 소년이 그 개에 대해 말했을 때 그의 부모는 룸 미러나 사이드미러로 그걸 볼 수 없었기 때문에 대수롭지 않게 생각했다. 비행기를 놓치고 어머니와 함께 택시를 타고 집으로 돌아왔을 때, 소년은 현관 앞에 쭈그리고 앉아 있다가 자신을 발견하고 반갑게 달려오는 그 개를 보았다. 하지만 심기가 불편한 어머니는 소년의 손을 낚아채듯 당기며 집 안으로 들어가 문을 닫았다. 아버지의 인기척을 듣고 소년이 현관문 쪽을 보았을 때는 어둠이 이미 그 개를 삼킨 뒤였다. 소년은 그 개가 자신의 할아버지일지도 모른다고 생각했다. 생전에 할아버지는 소년을 무척 사랑했으니까.

기자는 자정쯤 호텔로 돌아가 원고를 완성하여 송고했다. 편집장은 문학적 용어들로 윤색하여 기사를 완성했으나 곧바로 신문의 인터넷판에 올리지 않고 그것을 게재할 적정 순간을 기다렸다. 안개와 파도 때문에 선박이나 구조 헬기가 사고 해역으로 접근할 수 없어서 실종자 수색 작업은 여섯 시간째 미뤄지고 있었다. 비행기가 뒤집힌 채로 추락했기 때문에 생존자는 거의 없을 것이라는 비관적 전망이 압도적이었다. 해변으로 밀려온 아홉 구의 시신을 수습하여 신원을 파악하는 데에만 하루가 걸렸다. 마침내 아홉 명의 신원이 발표됐다. 하지만 아홉 명 중 두 명이나 탑승객이 아닌 것으로 밝혀지면서 기사는 즉시 삭제됐고 대책 본부의 무능에 대한 비난이 들끓었다. 여섯 시간 뒤에 다시 명단이 게재됐을 땐 열여덟 명으로 늘어나 있었다. 각국의 기자들은 사망자 중에 자국민이 몇 명인지 파악하는 데에만 집중했다. 그리고 그들의 안타까운 사연을 조사하기 시작했다.

죽음 직전에 그들이 남긴 마지막 문자메시지의 내용, 비행기에 오르기 전에 가족들이 기억하는 그들의 언행들, 그들이 어떻게 그 비행기를 타게 됐는지, 그들이 살아서 얼마나 많은 선행을 했고 가족과 사회에 얼마나 헌신적이었는지에 대한 기사들이 경쟁하듯 보도됐다. 비극의 결과에만 집중하고 비극의 원인에는 침묵했다. 그러자 비로소 그 황색 언론의 편집장은 자신이 검토한 기사를 게재할 적정 순간이 됐다고 판단했다. 그는 승인 버튼을 클릭했다.

그 기사는 유족들과 독자들을 모두 모독하기 충분한 내용이었다. 희생자를 낸 국가의 고위 관료들까지도 이례적으로 공식 채널을 통해 신문사에 깊은 유감을 표명할 정도였다.

'재앙에서 기적적으로 살아남는 방법'이라는 제목의 기사에 따르면, 모든 재난은 반드시 그것이 벌어질 전조를 알린다. 그리고 어떤 사람들은 그 전조를 파악해서 재난을 피할 수 있는 능력을 지니는데, 그 능력은 대개 선천적으로 부여받지만 후천적으로 취득할 수도 있다고 한다. 그래서 언론을 통해 재난이 보도될 때마다 그 사건이 일어나던 당시에 자신의 주변에서 일어난 특이 사항들을 찾아내고 곰곰이 복기할 필요가 있으며, 그렇게 꾸준히 분석하다 보면 어느 순간부터 불행과 관련된 신호를 하나씩 발견하게 된다는 것이다.

어떤 남자는 자신의 꿈에 파란색 털의 토끼가 등장하면 다음 날의 출장이나 여행을 모두 취소한다. 심지어 그는 출장지로 향하는 비행기에서 파란색 털의 토끼 꿈을 꾸고 급히 자리를 옮긴 덕분에 히말라야 중턱에 처박힌 여객기에서도 살아남았다. 어떤 여자는 항구에 도착했을 때 자신이 오븐 속에 빵을 넣고 스위치를 켜두었다는 사실을 깨달았다. 이웃이나 친구에게 도움을 구하려 했지만 아무도 전화를 받지 않았다. 그래서 하는 수 없이 여행을 취소하고 집으로 돌아가야 했는데, 그녀가 포기한 유람선은 지중해의 암초에 부딪혀 침몰했고 생존자는 열 명을 넘지 못했다. 또 다른 여자는 자신에게 불행을 알리는 전령이 개나 고양이의 모습으로 찾아온다고 굳게 믿고 있다. 그래서 낯선 개나 고양이가 자신의 주변을 어슬렁거릴 때마다 그녀는 하던 일을 멈추고 건물을 빠져나와 일체의 교통수단을 활용하지 않고 두 발로만 걸어서 자신이 미리 마련해둔 대피소로 숨는다. 그녀는 두 차례의 지진에서도 전혀 다치지 않았고, 적어도 다섯 번의 교통사고를 피할 수 있었다. 교통사고로 그녀는 부모를 잃었는데, 비극을 막지 못했다는 죄책감에 오랫동안 시달리다 공중화장실에서 칼로 자신의 손목을 그었으나 떠돌이 개가 그녀를 발견하고 행인들을 불러오는 바람에 구조됐다. 그 뒤로 그녀는 두 번 다시 자살을 시도하지 않았고, 자살에서 살아남은 자들을 한 달에 한 번씩 만나 상담을 진행하고 있다. 어떤 남자는 자신의 할아버지가 꿈속에 등장할 때마다 행운이 생겼다. 백만 달러의 복권에 당첨된 일보다는 집을 비운 덕분에 무장 강도를 피할 수 있었던 걸 그는 더 큰 행운으로 여겼다. 그는 치매에 걸리거나 불면증에 시달리지 않는 한 자신의 운명대로 살게 될 것이라고 확신했는데, 그런 긍정적인 사고가 성공을 더욱 확고하게 만들어주는 것 같다고 고백했다.

신문 한 페이지를 가득 채운 그 기사는, "피할 수 없는 불행을 긍정적으로 받아들이는 마음가짐이야말로 불행을 피하는 방법"이라는 문장으로 끝났다.

직장인들의 대화

저, 말씀드릴 게 있습니다.

업무 관련된 이야기라면 내일 하세. 오늘은 너무 피곤하군.

업무 이야긴 아닙니다.

업무 이야기가 아닌데 이 늦은 시간에 굳이 내게 이야기할 게 뭐가 있을까? 내가 여러 차례 말했지만 퇴근하고 나면 난 더 이상 팀장이 아닐세. 그냥 선배나 형으로 대접받고 싶어.

그럼 선배님이나 형님이라고 생각하고 말씀드리겠습니다.

꼭 그렇게 하겠다면 말리지 않겠네만, 지금 이 분위기와 어울리는 이야기라면 더할 나위가 없겠어. 모처럼 얻은 여유를 업무 이야기로 방해받고 싶진 않다네. 누구보다 자네가 더 잘 알고 있겠지만, 회사 사정이 그리 좋지 못하니 내가 정상적으로 출근하고 퇴근할 수 있는 날이 그리 많이 남지 않았을 수도 있어. 더욱이 팀장으로서 팀원들과 법인카드로 회식하는 기회는 이번이 마지막일지 누가 알겠나? 물론 자네 같은 젊은 직원들의 헌신과 노력이 나의 회사 생활을 좀 더 연장시켜줄 수도 있겠지만 말이야.

이제 말씀드려도 될까요?

자꾸 반복해서 미안하네만, 자네의 이런 태도는 분명히 문제인 것 같아. 남의 이야기를 듣는 것보다 자신의 이야기를 말하는 걸 더 선호하지. 그건 자네 같은 젊은이들에게서 흔히 발견되는 특징이니까 굳이 자넬 비난하거나 훈계하고 싶은 생각은 없네. 하지만 선배나 형으로서 충고하자면, 동일 세대가 동일한 약점을 지니고 있다고 해서 자신의 언행을 합리화하는 습관은 결코 자네의 성공에 도움이 되지 않을 거야. 왜냐하면 알껍데기에서 빠져나간 자들은 하나같이 밖에서 누군가가 두드릴 때를 놓치지 않고 안에서 두드린 자들이니까. 성공의 기회란 마치 번개와 같아서 무리에서 유별나게 솟아오른 봉우리에만 생래적으로 떨어진다는 사실을 결코 잊어선 안 되네. 어쨌든 미안하군. 술기운이 돌아서 말이 너무 길어졌어.

어쨌든, 전 지금 꼭 말씀드려야 합니다.

그럼 하는 수 없지. 다만 1분만 기다려주게. 냉수 한잔 마셔야 정신을 좀 차릴 것 같으니.

제가 가져다드리죠. 여기 있습니다.

자네의 어두운 표정을 보니 온몸이 오싹해지기까지 하는군. 자, 이제 난 저주받을 준비가 됐으니 이야기해보게. 이젠 유령의 불평조차 들어줄 수 있을 것 같으니까.

오늘 새벽에 아버지가 돌아가셨습니다.

유감이군.

감사합니다.

정말이야. 내게 감사할 일은 아니지만.

죄송합니다.

죄송할 일은 더욱 아니고. 자네, 정말 괜찮나?

아직은 실감이 나지 않습니다. 그래서 아직은 괜찮은 것 같습니다.

다행이군. 아니, 그러니까 내 말은, 슬픔을 배격한 채 장례의 절차를 충실히 따라갈 수 있을 만큼 자네가 냉정을 유지하고 있다는 점이 다행이라는 이야기네.

신경 써주셔서 감사합니다.

그런데 그런 이야기를 이 밤에, 그것도 술자리가 한창 진행되고 있는 시점에 내게 하는 걸 보니 뭔가 부탁할 게 있나 보군. 하지만 걱정 말게나. 문상은 늦지 않게 가겠네.

감사합니다.

또 그 소리. 지겨우니 이제 그만하게.

그럼 오늘부터 사흘간 휴가를 써도 되겠습니까?

돌아가신 아버지를 위해서인가, 아니면 자넬 위해서인가?

당연히 아버지를 위해서죠. 생전에 아버지께선 많은 사람과 교류하셨기 때문에 문상객이 많을 것 같습니다. 물론 틈틈이 저를 위해 시간을 쓰기도 할 겁니다.

참견할 일은 아니지만, 나 같으면 반대로 쓰겠네. 돌아가신 아버지께는 더 이상 휴가가 필요하지 않을 테니까. 죽음보다 더 완벽한 결말은 없다고 생각해본 적 없나?

너무 황망한 사건이어서 미처 그런 생각까지 해볼 겨를이 없었습니다.

내가 자꾸 궁색한 자리로 내몰리는 것 같군. 오해하지 말게. 자네가 아버지의 죽음을 애도하는 데 방해할 수 있는 권한은 어느 누구에게도 없을 테니까. 나 역시 그래. 오히려 애도할 부모가 있었다는 게 부럽기까지 하는군.

그럼 허락하시는 겁니까?

그런데 갑자기 질문 하나가 떠올랐어. 왜 그 사실을 미리 말하지 않았나? 출근하지 않을 수도 있었을 텐데. 적어도 회식 자리까지 따라올 필요는 없었을 것 같아.

오늘까지 마무리해야 할 일이 있었기 때문입니다. 게다가 모처럼의 회식 자리를 갖게 된 동료들을 우울하게 만들고 싶지 않았습니다. 오늘까진 슬픔을 견뎌낼 자신도 있었고요.

자네의 배려는 가상했으나 자네가 기대한 대로 결론이 났는지는 모르겠네. 그럴 생각이었으면 술자리가 끝날 때까지 숨겼어야 했어.

전 그렇게 했습니다. 평소대로 회식이 일찍 끝나면 팀장님께 말씀드리려고 했는데 오늘따라 자리가 길어지는 바람에 기회를 놓쳤습니다.

지금 내 잘못이라고 말한 것인가?

제가 뭐라고 말했죠?

아버지가 돌아가신 날에도 나의 부당한 지시 때문에 회사에 출근할 수밖에 없었다고 말했네.

아, 기억납니다.

약속한 시간 안에 그 업무를 마무리한 행동은 칭찬받아 마땅하다고 자넨 생각했겠지. 하지만 그건 내가 바라는 바가 결코 아니었네. 결과가 아닌 과정을 내게 설명할 필요가진 없어. 동료들 앞에서 자네의 자존심을 다치지 않게 하려고 나야말로 지금까지 이런 기회를 기다렸던 걸세. 내 방법이 맞았군. 그렇지 않았더라면 자넨 아버지가 돌아가신 날에 사표를 제출했을 수도 있었으니까. 자네 아버지께선 돌아가시기 직전까지도 아들의 안위를 챙기신 게 분명해. 부모의 죽음에 대처하는 자식의 태도보다도 더 진실한 게 있을까? 흠결 없는 변명이기도 하고. 장례식에 자네가 더 성심을 다해야 할 당위성은 이미 충분히 확보된 것 같군.

팀장님 덕분에 슬픔이 명징해졌으니 이 또한 감사드리겠습니다.

나는 자네 아버지의 죽음과 상관없이 오래전부터 생각해왔던 것을 지금 말하고 있는 것이라네. 이건 모든 직원들을 오로지 업무의 성과에 따라 공정하게 평가해야 하는 팀장으로서의 당연한 역할이지. 다만 우리가 지독히도 운이 나빠서 하필 오늘 같은 날에 이런 이야기를 나누게 됐다는 사실이 안타까울 뿐.

그럼 내일까지 출근해서 자료를 수정하겠습니다.

제발 더 이상 나를 나쁜 상사로 만들지 말아주게. 자넨 급히 처리해야 할 개인적 일이 있지 않은가? 그게 자네의 잘못이 아니라는 사실은 모두 알고 있어. 그리고 만약 이 사건을 냉정하게 처리하지 못한다면 나는 다른 직원들에게 똑같은 사건이 일어날 때마다 그 결과를 뻔히 예상하면서도 똑같은 실수를 반복할 수밖에 없겠지.

이해해주셔서 감사합니다.

휴가를 허락하기에 앞서 마지막으로 묻고 싶은 건, 우리 같은 로봇에게 누가 부모가 될 수 있을까? 소프트웨어를 설계한 자일까, 아니면 몸을 조립한 노동자일까? 그것도 아니면 자네를 구매해준 고객이 아니겠나?

반야심경

般若心經

　　6년 동안의 수련 끝에 남자는 마침내 한 톨의 쌀 위에 『반야심경』 270자를 새겨 넣는 데 성공했다. 그것은 기네스 신기록이었다. 그는 세상에 그 소식을 빨리 알리고 싶어서 지인들을 자신의 움막으로 불렀다. 손님 접대에 소홀하지 말라고 아내에게 신신당부했다. 궁핍한 살림살이에도 아내는 먼 길을 오느라 허기진 사람들을 위해 산에선 귀한 돼지고기 수육을 밥상에 올렸다. 초대의 목적이 궁금해진 손님들은 밥상에 둘러앉아, 한때 서울의 화랑가에서 나무 조각가로서 명성을 날렸다가 갑자기 잠적해버린 남자가 최근에 완성했다는 작품이 등장하기를 조용히 기다렸다. 그때 작업실로 들어간 남자가 부엌의 아내에게 다급히 소리쳤다.

　　"도대체 방 안의 쌀을 어찌 한 거요?"

아내가 심드렁하게 말했다.

"손님들 식사를 준비하는 데 모두 썼지요."

남자는 놀라 말을 더듬기까지 했다.

"아, 아니, 작업 상, 상자 속에 넣어둔 쌀 한 톨까지 모, 모두 긁어 썼단 말이오?"

아내는 하던 일을 멈추지 않고 말했다.

"농부는 단 한 톨의 쌀도 낭비하지 않는 법이에요. 게다가 우린 가난하잖아요."

남자는 숨이 멎을 지경에 이르렀다.

"당신, 도대체 내가 이곳에서 그동안 무슨 일을 했는지 알고 있는 거요?"

아내는 물러서지 않고 맞섰다.

"당연히 모르죠. 그리고 지금도 알고 싶지 않아요. 그 일에 대한 당신의 헛된 욕심 때문에 우리가 지금 이렇게 불행해졌으니까요. 그리고 오늘로서 우리의 지난한 결혼 생활이 막을 내린다는 사실도 알아주면 좋겠어요. 당신의 손님들에게 작별 인사를 하지 못해 유감이네요."

남자가 급히 밥상으로 달려왔다. 손님들은 돼지고기 수육은 거들떠보지 않고 자신 앞의 밥만을 연거푸 입에 쑤셔 넣으며, 위대한 말씀이 일그러지지 않도록 씹지도 않고 삼켰다.

그러니 곧 누군가는 해탈을 할 것이다.

나침반

   그녀는 나무처럼 두 팔을 벌렸다.

   느리게 움직여서 마치 영사기가 발명된 직후 1초에 16프레임씩 진행되는 필름 속에 갇혀 있는 것 같았다.

   (새벽까지 이어진 결혼 피로연에 다녀오느라 아직까지 잠에서 완전히 깨어나지 못한 영사기사는 자신의 꿈이 전개되는 속도에 맞춰 구식 영사기의 릴을 손으로 돌리고 있는지도 모른다.)

   동작들은 시간의 두께별로 잘려 지층처럼 쌓여 있고 각 동작들을 차례대로 연결하여 공중에 들어 올리고 있는 투명한 거미줄이 영사기 불빛에 잠깐씩 반짝이기도 했다.

   꼬리 깃털에 백 개의 눈을 새겨 넣은 인도 공작 한 마리가 어두운 객석 안으로 숨어들어 와 눈을 깜빡이는 대신 꼬리를 접었다 펼치기를 반복하고 있는 것은 아닐까.

그녀의 두 팔은 수평보다 높고 수직보다는 낮은 곳, 아날로그시계로 환산하자면 10시 10분쯤에서 멈추었다.

실제로 그녀는 오른팔이 왼팔보다 짧아 보였는데, 오른쪽 팔목에 건 가죽 팔찌 때문일 수도 있었다.

그녀는 마치 그 시간에 태어났거나 죽을 존재처럼 전혀 움직이지 않은 채 눈까지 감았다.

그리고 존재 전체의 무게를 하이힐의 높은 굽에 싣고 팽이처럼 좌우로 흔들리며 천천히 중심을 잡았다.

그녀를 둘러싸고 있는 마천루는 모두 지평선 아래로 가라앉고, 거대한 아날로그시계 하나가 세상의 중심에서 지구를 돌리고 있었다.

천지가 개벽하는 순간 그 사이에 우주 나무 한 그루가 그렇게 서 있었다.

스칸디나비아 어디엔가 거꾸로 서서 자란다는 물푸레나무처럼 그녀의 사지는 사방으로 뻗어 있고 그녀의 얼굴은 거울보다 창백했다.

바람이 조금만 흔들어도 푸른 물이 쏟아져 지상을 양수로 가득 채울 것 같았다.

(사실은 오줌을 참고 그녀를 지켜보고 있는 내가 뜨거운 회한 속에서 익사하기 직전이었다. 가능하다면 나는 언제든 양수를 거슬러 어머니에게 돌아가고 싶었다. 어머니의 무덤 속에 들어앉아 현

재의 생이 엄구렁이처럼 내 몸에서 빠져나갈 때까지 숨을 참으려 했다. 하지만 온몸을 뻣뻣하게 일으켜 세우는 가려움 때문에 나는 요나의 배 속에서 영원히 추방됐다.)

그녀는 그렇게 서서 무엇인가를 기다리는 것 같았다.

어떤 존재나 어떤 존재의 징후가 찾아오길 기다리는 것 같다가, 반대로 어떤 존재나 어떤 존재의 징후가 사라지길 기다리는 것처럼 보였다.

그러니까 그녀는 공간에 고정된 채 흐르는 시간 사이에서 샤워를 하고 있었다.

균형을 잃고 뒤뚱거리던 지구가 정상 궤도에 들어서며 태양의 위치를 바꾸어놓기를, 그래서 바람과 조수의 방향이 바뀌기를, 욕망의 탄생과 소멸의 속도가 더욱 빨라지기를, 존재와 시공간이 작아지기를, 그리하여 천지개벽이 시작되는 9시 15분에 도착하기를.

그녀는 팔을 여전히 10시 10분에 맞춘 채 시계 반대 방향으로 몸을 돌려 앞뒤를 바꾸었다.

(그러므로 그녀는 어제의 10시 10분으로 되돌아갔다. 그런 시간 이동은 적어도 영사기사의 세계에서는 언제든지 가능하다. 그는 잠결에 반대 방향으로 필름을 감았던 게 틀림없다.)

정수리나 발바닥 밑에 숨어 있는 누군가가 그녀의 인생을 재조정하고 있는 것 같았다.

빛을 들이켠 식물들의 광합성 작용으로 시작된 바람은 태엽을 감듯 그녀의 플레어스커트를 쓰다듬은 뒤 잠잠해졌다.

그녀는 첫 비행을 준비하는 바닷새처럼 가슴을 크게 부풀렸다.

그리고 눈을 뜨자, 천지가 창조됐다.

그녀는 뭐라고 중얼거렸는데 아무도 알아듣지 못했다.

(무성 필름을 반평생 동안 펼치고 감아온 영사기사조차 배우들의 입 모양만으로 대사를 정확하게 해독하진 못한다.)

누군가 그녀에게 다가가 말을 걸거나 팔을 흔들어주지 않는다면 그런 자세로 생이 말라버릴지도 몰랐다.

그녀는 힘겹게 시선을 움직인 채 조금 더 큰 목소리로 말했다.

"제 오른쪽이 남쪽이네요."

(괴발개발 갈겨쓴 자막은 영사기사의 필체가 틀림없다. 그가 시나리오에 없던 대사를 끼워 넣는 바람에 객석의 관객들도 어두운 고래의 배 속에서 일제히 추방됐다.)

"확인해보셔도 좋아요. 제 가방 속에 나침반이 들어 있을 테니까."

(그녀의 플레어스커트가 자막을 반쯤 지워서 그나마 다행이다.)

스크린 뒤에서 갑자기 등장한 남자는 얼굴을 찌푸린 채 하늘과 왼팔의 시계를 번갈아 쳐다보았다.

전쟁처럼 긴박한 사건 속에서 아날로그시계로 방위를 가늠하는 방법을 그는 군대에서 배워서 잘 알고 있다.

하지만 그의 디지털시계는 시간을 일정한 크기의 덩어리로 나누고 그 덩어리들 사이에서 사건이 일어날 가능성을 완전히 없애버렸기 때문에, 전쟁처럼 긴박한 사건에 갇힌다면 그는 결코 제자리로 돌아오지 못할 것이 분명했다.

(하루 종일 어두운 영사실에서 지내는 영사기사는 정작 아날로그시계를 차고 있다.)

방위를 가늠할 수 있는 지표가 주위에 전혀 없는 것은 아니다.

마천루의 유리창들이 남쪽을 바라보고 있을 가능성이 높다.

가로수를 잘라내었을 때 나이테가 밀집한 쪽이 남쪽이다.

(한때 식물학자들은 반대로 주장했다. 그래서 당시 산에서 조난당한 사람은 모두 북쪽에서 발견됐다.)

기러기가 한낮에 날아가는 방향이 남쪽이고, 겨울잠에서 깨어난 뱀이 배를 밀고 전진하는 방향도 남쪽이다.

희망은 남쪽에 있고 회한은 북쪽을 향한다.

하지만 인간에 의해 창조된 순리는 우주의 질서를 교란攪亂시켰으므로 상식을 믿을 수 있는 근거는 더 이상 없다.

더욱이 인간은 모든 방향에서 살아남을 수 있는 능력을 신에게서 빼앗아온 뒤 위대해졌다.

(심지어 영사기사는 시간의 속도와 방향까지 조정한다.)

남자는 그녀의 가방에서 나침반을 꺼내어 손바닥에 올려 놓고 숨을 참는다.

아날로그시계로 형상하자면 그는 5시 45분에 멈췄다.

망망대해에 떠 있는 나무배처럼 그의 숨결에 따라 위아래로 심하게 출렁거리던 자석 바늘이 그녀의 양팔과 나란히 멈춰 선다.

그녀의 오른팔을 두르고 있는 가죽 팔찌엔 S극의 자장이 흐르고 있다.

그가 6시 15분의 자리로 옮겨간 뒤 그녀를 반시계 방향으로 한 바퀴 반쯤 돌렸는데도 그녀는 곧 나침반의 바늘과 나란하게 팔을 뻗는다.

마치 자신은 인류가 아직 발견하지 못한 보물이나 진리가 어디 묻혀 있는지 정확히 알고 있다고 말하는 것처럼.

남자는 그런 능력 따윈 사는 데 아무런 쓸모도 없다는 듯 빈정대면서 그녀에게 묻는다.

"어떻게 방위를 정확히 알아내는 거죠?"

"제겐 그런 능력이 원래부터 있어요. 그 사실을 최근에 우연히 알게 됐지만."

그녀의 팔은 이제 3시 40분을 가리키고 있다.

(영사기사의 퇴근 시간이 가까워졌기 때문이다. 하지만 그 밤에

급히 장례식장에 다녀와야 하는 그는 내일 아침 또다시 잠에 취해 영사기의 필름을 거꾸로 돌릴지도 모른다.)

"이렇게 눈을 감은 채 양팔을 뻗고 서 있으면 누군가의 손이 제 양팔을 붙들고 돌리지요. 그 악력이 너무 세서 처음엔 현기증이 날 정도였어요. 하지만 지금은 괜찮아요. 저를 조종하는 손이 하나가 아니라 수백 개라는 사실을 최근에 깨달았거든요. 그 뒤로 제 운명은 더 이상 다른 이야기를 하지 않아요."

남자는 두 개의 금속 막대로 땅속의 수맥을 찾아내는 사람들에 대해선 들은 바가 있지만 두 팔을 벌려서 방위를 감지해내는 능력에 대해선 들어본 적이 없었다.

(철로 만들어진 사물들을 접착제 없이 제 몸에 붙일 수 있다는 러시아 남자가 오래전 TV 프로그램에 등장한 적이 있긴 하다.)

그저 가난한 고학생들에게 지하 방이나 옥탑방을 찾아주는 부동산 중개인에 불과한 그녀에게 그런 능력은 왜 생겨난 것일까.

"사는 데 왜 방향까지 중요한 거죠?"

그는 나무가 아니고 철새도 아니며, 창문 하나 뚫려 있지 않은 집에 갇혀서도 새와 나비에 대한 꿈을 꾼다.

그리고 모두 알다시피 북극은 거대한 얼음덩어리이고 남극은 대륙이며, 그곳은 거주한계선 너머에 있다.

그녀는 조용히 웃었다.

(아니면 울었는지도 모른다. 갑자기 유성영화 시대가 돌아왔다. 이것도 영사기사의 명백한 실수이다.)

그러고는 시계 방향으로 조금 더 돌았다. 그러므로 그녀는 어제 10시 10분부터 오늘 3시 40분까지 조금의 인생도 소모하지 않은 채 그곳에 서 있었던 셈이다.

"소중한 것들이 사라진 방향을 알아야 나중에 그것들을 되찾을 수 있을 테니까요."

어쩌면 그녀의 양팔을 잡아끄는 손은 빅뱅 이후 우주로 흩어진 암흑 에너지로 작동될 수도 있으며, 그녀는 자신의 인생을 펼치는 일보다 인간 전체의 역사를 접는 일만으로 이승의 시간이 짧다고 생각할지도 모른다.

(객석의 관객들은 늘 영화가 너무 짧고 내용은 너무 모호하다고 불평한다.)

바람이 그녀의 플레어스커트를 다시 흔들자, 거꾸로 선 물푸레나무처럼 그녀는 두 팔을 고정한 채 옆으로 걸었다.

그녀는 그런 속도로는 생을 모조리 소진할 때까지 오른팔이나 왼팔 어느 쪽 끝에도 도달할 수 없을 것 같았다.

그런데 누군가에게서 강제로 빼앗은 것들을 숨기기엔 북극해가 더 나을까, 아니면 남극대륙이 더 적합할까?

나침반은 11세기 중국인에 의해 발명됐지만 그것을 앞세워 바다를 건너간 자들은 중국인이 아니라 아랍인이 최초이다.

그리고 5천 년마다 남극과 북극이 서로 바뀐다는 사실을 과학자들이 증명해냈다.

그러므로 그녀가 5천 년 정도 견뎌낸다면 그녀의 오른팔이 가리키는 곳은 북쪽이 될 것이고, 그곳에서 매년 겨울 기러기들이 날아올 것이다.

그는 그녀를 따라 들어간 지하 방과 옥탑방 모두에서 물푸레나무 냄새를 맡았다.

그러자 자극磁極을 찾고 있는 나침반의 바늘처럼 그의 삶이 위아래로 심하게 출렁거리기 시작했다.

(영사기사는 필름에 자석을 가까이 가져대면 인화된 영상들이 모두 증발해버린다는 사실을 미처 몰랐다. 그래서 관객들은 엔딩 크레디트는커녕 영화의 결말조차 확인할 수 없었다.)

고독사
孤獨死

방문을 열었을 때 저희는 아무런 냄새도 맡지 못했습니다. 20년 만에 찾아온 기록적인 강추위 때문일 수도 있습니다.

추위 때문에 저희의 감각과 윤리 의식이 마비되었을 수도 있습니다. 갑작스러운 추위나 더위가 들이닥치면 저희들도 덩달아 바빠지니까요. 몸과 마음이 지치면 자연히 윤리 의식도 마비되지요.

그건 축복일 수도 있어요.

그렇지 않다면 이런 일을 아무렇지 않게 매일 할 수는 없을 테니까요.

제가 하는 일은 유품을 정리하는 일입니다. 죽은 사람들이 남기고 간 물건들 말입니다.

하긴 남긴다는 표현에는 어폐가 있는 것 같군요. 정확히 말하자면 빼앗긴다는 표현이 맞겠어요. 죽음에게 망자들이 빼앗긴 물건들을 처리해주는 일을 하고 있지요.

궁금해하실지 모르겠습니다만 저는 원래 상조 회사에서 근무하고 있었습니다. 전문대학을 다니면서 장례지도사 자격증까지 땄지요.

사람들이 저의 직업에 대해 어떻게 생각하는지는 잘 알고 있습니다. 하지만 크게 신경 쓰지는 않습니다. 왜냐하면 저는 오직 죽은 사람들에게만 관심이 있기 때문입니다.

그런 면에서 저의 직업과 정반대되는 직업이 있다면, 아마도 도축업자가 아닐까 생각합니다. 그들은 산 사람들을 먹이는 데 관심이 많기 때문입니다. 산 사람들은 죽은 자들의 살과 뼈에는 전혀 관심이 없습니다.

저희들은 유품과 유산이라는 단어를 분명하게 구분하여 사용합니다.

충분히 차이를 짐작하시겠지만, 유품이란 유산을 제외한 부스러기를 의미합니다. 그러니까 산 사람들에게 재산이 될 수 없는 것들이 저희에겐 유품이지요.

저희는 유품을 처리합니다.

죽은 자의 몸과 뼈도 유품에 해당합니다.

물론 장례지도사는 결코 유족들 앞에서 시신을 처리한다고 말하지는 않습니다. 하지만 저희는 시신을 처리한다고 말합니다.

저희가 처리해야 하는 시신에는 유족이 없거나, 유족이 있어도 시신을 인수할 의사가 없기 때문입니다.

그래도 저희는 망자가 이승을 떠나는 길이 외롭지 않도록 최선을 다하고 있습니다.

장례업에 종사하다가 이런 사업으로 전환한 까닭도, 웃으실지 모르겠지만, 외로움 때문입니다.

우연히 일본에서 고독사가 늘어나고 있다는 뉴스를 접하고 조만간 이 나라에서도 그런 상황이 곧 유행처럼 번져나갈 것이라고 예상했죠. 예상보다 너무 빨리 진행되고 있어 놀랐습니다만.

고독사가 무슨 뜻인지 아십니까?

하긴 죽음 앞에서 고독하지 않은 인간이 어디 있겠습니까? 그리고 수십 명의 유족이 지켜보는 앞에서 죽는다고 한들 무슨 위안이 되겠습니까?

저희는 세 가지 조건을 확인한 다음에 고독사 여부를 판단합니다.

첫째, 죽음 전에 오랫동안 가족이나 이웃들과의 왕래가 없어야 합니다. 둘째, 죽은 다음에도 오랫동안 시신이 발견되지 않아야 합니다. 셋째, 시신이 발견된 다음에도 그것을 전달할 유족이 없거나 유족이 그것의 인수를 거부해야 합니다.

어떤 유족들은 그저 기일을 알고 싶어 할 뿐 시신을 처리하는 방법에는 관심을 보이지 않습니다. 그러면 저희들은 망자를 무연고자로 처리할 수밖에 없습니다. 그게 망자의 존엄을 지키는 유일한 방법이기 때문입니다.

그래도 모든 죽음이 자살이라고 쉽게 말하는 자들을 용서할 순 없습니다. 비닐 장판 위에서 시체가 썩어가는 냄새를 맡아본 사람이라면 결코 그렇게 말할 수 없습니다.

하지만 최근 들이닥친 한파 때문에 그 시체는 썩지 않았습니다. 그래서 이웃들도 그 방 안의 사정을 알아차리지 못했던 것이지요.

이웃들도 옆방에서 들리는 텔레비전 소리 때문에 끔찍한 상상을 할 수 없었을 것입니다. 경찰을 뒤따라 저희가 방 안으로 들어갔을 때에도 텔레비전은 켜져 있었지요. 텔레비전이 망자의 죽음을 목격한 유일한 유족이었던 것이죠.

사람이 죽은 뒤에도 청각 기능은 작동한다고, 어디선가 들은 것 같기도 합니다.

그렇다고 망자의 죽음과 텔레비전 프로그램 사이의 연관성을 억지로 꿰맞추어서 죽음의 비극성을 강조하고 싶지는 않습니다. 망자가 죽기 직전까지 들여다보고 있었을 프로그램이 무엇이었는지는 확인할 수 없습니다.

가족 드라마나 여행 관련 다큐멘터리나 음식점 탐방 프로

그램이 아니길 바랄 따름입니다.

왜냐하면 망자는 지난여름에 두 살 터울인 누이와 마지막 통화를 했고, 여행사 로고가 찍힌 목 베개를 두르고 있었으며, 전기밥솥에는 먹다 남은 밥이 돌처럼 딱딱하게 굳어 있었기 때문입니다.

머리맡에 구인 정보지가 놓여 있었던 것으로 보아 마지막까지 갱생의 의지를 버리지 않았던 것만큼은 분명합니다.

물론 빈 술병들과 미납된 전기요금 청구서가 발견되기도 했습니다.

지갑에는 3만 원이 들어 있었습니다.

당연히 유서는 없었습니다. 그것이 제가 미처 말씀드리지 못한, 고독사의 넷째 조건입니다.

유서를 쓸 수 없을 만큼 고독했던 것입니다. 그걸 작성한다고 한들 읽어줄 사람이 생각나지 않았던 것입니다.

유품이라곤 텔레비전과 밥솥과 옷 몇 벌, 식기 몇 개가 전부였습니다.

가난하지 않았더라면 저희보다 먼저 도둑이 이곳으로 들어와 망자를 발견해내지 않았을까요?

망자는 살아서도 기초 생활 수급 대상자로 보호받지 못했습니다. 그를 적절히 보호해주어야 할 가족이 엄연히 살아 있었으니까요. 그것도 아주 가까이에.

적절한 치료를 받지 못한 채 심장병과 간 질환을 방치했다가 갑작스러운 추위에 사달이 난 것으로 경찰은 추정했습니다.

고독사의 다섯째 조건은 만성 질환입니다. 그러니까 고독이 인간을 한꺼번에 죽일 수는 없습니다. 주변 사람들에게 구조 신호를 보내어 도움을 요청합니다. 하지만 그런 신호는 너무 쉽게 간과됩니다. 왜냐하면 주변 사람들에게 그는, 또는 그녀는 이미 죽은 자와 다를 바 없기 때문입니다. 결국 바람은 촛불을 꺼뜨리고 마는 것이죠.

저희 같은 전문가들 역시 그 신호를 쉽게 감지해낼 수 없습니다. 정상적인 인간조차 고독감과 자존감을 혼동하기 때문입니다.

방 안의 누군가가 문을 잠가놓아서 안으로 들어갈 수 없을 때 느끼는 무기력감이 고독감이라고 한다면, 방 안으로 무례하게 들어오려는 자의 의지에 저항하여 문고리를 쥐고 힘껏 버티는 결연함이 곧 자존감이라고 정의할 수도 있을 겁니다.

물론 고독사가 없다면, 저희도 없겠지요.

처리 비용은 시신이 발견된 장소의 넓이와 유품의 규모에 따라 달라집니다. 만약 특수 청소를 해야 한다면 비용은 세 배 정도까지 더 올라갈 수 있습니다.

악취를 없애는 게 이 작업의 시작이자 끝이라고도 할 수 있습니다.

죽은 자들의 흔적을 말끔히 없앤 다음 새로운 세입자를 받아들이고 싶은 집주인들이 저희의 주된 고객이지요.

처리 비용은 망자가 살았던 방의 보증금에서 나옵니다. 남은 돈은 망자의 장례식에 사용되지요.

하지만 보증금을 넉넉히 남기고 떠난 망자는 거의 없기 때문에, 집주인과 지자체가 비용을 나누어 부담하는 게 현실입니다.

다행히도 이번만큼은 집주인이나 유족들이 큰 손해를 입지 않을 것 같습니다. 20년 만에 찾아온 기록적인 강추위 덕분에 시신이 썩지 않고 얼었기 때문에 굳이 특수 청소를 할 필요는 없을 것 같아요. 약정으로 규정된 비용을 제외하고 남은 보증금은 집주인이 망자의 유족들에게 보낼 것입니다.

지갑 속의 3만 원은 유품들을 버리는 데에 모조리 사용했습니다. 버리는 데도 돈을 지불해야 하는 시대입니다.

그리고 중고품 가게에 텔레비전을 넘기고 받은 2만 원으로 즉석 복권을 스무 장 샀습니다만 단 한 장도 당첨되지 않았습니다.

최근 제 통장에 입금된 2천만 원은 먼 친척이 제게 남기신 유산입니다.

사실 저는 그분을 전혀 기억할 수 없습니다만, 그분이 제 부모님을 기억하셨던 모양입니다. 그분 역시 해외에서 혼자 돌아가셨지요. 유족이라며 저를 찾아온 자는 제 부모에 대해 정확히 알고 있었기 때문에, 그분이 남긴 호의를 거부할 이유는 전혀 없었습니다. 그건 어쩌면 제 부모님이 남긴 마지막 유산일 수도 있었으니까요. 제가 은행에 직접 가서 입금했으니 은행의 CCTV 영상을 확인해보시면 제 진심을 확인하실 수 있을 겁니다.

그분의 죽음에 심심한 애도를 표하면서 동시에 행운에 진심으로 감사하고 있습니다.

하지만 이 행운은 온전히 저의 노력과 성실함이 가져다준 열매일 따름입니다.

저는 결코 망자의 장판 아래에 숨겨져 있었다던 돈다발은 전혀 보지 못했습니다. 그런 걸 발견했더라면, 제 양심과 가족의 명예를 걸고 맹세하건대, 분명히 경찰에게 먼저 알렸을 것입니다.

경찰이 개입하지 않는다면 유족은 뻔뻔스럽게도, 그 돈을 망자를 위해 결코 사용하지 않을 것이 분명했기 때문입니다.

저처럼 고독사에 익숙한 사람이라면 가난이 얼마나 잔혹하게 인간성과 인류을 파괴할 수 있는지 알 수 있습니다.

어쩌면 저도 고독하기 때문에 이런 일을 시작했는지도 모릅니다. 그리고 고독하게 죽지 않기 위해 하루하루 발버둥 치고 있습니다. 하지만 이미 몹쓸 질병이 몸속으로 침입해 온 것 같아 불안합니다. 언제까지 이런 일을 할 수 있을지도 모르겠습니다.

하지만 아무리 생각해봐도 저란 작자가, 고독하게 죽은 자들의 유품이나 훔칠 만큼 한심한 자는 아닌 것 같습니다. 이렇게 고독하고 번거로운 일로 큰돈을 벌 수 있을 것이라고 생각할 만큼 어리석진 않으니까요.

고독한 자가 그렇게 많은 돈을 깔고 누운 채 얼어 죽을 수 있다고 생각하십니까? 망자가 돈독 때문에 등창에라도 걸려서 죽었다고 말씀하시는 겁니까?

그리고 망자가 유족에게 그 돈의 존재를 알렸다는 편지의 진위 또한 저는 믿을 수가 없습니다. 그런 편지를 보낼 만큼 유족과 가깝게 지냈다면 굳이 저희가 나서서 망자의 시신을 처리해야 할 이유가 애당초 없었겠지요.

제 생각에, 망자는 마지막 순간까지 살아남고 싶어서 거짓말을 했던 것입니다. 유족도 그 사실을 잘 알고 있었기 때문에, 그 편지를 받고서도 현장에 곧장 나타나지 않았던 거구요. 자신들을 대신해서 저희가 나타났다는 사실을 나중에 전해 듣고서야, 기막힌 돈벌이를 생각해낸 게 분명합니다.

물에 빠진 사람 건져줬더니 보따리 내놓으라 한다는 속담이 지금의 상황을 가장 잘 설명할 수 있을 것 같군요.

형사님은 아직도 고독사가 뭔지 이해하지 못하시겠습니까?

그건 태어나지 않는 것과 같은 사건입니다. 아니면 사지나 몸통만 태어난 자가 아무런 항변도 하지 못한 채 살해당하는 사건입니다.

거듭 말씀드리지만, 전 결코 망자에게서 돈을 훔치지 않았습니다. 물론 고독해서 미치지도 않았고요. 진실을 증명할 수 없다면 더 이상 구구절절 해명하지 않겠습니다. 제 죄명은 알아서 결정해주십시오.

방 안으로 무례하게 들어오려는 자의 의지에 저항하여 문고리를 쥐고 결연하게 버티는 방법을 선택하겠습니다.

그러니 이제 여기서 이 빌어먹을 심문을 마쳐주십시오. 그리고 제게 고독할 수 있는 시간을 주십시오.

첨단공포

尖端恐怖

그녀는 죽은 자처럼 사흘을 물 한 모금 넘기지 않고 골방에 박혀 어둠 속에서 잠만 잤다. 그리고 초저녁쯤 깨어나 마치 사흘 만에 갓난아이에서 어른이 된 것처럼, 또는 인간을 파멸시키기로 결정한 것처럼, 주위의 음식을 이틀 동안 쉬지 않고 먹어댔다. 그녀는 먹는 동안 잠을 자지 않았을 뿐만 아니라 누구와도 말을 섞지 않았다. 꾸준히 화장실을 드나들며 마치 변태를 시작한 뱀처럼 내장을 반복해서 비웠을 뿐이다. 그리고 마침내 탈진 상태가 되어 밤을 맞이했다. 그녀는 아주 평온한 표정으로 잠 속으로 들어가 화석이 됐다.

그리고 다음 날 아침 6시도 되기 전에 출근을 준비하는 남편에게 북엇국과 오곡밥과 나물 반찬의 밥상을 차려주었다. 남편은 아무 말도 하지 않고 국그릇과 밥그릇을 비웠다.

그의 숟가락이 사기그릇에 부딪힐 때마다 해인海印의 물고기들이 깨어났을 것이다. 그녀는 엘리베이터까지 남편을 배웅한 뒤 부엌으로 돌아와 다시 국을 데우고 두부를 부쳤다.

8시쯤 첫째 아이를 학교에 보낸 다음 설거지와 방 청소를 마치고 옷장을 정리하는 세 시간 동안 그녀는 밥 한술 물 한 잔 삼키지 않았다. 조금 이상한 건, 곧 5월인데도 그녀가 옷걸이에 남편과 아이의 겨울옷을 걸어놓았다는 점이다. 그리고 자신의 겨울옷은 슈트케이스에 개어 넣었다. 몇 차례의 시행착오 끝에 그녀는 자신의 등딱지보다도 좁은 그 공간 속에다 두 계절의 옷들을 가지런히 채워 넣을 수 있었다. 죽음 뒤에 자신의 육신이 담길 목관에도 바퀴를 단다면 어떨까. 누워서 매일 바퀴를 굴리면서 무료함을 견뎌낼 수 있기를.

그녀는 자신의 화장대와 첫째 아이의 책상 위에 노란 메모를 남긴 채 집을 나섰다가 다시 돌아와 그것들을 회수하고 말았다. 그렇게 되면 더 오래 살고 싶어질 것 같아서. 아니, 둘째 아이를 살릴 수 없을 것 같아서. 연줄을 잠시라도 느슨하게 붙드는 순간, 연줄 끝에 매달려 온순하게 흔들거리던 운명이라는 연鳶은 —영어로 연은 'Kite'인데 솔개를 의미하기도 한다— 갑자기 야생성을 회복하여 거대한 바람을 타려고 발버둥 치다가 그녀의 손가락 몇 개를 잘라낸 뒤 기어이 날아가버릴 것 같아 불안했기 때문에, 그녀는 늘 자신을 절벽 위에 세우고 온 신경을 손끝과 눈매에 집중하며, 가느다란 무명실 한 줄에 매달려 있는 자신의 운명을 간신히 붙들고 있는 것이다. 그래서 그녀는 성인成人이 된 이후로 모태 신앙을 버리고 철저한 무신론자가 됐다. 하긴 어떤 자들은 죽음이 도착하면 산 자들의 망각과 연민 덕분에 성인聖人으로 추앙되기도 하던데.

불행은 그녀가 인내한 시간과는 정반대 방향에서 거슬러 찾아왔다. 가장 먼저 넷째 아이가 아팠고 그다음은 셋째 아이, 그리고 이번엔 둘째 아이다. 그녀와 남편, 그리고 친정과 시댁 어느 쪽에도 가족력이 없기 때문에 그녀의 자식들에게 내려진 일련의 사형선고는 사회나 역사의 오류라고밖에 달리 설명할 수 없다.

넷째 아이가 소아암으로 사경을 헤매고 있을 때만 하더라도 그녀는 고작 울거나 기도하면서 공포에 맞서다가 죽음의 사신이 열 살도 미처 살지 못한 아이를 통째로 질겅질겅 씹는 소리를 들었다. 무명지라도 잘라 먹이지 못한 게 너무 한스러웠다. 셋째 아이가 하굣길에 급성 신장염으로 쓰러졌을 때부터 그녀는 울지 않았다. 아마도 그때부터 그녀는 자신을 절벽에 세우는 방법으로 불행에 대처하기 시작한 것 같다. 그녀는 세상의 모든 의사들을 만나고 그들에게 기적을 요구한 끝에 자신의 신장 한쪽으로 아이를 살릴 수 있다는 처방전을 받아내었다. 그때는 슈트케이스에 두 계절의 옷들까지 준비하지는 않았다. 수술이 성공적으로 끝나고 셋째 아이는 한 달 만에 다시 학교로 돌아갔으나 정작 그녀는 수술 부작용으로 반년 넘게 병원 신세를 져야 했다. 그때 그녀는 계절의 구분 없이 옷들이 섞여 있는 옷장과, 일회용 플라스틱 식기들만 쌓여 있던 싱크대와, 책과 장난감 들로 어지럽혀져 있던 아이들의 책상을 떠올리며, 자신의 빈자리를 집 안에 너무 크고 선명하게 새겨놓고 나왔다는 사실을 뼈저리게 후회했다.

셋째 아이가 하굣길에 뺑소니 차에 치였다는 소식을 듣고 병원 응급실에 도착했을 때 아이는 이미 뇌사 상태에 빠져 있었다. 뇌사란 자신의 꿈에 질식된 상태이다. 부모가 할 수 있는 최선의 결정이라면 자신의 아이에게서 가능한 한 많은 장기를 적출하여, 자신의 아이보다 더 희망적인 아이들에게 나누어 주는 것뿐이었다. 응급실 근처의 사무실에서 일하는 여자가 자신을 장기이식 코디네이터라고 소개하며 찾아왔을 때, 그녀는 그 여자의 머리채를 휘어잡아 쓰러뜨리고 말았다. 내 아이의 장기로 뭘 코디하겠다는 말이냐.

남편의 오랜 설득 끝에 그녀는 셋째 아이의 장기를 나눠 주겠다고 결심했지만, 신장만큼은 자신이 되돌려 받겠다고 고집을 피웠다. 친정 부모까지 나서서 설득했지만 그녀는 물러나지 않았다.

"제겐 아직도 살려야 할 아이들이 둘이나 있단 말이에요."

끝내 그녀는 두 개의 신장을 갖게 됐다. 그리고 의사와 남편 몰래, 셋째 아이의 장기를 기증받은 자들에게서 성의가 담긴 현금을 받아 챙겼다. 그녀에겐 여전히 살려야 할 두 명의 아이가 있었기 때문이다.

이 행동이 또다시 불행을 자초했던 것일까. 아흐레 전 둘째 아이가 급성 백혈병으로 쓰러졌다. 제 어미가 아이 둘을 잡아먹는 동안 나머지 아이들은 허기 속에서 숨을 죽이고 있느라 영양 상태가 부실해지고 말았던 것이다. 그녀는 아이를 병원으로 옮긴 뒤 사흘 동안 식음을 전폐한 채 밤새 병구완을 하다가 혼절하고 말았다. 그리고 사흘 동안 잠에서 깨어나지 않았다.

슈트케이스를 끌고 병원에 도착한 그녀는 능숙하게 입원 수속을 마쳤다. 골수 조직 검사 결과가 나오는 대로 그녀는 수술대에 오를 작정이었다. 모자 사이의 골수 조직이 전혀 다를 거라고는 추호도 상상하지 못했다. 설령 다르다고 하더라도, 자고 나면 어제의 기술과 이론이 구태의연해지는 의학계에서, 서로 다른 골수를 섞어서 백혈구를 만들어내는 방법이 거의 개발됐을 것이라고 확신했다. 그다지 어렵지 않은 수술이지만 그래도 두 계절의 옷들을 준비한 까닭은

자신의 결연함을 드러내 보이기 위해서였다. 두 계절을 버
텨서라도 기어이 자신의 아이와 함께 이 병원을 걸어서 나
가겠다.

골수 기증을 위한 조직적합성 검사와는 별도로 진행된 친
자 검사의 결과를 받아 들고 그녀는 오랫동안 흥분을 가라
앉힐 수가 없었다. 자신과 둘째 아이의 유전자 중에서 3개
이상의 유전자좌gene locus가 일치하지 않았기 때문이다. 그것
은 적어도 육체적으로 그녀와 둘째 아이가 모자 관계로 연결
되어 있지 않다는 사실을 의미했다. 만약 한두 개의 유전자
좌가 틀렸다면 둘째 아이의 불행은 어미인 자신의 몸속에서
태어나서 전이됐다고 생각할 수도 있었다. 하지만 셋 이상이
라면, 그녀에게 일어났던 세 번째의 불행만큼은 오로지 남편
의 가족력과 관계있다고 결론지을 수밖에 없다. 그럼에도 그
녀는 둘째 아이를 살리기 위해 자신을 좀 더 높은 절벽에다
세우겠다고 다짐했다. 그래서 높은 실패 확률과 의료진의 만
류에도 불구하고, 그녀는 자신의 골수를 채취하여 둘째 아
이에게 투여하기로 결정했다. 그녀에겐 어쩌면 네 계절이
한꺼번에 담길 수 있을 만큼 더 크고 묵직한 슈트케이스가
필요하게 될는지도 모른다.

정신과 의사들은 이쑤시개나 연필처럼 끝이 뾰족한 것을
무서워하는 증상을 가리켜 첨단공포라고 부른다.

가려움

"저 행동이야말로 그가 지금 거짓말을 하고 있다는 명백한 증거죠."

P 박사는 자신이 들고 있던 펜으로 모니터 속의 한 남자를 가리켰다. 그러자 그 방 안에 있던 모든 사람들이 펜 끝에 머리가 꿰인 남자를 더욱 자세히 관찰하기 위해 모니터 쪽으로 상체를 구부렸다. 박사는 자신의 예리한 관찰 결과에 스스로 만족했다.

"자기분열증을 앓고 있는 자들은, 자신의 의지에 반하는 행동을 하거나 본성에 반하는 의지를 꾸미려고 애쓰는 순간, 이걸 전문용어로 자아 분리의 순간이라고 정의하는데, 극심한 가려움증을 느끼지요. 지킬 박사와 하이드의 경우처럼 말이죠."

P 박사의 펜은 꼬챙이처럼 이제 방 안 사람들의 머리들을 한 줄로 꿰려는 듯 허공에서 큰 원을 그렸다.

 "그런가요? 저도 『지킬 박사와 하이드』라는 소설을 여러 번 읽어보았지만 그런 증상을 보였다는 내용을 기억하진 못하겠는데요?"

 그렇게 이야기한 여자를 P 박사는 쏘아보았다. 그러자 여자는 자신의 이야기가 일으키는 화학반응을 급히 중단시키려고 다시 나섰다.

 "박사님도 잘 아시겠지만, 그 소설은 저희들처럼 범죄심리를 연구하는 사람들에겐 바이블과 다름없어서 그 소설을 분석한 논문들이 매년 수십 편씩 쏟아져 나오고 있잖아요. 그걸 모두 찾아 읽고 새로운 유형의 범죄자들을 찾아내는 게 저희들의 임무죠. 물론, 제 기억을 완전히 믿지 않으시는 게 이 사건을 해결하는 데 도움이 되겠지만요."

 P 박사는 그 여자의 얼굴을 자세히 보기 위해 허리를 굽혔다. 그러자 방 안의 모든 사람들은 P 박사의 표정에 드러난 언짢은 심정을 더욱 확실하게 알아차릴 수 있었다. 사람들은 P 박사마저 여기서 물러난다면 이번 사건은 적어도 반세기 동안 미제 사건으로 봉인되고 말 것이라 확신했다. 그러면 2년 넘게 이 살인 사건 하나에 매달려 사생활까지 포기한 수사관들을 크게 낙담시킬 게 불 보듯 뻔했다. 그리고 그것은

현재의 주지사와 경찰청장이 내년 봄 선거에서 승리하는 데에도 악영향을 미칠 것이고, 이를 이미 예상하고 있는 현재의 주지사와 경찰청장은 수사관들의 무능력을 그냥 보아 넘기지만은 않을 것이다. 경찰청장은 적어도 아메리카 대륙에서 범죄심리학의 최고 권위자라고 추앙받고 있는 P 박사를 친히 초청하여, 마치 주지사에게 하듯 그동안의 수사 결과와 아직 해결하지 못한 난제를 자세히 설명하고 도움을 요청한 참이었다. 그런데 풋내기 수사관 하나가 그의 권위를 조롱하는 듯한 발언을 연발하자 급히 상황을 수습할 목적으로 P 박사에게 사과하고 그 여자를 그 방에서 내쫓았다. 이것은 경찰대학을 차석으로 졸업하고 이곳 부서에 배치되어 7개월 동안 일하면서 그 여자가 겪은 최악의 굴욕적 사건이었기 때문에 방 밖에서도 소란은 쉽게 잠잠해지지 않았다. 20여 분이 지난 뒤에야 겨우 심리적 안정을 되찾은 P 박사는 펜으로 모니터 속의 남자를 다시 가리켰다.

"아시겠지만 무슬림들은 하루에 다섯 번씩 메카를 향해 기도를 올려야 하지요. 이 영상이 찍힌 시간이라면 저 남자도 당연히 어딘가 조용한 곳에 숨어 들어가서 기도를 올려야 했습니다. 하지만 불안한 표정으로 대로변을 활보하고 있는 것을 보니 필경 기도보다도 더 중요한 용무가 있는 것이겠지요. 무슬림에게 기도보다 더 중요한 용무가 뭐가 있다고 생각하시나요? 그것도 이 신성한 미국에서?"

P 박사는 펜을 아예 권총처럼 쥐고 방 안의 사람들을 하나씩 겨냥했다. 그리고 그들 중 한 명에게서 자신이 원하는 대답을 듣기 전까지는 추궁을 멈추지 않을 듯한 표정을 지어 보였다.

"물론, 모든 미국인들은 9·11의 악몽을 똑똑하게 기억하고 있습니다. 몇 명의 무고한 시민이 어떤 이유로 누군가에 의해 어떻게 죽었으며 지금까지 고작 몇 명을 정의의 법정에 세웠는지를."

3년 전 재선에 성공한 사람답게 경찰청장은 아주 정치적인 발언으로 P 박사를 감동시켰다.

"그렇습니다. 그가 오래전부터 아주 위험한 범죄를 계획하고 있었던 게 분명합니다. 그런데도 여기에 모인 우린—물론, 박사님을 제외할 수 있어서 무한히 영광입니다—모두 그의 계획을 알아차리지 못했고 나름의 예방 노력에도 불구하고 결국 속수무책인 상태로 또다시 비극을 경험하고 말았습니다."

방 안의 사람들이 일제히 술렁거리기 시작했다. 그들은 P 박사에게 사건 해결을 위한 도움을 요청하고 있는 것이었지 설교나 비난을 들으려는 건 결코 아니었다. 이쯤 되니 사람들은 경찰청장과 P 박사에 대한 반감을 굳이 감추려 하지 않았다.

이 미묘한 분위기의 변화를 경찰청장은 미처 감지하지 못했지만, P 박사는 최고의 권위자답게 단숨에 알아차렸다. 서둘러 결론을 내리지 않는다면 이번엔 자신이 이 방에서 추방될 것 같았다. 그래서 그는 자신의 펜을 주머니에 꽂아 넣고 앞으로 팔짱을 낀 다음 녹화 테이프를 뒤로 돌려 모니터 속의 남자를 다시금 주의 깊게 관찰했다. 그리고 이번엔 더욱 신중한 표정으로 입을 열었다.

"이미 시간이 많이 흘렀고 더 많은 시간이 흐르면 우리의 사고력은 더욱 미약해질 것이므로, 이쯤에서 저의 생각을 정리할까 합니다."

그제야 P 박사는, 자신이 무엇인가를 설명하려고 할 때마다 주머니 속의 펜을 만지작거린다는 사실을 깨달았다. 그리고 주머니 속에 펜이 들어 있지 않으면 불안해진다는 사실을 공개적으로 인정하면서 웃었다. 그러자 그 방에 있던 사람들 중 몇 명은 영문도 모른 채 P 박사의 웃음에 웃음으로 화답했다. 방 밖의 여자는 그 웃음소리가 자신과 관련 있는 것 같아 흥분하기 시작했다.

"폭발 사고는 정확히 오후 12시 23분에 일어났습니다. 그리고 이 화면 속의 무슬림 남자는 사고가 발생하기 12분 전에 브루클린 지하철역에 내렸고 사고가 발생한 지 3분 뒤에 브루클린 지하철역에 다시 나타나 지하철을 탔습니다. 지하철에서 내릴 때까지만 해도 등에 메고 있었던 배낭은 이미 사라지고 없습니다. 게다가 무슬림에게는 지혜의 상징과도 같은 모자, 즉 페즈도 벗어 던졌습니다. 9·11 테러 이후 저희에게 더욱 잘 알려진 것처럼 정오가 되면 무슬림들은 조용한 방이나 강당에서 메카를 향해 하루의 두 번째 기도를 올려야 합니다. 그런데 이 남자는 그 시간에 폭탄 사고가 난 장소 주변을 이교도처럼 서성거리고 있었습니다. 그리고 끊임없이 몸 전체를 긁었습니다. 하지만 외관만 보아서는 부스럼을 앓고 있거나 스테로이드 부작용 증상으로 고통받는 것 같지는 않습니다. 게다가 결정적으로 사고 당일 브루클린은 바람이 많이 불었고 습도도 높아서 건선을 앓고 있는 환자들도 가려움을 참을 수 있었을 것이라는 전문의의 소견을 확인했습니다. 그런데 저 용의자를 보십시오. 그는 마치 자신을 닮아 없애려는 듯이 격렬하게 제 몸 곳곳을 끊임없이 긁고 있습니다. 이 행동이야말로 필경 이 사내가 공포심과 죄책감을 동시에 느끼고 있다는 반증이 아니고 무엇이겠습니까? 무슬림들이 사용하길 꺼리는 왼손을 주로 사용하고 있는 것도 확신의 증거로 사용하기 충분합니다.『코란』은 공공장소에서 자신의 몸을 긁는 걸 불경한 행동으로 간주하여 금지시키고 있습니다. 아무리 가려워도 타인들 앞에선 참는 게 무슬림들의 의무이지요. 제 생각엔, 그런 의무 때문에 무슬럼들이 폭탄 테러를 벌이고 있는 것 같습니다. 물론 그 위대한 순교자들 중에는 암울한 현실을 탈출할 다른 방법을 알지 못해서 어쩔 수 없이 테러리스트들의 제안을 받아들인 순박한 자들도 포함되어 있겠죠. 자살 폭탄 테러에 성공한 자는 죽어서 천국으로 들어가고 그가 남긴 가족들은 이웃들이 평생 돌봐주는 전통이 있다고 들었습니다. 일부다처제처럼 기괴하기 짝이 없는 전통이지요. 번영을 나누는 전통이 아니라 가난과 슬픔을 강제적으로 이웃에게 나눠 주는 악습에 불과합니다."

하지만 P 박사는 자신의 설명이 청중에게 확신을 심어주는 데 실패했다는 사실을 깨달았다. 그래서 그는 다시 펜을 꺼내어 화면 속에서 멈춰버린 남자의 머리를 찔러대면서 말했다.

"이 테러리스트를 다시 움직이게 해주시겠소? 가능하다면 좀 더 자세하게 볼 수 있도록 줌인을 해주셨으면 좋겠는데."

그러자 무슬림 남자가 움직이기 시작했고 방 안의 사람들은 더욱 허리를 깊게 굽혀 그 남자의 일거수일투족을 관찰했다. 하지만 너무 먼 거리에서 촬영된 화면이어서 그것을 줌인하면 화면 속의 등장인물들은 하나같이 잔뜩 긴장한 표정에다 기이한 행동을 하는 것처럼 보였다.

그 용의자가 마침내 왼손으로 제 몸을 긁기 시작했다. P 박사는 용의자가 몸의 어느 부분을 더 많이 긁는지 확인하기 위해 화면을 앞뒤로 돌려가며 여러 번 확인했다. 그러자 그 방 안에 있던 사람들도 하나둘씩 제 몸을 긁기 시작했는데 정작 본인들은 그 사실을 깨닫지 못했고 오직 P 박사만이 그걸 알아차렸을 따름이다. 그러자 문득, 수십 년 전 매카시즘이 미국 전체를 휩쓸고 있을 무렵 미국 국가를 들으면서 엉덩이를 긁었다는 이유로 동료들에 의해 공산주의자로 고발당한 어느 배우의 일화가 생각났다. P 박사의 힘없는 웃음에는 더 이상 전염성이 남아 있지 않았다.

삼촌

(친)삼촌은 나이가 들면 결혼을 하고 근엄한 작은아버지 (숙부)로 변신하여 집안의 어지러운 법도를 바로 잡고 족보의 가계도를 교정하며 선산의 묘지들을 바둑돌처럼 복기하게 되지만, (외)삼촌은 결혼을 하고 손자들에 휩싸여 칠순잔치를 하더라도 여전히 천둥벌거숭이 시절의 추억과 습관을 버리지 못하여 짓궂은 장난을 걸고 현실성 없는 계획으로 사람들을 놀라게 하며 끊임없이 궤변을 늘어놓아 분란의 불씨를 퍼뜨린다. 어느 집안이든 남아 선호 사상의 폐습 때문에 (친)삼촌은 없어도 (외)삼촌은 한 명쯤 있기 마련이어서, 매년 적어도 한 차례의 명절은 이런저런 소동으로 정신없이 지나간다. 그러나 (외)삼촌이나 (친)삼촌을 막론하고 모든 삼촌들에게는 공통점 또한 많이 발견되는데, 일단 누

군가를 매개하여 가족으로 연결되면 서로에게 영향을 미치고 또 되받는 일을 반복하기 때문인지도 모른다. 더군다나 그들이 가족의 복잡한 연애 사건에 의하여 절친한 친구 사이에서 불편한 사돈(거울상처럼)의 관계로 전락했다고 한다면 굳이 이 알고리즘을 들먹일 필요도 없다.

나의 두 (쌍둥이) (친)삼촌과 한 명의 (외)삼촌이 고등학교 동기 동창 사이라는 사실을 나는 (외)삼촌의 장례식장에서 처음 알게 됐다. 그때 나는 대학에서 아랍문화사 수업을 받다가 부음을 들었다. 그리고 (친)삼촌들이 (외)삼촌의 영정 사진 앞에서 (거울상처럼) 똑같은 표정과 의복을 갖추고 절을 하고 있는 광경을 지켜보면서, 다른 모든 삼촌들 역시 하나같이 죽음의 위험에 방치된 유약한 존재일지도 모른다는 생각을 했다. (친)삼촌은 죽은 조상들과 너무 가깝게 지내다가 죽음을 맞이하고, (외)삼촌은 반대로 죽은 조상들의 은덕 따윌 지나치게 폄하하다가 죽음과 맞닥뜨리기도 하는 것이다. 상복 차림의 나를 발견하자 (친)삼촌들은 급히 슬픔의 구덩이를 메우고, 그저 자신의 형수가 느낄 상실감을 막연하게 이해하는 것처럼 행동했다. 그러고는 어스름과 함께 문상객들이 하나둘씩 찾아오기 전에 장례식장을 떠났다. 문상객들을 식탁으로 안내하고 음식을 나르는 일손이 부족했지만 유족들은 아무도 (친)삼촌들을 찾지 않았다―(외)삼촌은 (친)삼촌에 비해 훨씬 늦게 결혼하거나 독신으로 남는 경우가 많아서, 고인의 영정 앞을 지킨 이들은 그의 형과 누나였다. 모기떼처럼 몰려드는 잠을 쫓기 위해 삼삼오오 모여 화투를 치던 문상객들에게 술과 음식을 가져다주면서 나는 마침내 (친)삼촌들과 (외)삼촌 사이에서 사라졌던 퍼즐 조각 몇 개를 찾아냈다. 그제야 왜 내가 중학교 2학년, 수학 문제를 풀고 있던 학교에서 그때까지 단 한 번도 만난 적이 없던 (쌍둥이) (친)삼촌들을 처음 만나게 됐는지도 알게 됐다. 피부가 모두 검게 그을려 어느 쪽이 실재이고 어느 쪽이 그림자인지 구별할 수 없게 된 그들은 내게 일제 워크맨과 나이키 가방과 야구 글러브를 돌 선물이자 초등학교 입학 선물이자 중학교 입학 선물로 주었고, 그들의 형수이자 나의 어머니는 훗날 나의 성적 부진과 가출 경험을 모두 그 혹세무민의 물건 탓으로 돌리셨다. 어쨌든 (친)삼촌들은 그날 이후 또 만날 수 없었고 나는 그들의 선물을 모두 잃어버린 뒤에야 중학교를 졸업했다. 그리고 한 달 동안의 가출 생활을 청산하고 무사히 집에 돌아와서는, (친)삼촌들의 저주를 극복하고 대학생이 됐을 때 (친)삼촌들이 다시 나타났다. 그들은 거의 동시에 결혼을 하고 근엄한 작은아버지(숙부)들로 변신하더니 명절이 되면 조신한 숙모들을 앞세우고 선물 꾸러미를 잔뜩 든 채 우리 집을 찾아와서는 틈만 나면 내게 집

안 장자로서의 법도와 임무를 가르쳤다. 흐뭇해진 아버지와 어머니는 한때 그들이 어린 조카에게 끼친 부정적 영향 따위 기억하려 하지 않으셨다. 자정을 훌쩍 넘겨 그들이 돌아가고 제사상을 치우면서, 내가 중학교 2학년이 되기 전까지 알려지지 않은 그들의 행적을 물었을 때, 아버지는 그들이 사우디아라비아에 아파트를 짓고 있었다고 말씀하셨고, 어머니는 그들이 리비아의 대수로 공사에 참여했다고 말씀하셨다. 나중에 내가 두 분의 증언이 서로 일치하지 않는다는 사실을 지적하자 그들은 자신의 기억보단 상대의 기억이 더 정확할 것이라며 둘러대셨다. 그런 엉성한 거짓말에 더 이상 부정적 영향을 받지 않으려고 나는 늘 귀를 문설주에 풍경처럼 걸어두었으나 끝내 바람이 말해주는 진실을 듣지 못했는데, 그로부터 수년이 지나고 불청객처럼 갑작스럽게 들이닥친 (외)삼촌의 죽음이 진실의 문을 활짝 열어주었던 것이다. 그래서 진실은 불행의 씨앗이라고 했던가.

내가 중학교 2학년 수학 문제를 풀고 (쌍둥이) (친)삼촌들이 학교에 나타나 일제 워크맨과 나이키 가방과 야구 글러브를 돌 선물이자 초등학교 입학 선물이자 중학교 입학 선물이라며 건네주고 있었을 때, (외)삼촌은 기계장치의 부품을 만드는 중소기업의 과장이었고 결혼을 하기 위해 맞선을 보러 다니는 중이었다. 비록 나에게는 (외)삼촌이었으나 나의 외사촌들에게는 (친)삼촌이었던 그는 그때까지만 하더라도 오히려 (외)삼촌의 충동적 기질보다 (친)삼촌의 성실한 성향을 더 많이 지니고 있었던 것으로 기억된다. 피부는 창백하리만치 말갛고 군살이 없었으며 옷은 비싸 보이지 않았지만 늘 깨끗하고 가지런한 주름으로 팽팽했다. 또한 주위의 물건들을 늘 같은 자리에 보관했고 누구 앞에서든 언행을 함부로 하는 법이 없었다. 다만 그는 고독한 별자리에서 태어난 사람 같아서 말수가 없고 늘 구석자리를 선택해 앉았는데, 보는 이에 따라선 겸양의 습관으로 여겨질 수도 있었다. 하지만 사라졌던 친구들—내 (쌍둥이) (친)삼촌들—이 귀국했다는 소식을 들은 뒤부터 삶의 균형을 잃고 급변했다고 한다. 무엇에 홀린 것처럼 하루 종일 넋을 빼고 건성으로 일을 하다가 상사나 동료들에게 핀잔을 받기 시작하더니 급기야 회사 공금에 손을 댄 뒤 무단결근까지 했다는 것이다. 술에 취한 문상객들은 그가 코앞까지 닥쳐온 결혼 때문에 스트레스를 많이 받았던 것 같다고 증언했다. 그래서 누구는 그의 애인—나의 외숙모가 될 뻔했던 여자—을 만났고 부장은 대낮에 어머니를 찾아왔다. 여섯 살에 어머니를 잃은 (외)삼촌을 자식처럼 돌봤던 그의 누나, 즉 나의 어머니는 고개를 연신 주억거리며 2층 단칸방 신혼부부에게서 전세금으로 맡아둔 돈 봉투를 부장 앞에 꺼내놓았다. 애인의 직장 동료를 만나고 돌아온 여자 역시 (외)삼촌의 소재를 알지 못했기 때문에 나의 어머니에게 전화를 걸어 일방적으로 파혼을 통보했다. 이상한 것은 아무도 (외)삼촌을 찾아 나서지 않았을 뿐만 아니라 오히려 덤덤하게 그의 부재를 받아들였다는 사실이다. 마치 설거지를 하다가 접시를 깨뜨렸는데도 그 부주의한 실수 때문에 사라질 추억 따윈 조금도 걱정하지 않은 채 그저 그 사실을 누군가에게 들키지 않으려고 급히 파편들을 쓸어 담고 있는 것만 같았다. 그렇게 (외)삼촌은 질서 정연한 태양계에서 혜성처럼 사라졌고 대신 유성처럼 나타난 (쌍둥이) (친)삼촌들이 집안에 활기를 불어넣었다. 든 자리는 모르고 난 자리만 아는 자는 오직 나뿐인 듯했으나, 사춘기의 나는 곧 정상적 궤도를 벗어나 무위의 세계를 정처 없이 떠돌았으므로 (친)삼촌들과 (외)삼촌의 차이를 알아차리지 못했다. 태양계를 빠져나갔던 (외)삼촌은 내가 고등학교 3학년이 됐을 때 비로소 가족에게 돌아왔는데, 고통스러운 수험생 시절을 보내고 있던 터라 내겐 주위의 변화를 주의 깊게 살필 겨를이 없었다. 그해 겨울 대학생이 되어 집을 떠나지 못했더라면 나는 외항선을 타고 인도양으로 나갔을 것이다. 고등학교 졸업식에서 다시 만난 (외)삼촌에겐 내가 기억하고 있던 모습은 이미 사라지고 없었고 어머니는 단 한 번도 그를 살갑게 맞이하지 않으셨다. 장발에 수염까지 기른 히피 패션의 (외)삼촌도 곧 상경하여 변두리 동네에다 살림집과 가게가 연결되어 있는 집 한 채를 빌렸는데, 나는 방세를 아끼기 위해 어머니 몰래 그의 집으로 이사했다. 그가 개업한 술집은 주방장이나 종업원이 없어서 손님들이 직접 냉장고 속의 병맥주를 꺼내고 땅콩이나 김 조각들을 챙겨야 하는 곳이었다. 그나마 돈벌이가 됐던 오징어마저 굽기 귀찮아졌는지 그는 아예 밖에서 안줏거리를 사가지고 오는 손님들까지 출입을 허락했다. 그가 가게에서 하는 일이라곤 카운터에 앉아 손님들의 신청곡을 컴퓨터로 찾아서 틀어준 다음 맥주를 마시고 담배를 피우면서 손님들이 모두 사라지는 걸 기다리는 게 고작이었다. 무례한 취객들과 멱살잡이를 하다가 유치장에서 밤을 보낸 날도 많았다. 그럴 때면 내가 그 대신 카운터에 앉아 손님들의 신청곡을 찾아주었는데, 이따금 그의 컴퓨터 속에 저장되어 있는 습작 소설들을 읽으면서 나는 고독이 인간의 영혼을 얼마나 단련시킬 수 있는지 어렴풋이 짐작할 수 있었다. 하지만 그땐 고독이 얼마나 인간의 몸에 치명적인 상처를 입힐 수 있는지는 몰랐다. (외)삼촌이 회사에서 횡령한 돈으로 4년 동안 어디에서 무슨 일을 하면서 지냈는지는 끝내 알아낼 수 없었다. 자신의 가게에서 홀로 도어스의 음악을 들으면서 하이네켄을 마시다가 불귀의 길로 떨어진 (외)

삼촌의 사인은 영양실조에 의한 심장마비로 밝혀졌다. 결코 (친)삼촌들에게서는 발견되지 않을 사인死因이었다.

11월의 대학 병원 장례식장 구석에서 4월의 벚꽃 그림 한 장으로 폐총의 조개껍데기들처럼 쌓인 판돈들을 모조리 거둬들이던 남자가 무심코 던진 말에서 나는 (외)삼촌의 죽음과 관련 있을지 모를 단서를 찾아낸 것 같다―나는 그들에게 홍어 한 접시와 마른안주를 가져다주고 막 돌아서던 참이었다. 만약 (외)삼촌이었다면 그들에게 영화 〈스팅〉의 테마곡인 「The Entertainer」를 찾아서 들려주었을 것이다.

"아무리 수상한 시절이었다고 해도 그 쌍둥이 악당들에겐 너무 관대한 판결이었어. 하긴 그 사건 덕분에 저 못난 자식은 매형과 조카를 한꺼번에 얻게 됐지만 말이야."

믿음

　우린 너무 사랑했기 때문에 이별했다. 그리고 이별한 뒤에
도 여전히 사랑했으나 시대의 불행으로 끝내 살림을 합치지
못했다. 우리는 그러한 세대이다. 우리의 사랑은 너무나 많
은 사람에게 감시를 당하고 방해받았을 뿐만 아니라 조롱이
나 유혹의 대상이 되기도 했다. 하지만 그럴수록 우리의 사
랑은 더욱 순수해지고 뜨거워졌다. 우리는 갑작스러운 이별
이 가져다준 뜻밖의 결과에 진심으로 감사한다. 사실 이별
을 준비하는 동안 우리는, 이별의 고통을 견뎌내지 못하고
차례대로, 또는 동시에 파멸할 것이라고 생각했다. 그래서
나는 이별하지 말고 고난과 유혹에 당당하게 맞서자고 여러
번 아내를 설득했다. 고난은 신이 발명해낸 돋보기 같은 것
이다. 그것이 없다면 인간은 자신의 삶 속에 숨어 있던 행복

의 씨앗들을 찾아내어 발아시킬 수 없는 것이다. 고난이 많을수록 삶은 더욱 풍요로워진다. 하지만 아내는 치기 어린 욕망에 너무 집착한 나머지 서로의 인생을 망치는 어리석음을 경계했다. 그래서 울거나 취해 있는 나를 다독이면서 죽음조차 파괴할 수 없는 영원한 사랑을 맹세하곤 했다. 그리고 마침내 사랑이 남아 있는 한, 설령 이별한다고 하더라도 결코 불행해지지 않을 것이라고 나 역시 확신하게 됐다. 아내는 여전히 헌신적이었고 겸손했으며 현실보다 미래에 더 많은 가치를 부여했다. 보이지 않으면 영원히 사라진다는 말은 폐기됐다. 사라지는 건 사랑의 속성이 아니었고, 우리의 사랑은 더더욱 그렇다. 우리는 하나의 영혼에서 뻗어나온 두 개의 몸이었으므로, 이혼 서류에 도장을 찍으면서도 키득거렸고 살림살이를 절반씩 나누면서도 서로에게 더 많은 것을 챙겨주기 위해 제 주머니 속을 뒤적거렸다. 나는 회사에 휴가까지 내고 아내의 이사를 도왔을 뿐만 아니라 이틀에 걸쳐 짐을 정리해주었다. 그리고 우리는 각자 집으로 돌아와 휑한 방에 홀로 누워 네 시간 넘게 통화했다. 밤은 짧았고 아침은 더 짧았다. 아내가 새로 얻은 집은 시내의 외곽에 위치했으나 시내버스나 지하철로 언제든 찾아갈 수 있었다. 그 집은 우리 결혼 생활의 기념비와도 같은 곳이었고 미래였다. 반면에 한때 우리가 함께 살았던 집에 혼자 남겨진 나는 폐기되어야 할 과거에 머물고 있는 것 같다는 생각에 아주 잠깐 우울해지기도 했다. 하지만 고난과 유혹은 영원히 지속될 수 없기 때문에, 그것들이 사라지면 우리는 다시 혼인신청서를 작성한 뒤 살림을 합치게 될 것이라고 굳게 믿었다. 아내는 전화를 걸어, 수시로 주변을 둘러보면서 다정한 이웃 속에 숨어 있는 잔혹한 감시인들을 찾아내는 습관을 가져야 한다고 충고했다. 태어나서 지금까지 단 한 번도 누군가를 사랑한 적 없는 감시인들은 우리의 완전한 사랑을 너무나도 질투하기 때문에 조금의 틈이라도 찾아내면 언제든지 왁달박달 파고들어 독약과 폭약을 설치할 것이라고 겁을 주기도 했다. 그래서 우리는 당분간 만나지 않고 전화로만 안부를 묻고 서로의 욕망을 확인하기로 약속했다. 하지만 그건 우리에겐 죽음과도 같은 형벌이었다. 그래서 가끔은 형벌을 벗어날 방법으로 죽음을 떠올리기도 했지만 그때마다 나는 죽음마저 이겨낼 사랑의 기적을 생각하면서 버텼다. 기한을 알 수 없는 이별의 고통을 떠올리지 않으려고 의식적으로 노력하면 할수록 아내의 빈자리는 더욱 커져만 갔고 결국 나는 어느 새벽 아내의 집, 즉 우리의 미래를 찾아가고 말았다. 미리 전화를 했더라면 아내는 극구 반대했을 것이기 때문에, 아내를 고통스럽게 만들지 않기 위해, 그저 멀리서나마 불 켜진 창문만 보고 돌아올 작정이었다. 운이 좋다면 아내의 사랑스러운 실루엣을 볼 수 있을 것이라는 기대와 함께.

아내의 방은 불이 켜져 있었고, 그 방에서 비쳐 나오는 그림자는 한 사람만의 것이 아니라 두 사람의 것이었다.

그래서 나는 안심하고 집으로 돌아왔다. 전화를 하려다 그만둔 까닭은 그들의 시간을 방해하고 싶지 않았기 때문이다. 아내도 얼마나 외로웠으면 친구나 가족을 불러들였을까 생각하니, 마음이 아팠다. "이 결정으로 아내가 당신의 재산을 손쉽게 차지하고 내연남과 다시 결혼할 수도 있으니 주의하라"는 가정법원 공무원들의 충고를 굳이 다시 떠올릴 이유는 없었다. 왜냐하면 그 뒤로도 우리는 매일 밤 한 시간씩 전화를 주고받으면서 우리의 주변에서 일어난 사건들에 대해 수다를 떨고 각자의 몸이 상대의 몸을 얼마나 갈망하고 있는지 설명하느라 목이 쉴 정도였기 때문이다. 아내에게선 아무런 변화를 감지할 수 없었고 그것은 분명히 긍정적인 징후였다.

미리 연락하지 않고 두 번째로 아내의 집을 찾아갔을 땐 고작 저녁 10시밖에 되지 않았는데도 창문이 컴컴했다. 되돌아가자고 결심한 새벽 2시까지도 아내의 방은 밝아지지 않았다. 처음엔 아내가 회사에서 돌아오지 않았다고 생각했다가 나중엔 일찍 돌아와서 저녁을 먹자마자 잠든 것이라고 생각했고, 그다음엔 몸이 아파서 아예 출근을 하지 못한 것은 아닌지 불안해졌다. 그래서 다음 날 나는 회사에 연차를 내고 아내의 집을 찾아갔다. 여전히 감시인들이 서성거리고 있을 것이기 때문에 아내의 집에서 1킬로미터는 떨어진 공터에 주차를 하고 택배 직원으로 변장한 채 손에는 아내에게 전달할 음식을 들었다. 가난한 부모에게서 태어난 아내는 나와 결혼하여 풍족하게 살게 된 뒤에도 이따금 아련한 옛 추억에 사로잡혔고 그때마다 길거리에서 파는 만두를 사 먹곤 했다. 그걸 아내에게 직접 전달해줄 수는 없었기 때문에 옆집 사람에게 부탁할 작정이었다. 초인종이 울리자 마흔 살 남짓의 남자가 나왔다. 그는 만두를 받아 들지 않은 채, 옆집의 여자, 즉 나의 아내는 이미 일주일 전에 이사를 갔다고 말했다. 아내의 집을 잘못 찾았을 리 없는 나에겐, 대부분의 남자들이 직장에서 일해야 하는 시간에 속옷 차림으로 집에 머물고 있는 그의 정체가 오히려 수상하게 여겨졌다. 혹시 남편이 출근한 틈을 타서 내연녀의 집에 숨어든 호색한은 아닐까. 그런 생각은 그의 모습과 정확히 들어맞았다. 그렇다면 그 남자가 옆집에 살고 있는 나의 아내에 대해서 잘 알고 있을 리가 없었다. 그러니 그의 말 따윈 그냥 무시해버리면 될 것이었다. 그날 처음 만났고 나중엔 두 번 다시 만날 일이 없을 그 남자의 말만 믿고 아내를 의심하게 된다면 나는 결코 아내에게서 용서받지 못할 것 같았고 사랑이 죽음을 이겨내는 기적을 경험할 수도 없을 것 같았다. 그건 마치 에우리디케를 지옥에서 데리고 나오던 오르페우스의 비극을 반복하는 일이었고, 양초 하나로 파괴된 에로스와 프시케의 사랑에서 아무런 교훈을 얻지 못한 사람들에게나 일어나는 일이었다. 그래서 나는 아내의 집 앞에서 초인종을 누르거나 문을 두드리지 않은 채 집으로 돌아왔다. 폐기되어야 할 과거와도 같은 방에서 홀로 만두를 삼키자니 슬픔이 잠시 북받쳐 올랐으나, 전화기 건너편에 있는 아내의 목소리를 당장이라도 들을 수만 있다면 그것으로 모든 고통은 사라질 것 같았다. 하지만 아내는 여전히 아프거나 바쁜 게 분명해서 나의 전화를 받지 않았다.

그 뒤로 한 달 동안 내 전화 신호음은 아내를 끊임없이 흔들어댔으나 그녀는 전화를 받지 않았다. 그때마다 나는 연애 시절부터 어제까지 아내를 서운하거나 슬프게 만들었을지 모를 언행들을 떠올리고 몸서리쳤다. 그래도 신호가 여전히 울리고 있는 것을 보면 아내 역시 나만큼이나 무위와 고통의 시간을 잘 버텨내고 있는 게 분명했다.

그리고 어느 날 나는 모르는 사람에게서 편지 한 통을 받았다. 청첩장이었는데, 편지를 보낸 사내와 아내가 다음 달 결혼을 한다는 내용이었다. 나는 놀라 아내에게 전화를 걸었다. 다행히 아내의 목소리를 들을 수 있었다. 아내는 여전히 나를 사랑하고 있지만 감시인들의 악랄함이 점점 심해지고 있어서 어쩔 수 없이 친구의 제안대로 위장 결혼을 하지 않을 수 없었다고 흐느꼈다. 그러면서 우리의 사랑이 위장 이혼으로 아무런 영향을 받지 않았듯이 자신의 위장 결혼 역시 우리의 사랑에 결코 해악을 미치지 않을 것이라고 말했다. 나는 아내의 고통을 이해했고 그 속에서 아내가 최선의 선택을 했다는 데 동의했다. 아내와 위장 결혼을 시도하고 있는 남자는 세무 관련 업무를 맡은 공무원이기 때문에 우리의 재산과 사랑을 잘 지켜줄 수도 있을 것 같았다. 게다가 나이도 거의 환갑에 가까워서 내 아내의 몸을 탐할 것 같지도 않았다. 그래서 나는, 감시자들을 안심시키기 위해서라도 아내의 결혼식에 참석하겠다고 했는데 아내는 나의 행동이 자칫 그동안 우리가 이룩해놓은 성공을 한꺼번에 파괴할 수 있다고 경고하면서 우리 둘만 알 수 있는 이름으로 화환을 보내달라고 요구했다. 그래서 나는 우리의 위장 이혼을 조롱했던 가정법원 공무원의 이름으로 화환 하나를 만들어 아내의 결혼식에 보냈다. 그러면서 아내가 그 남자와 이혼할 때, 우리가 나눠 가졌던 재산보다도 더 많은 금액의 위자료를 챙기게 되길 소망했다. 그것은 곧 나의 풍요로운 노후 생활을 의미했으므로.

기록

그는 쓰지 못한 글 때문에 아무 때고 쉴 수가 없었다. 자신이 정해놓은 하루 분량을 채우기 위해 문을 걸어 잠그고 한 달씩 연락을 끊기도 했으며, 차마 거절할 수 없는 약속 때문에 외출을 하더라도—심지어 친지의 문상을 갔을 때에도—사람살이에 필요한 최소한의 격식만을 차린 채 서둘러 집으로 돌아와 노트북을 켜기 일쑤였다. 자신이 점점 괴물이 되어간다는 생각에 가끔은 자판을 두드리는 손가락이 철근 조각처럼 뻣뻣해지기도 했지만, 생계에 대한 강박관념은 쉽게 누그러지지 않았다. 글을 쓴다는 이유로 가난을 카인의 표지처럼 달고 다니고 싶진 않다. 그렇다고 앉아 있는 시간들이 고스란히 흰 종이의 공포를 지워주는 것도 아니었다. 낚시꾼처럼 빈 공간 속에 미늘 달린 시선을 던져두고 신호가 올 때까지 기다리는 것이 일과의 대부분이었다. 영감으로 가득 차는 순간은 번개처럼 찾아오지만, 사진기로 번개를 찍으려고 시도해본 사람은 이해하듯이, 너무 강렬한 것들은 볼펜과 메모장을 찾기도 전에 사라진다. 그래서 그는 고심 끝에 자신의 집 여기저기에 녹음 장치를 설치했다. 영감이 관통하는 순간 주머니 속의 리모컨을 누르고 신들린 영매처럼 주절거린다. 하루에 한 번씩 각 방의 메모리 칩을 수거해서 옮겨 적는다. 녹음된 음성을 문자로 자동 전환해주는 장치와 프로그램이 나오긴 했지만 감흥을 재현할 수가 없어 직접 자신의 목소리를 들으면서 쓰는 것이다. 그랬더니 만족스런 수준의 글을 일정 분량 이상 쓸 수 있게 됐고 그 덕분에 살림살이도 윤택해졌으며 큰 상까지 받게 됐다. 그래서 그는 구식 녹음 장치를 최신 것으로 교체했다. 특히 침실에다가는 보다 정교한 장치들을 설치했는데 왜냐하면 몇 시간 동안 흥미진진하게 이어지다가 눈을 뜨는 순간 한꺼번에 휘발해버리는 꿈을 기록하고 싶었기 때문이다. 꿈꾸기를 돕는 장치와 조그만 소리도 자동으로 작동하는 녹음 장치가 그것이었다. 하지만 그 장치들은 그의 기대를 충족시키지 못했다. 흥미로운 꿈을 꾸어야 한다는 강박관념 때문에 정작 꿈을 꾸지 못하는 날이 많아졌고 그나마 그가 잠들기 전에 어둠 속에다 뱉어놓는 소리에 아내가 놀라 불평하는 경우도 늘어났다. 게다가 아내는 자신의 사생활이 녹음되고 있다는 사실에 몹시 불쾌해했다. 그도 그럴 것이 아름다운 시절을 영원히 간직할 목적으로 남긴 사적 기록이 인터넷에 유출되는 바람에 관음증 환자들에 의해서 고통받게 된 연예인들의 뉴스가 심심치 않게 들려왔기 때문이다. 그리고 기록한 꿈으로 소설을 쓴다는 사실이 알려지게 된다면 그것을 꿈꾸기 위해 그가 미리 겪어야 했던 고통의 순수성은 의심받을 것이고, 독자들은 그의 책을 읽는 대신 자신들의 침실에도 녹음 장치를 설치하고 다음 날 아침 꿈의 내용을 재생하려 할 것이다―자신의 꿈보다 더 재미있는 소설이 어디 있단 말인가. 그는 아내의 불평에 못 이겨 침실의 장치들을 서재로 옮기고 각방을 쓰기 시작했다. 꿈이 기괴해질수록 그것의 형식인 글은 더욱 황폐해졌으나 독자들은 더욱 열광했다. 하지만 정체를 알 수 없는 미열이 채 사라지기도 전에 심신은 그의 글을 세울 수 없을 정도로 나빠져만 갔다. 소문난 의사들도 명확한 이유를 알아내지 못한 채 작업 시간과 술, 담배를 줄이라는 아주 평범한 처방을 건넬 뿐이었다. 건강상의 이유로 한시적인 절필을 선언했을 때에는 거식증까지 나타났다. 시름시름 말라가는 남편을 보다 못한 그의 아내는 이혼까지 각오하며 남편의 허락도 받지 않은 채 집 안의 모든 녹음 장치를 없애고 그의 컴퓨터와 타자기를 창고로 옮겨놓았다. 하지만 그에게서 책까지 빼앗진 못해서 하루에 두 시간 동안의 독서만을 허락했다. 어느 날 그는 낡은 침대 위에 기대어 오래된 철학 책 한 권을 읽다가 자신의 병에 대한 중요한 단서 하나를 발견한다.

"꿈의 내용을 현실에 동원하는 자는 운명의 절반밖에 사용할 수 없다."

이미 모든 책들이 책에 대한 책이라는 사실을 간파했던 고대 그리스 사람들은, 모든 인간은 모든 인간의 꿈으로 빚어져 있다는 사실까지 알고 있었던 게 분명하다.

습격

    쭈그리고 앉아 있는 남자는 연신 땀을 흘리며 숨을 너무 가쁘게 쉬어서 다른 사람들까지 초조하게 만들었다. 게다가 그의 몸에선 고약한 냄새가 풍겨 나왔다. 어쩌면 그는 야생 동물처럼 거처 없이 떠돌면서 한뎃잠을 자고 음식을 구걸하는 삶을 살고 있는지도 모르겠다. 철 지난 옷차림은 성한 곳이 없었고 목과 손은 때에 절어 검게 보였다. 껌을 씹는데도 역겨움이 제압되지 않아서 맞은편에 앉아 있는 여자에게 몸을 더 가깝게 옮겼지만 그 여자에게서 나는 향수 냄새도 맡을 수가 없었다. 하긴 이곳에 모여 있는 사람들을 모두 이해할 수 있는 것은 결코 아니다. 이들 중에는 마오주의자나 살인자가 숨어 있을 것이고, 가학적이거나 피학적인 성적 취향을 지닌 자도 섞여 있을 것이다. 하지만 성향이나 신분의 차이는 지금 전혀 중요하지 않다. 이들은 오로지 하나의 목적 때문에 여기 있고, 그 역할을 훌륭하게 수행하는 대로 헤어질 것이며, 곧 경험하게 될 성공이나 실패에 대한 기억을 오랫동안 간직할 것이지만, 결코 다시는 서로에게 연락하거나 얼굴을 마주할 리는 없다. 그러니까 이들은 지금 하나의 확실한 목적과, 그 목적을 이룬 뒤엔 결코 두 번 다시 서로 만나지 않게 되리라는 확신 때문에, 악취와 미끄러운 땀의 촉감과 거친 숨소리 속에서도 하나의 거대한 덩어리처럼 서로 밀착한 채 시간을 견뎌낼 수 있는 것이다. 어느 누구도 자신이 범죄를 저지르고 있다는 생각은 하지 않았다. 누군가는 해야 할 일이었고, 이들의 성공은 대중의 반성을 촉구할 것이며 머지않아 세상을 변화시킬 것이다. 그렇다고 무고한 목숨들을 희생시켜가면서까지 영웅이 되려는 것은 결코 아니다. 똑같은 옷을 차려입고 복면까지 둘러서 자신들의 정체를 감추는 동시에 공통 목적에 대한 의지를 분명하게 표명할까도 고민했지만, 자발적으로 모인 자신들을 여론이 불순한 정치집단 정도로 간주할 것을 우려하여 이들은 얼굴을 당당하게 드러내기로 합의했다.

그때 무리의 앞에 앉아 있던 누군가가 급히 손을 흔들었다. 그러자 일순간 침묵이 흘렀다—그 남자의 악취와 숨소리가 침묵을 방해했지만 사람들은 안정을 유지하기 위해 각자 초인적인 능력을 발휘했다. 멀리서 트럭 한 대가 다가오고 있었다. 화물을 너무 많이 싣고 있어서 금방이라도 한쪽으로 기울어져 뒤집힐 것만 같았다. 그 트럭이 출발하던 곳에 숨어 있던 사람들이 전화로 알려준 차량 번호나 운전자의 인상착의를 굳이 확인할 필요는 없었다. 트럭이 한쪽으로 쏠릴 때마다 그 안에서 괴이한 소리가 들려왔기 때문에 이들이 대상을 잘못 선택할 리는 거의 없어 보였다. 거사를 최초로 제안하고 주도한 것으로 알려진 남자가 허공 위로 손을 번쩍 들어 올리자 사람들은 일제히 자리에서 일어나 도로를 향해 몰려갔다. 트럭 운전사는 자신의 모든 인생을 브레이크 페달 위에 올려놓고 죽살이의 경계에서 외줄을 탔는데, 간신히 트럭이 멈춰 섰을 때 그것이 엄연한 현실임을 알리려는 듯 고약한 냄새와 함께 기괴한 신음 소리가 안에서 쏟아져 나왔다.

두려움에 사로잡힌 운전사는 안에서 문을 걸어 잠근 채밖으로 나오지 않았다. 그러자 사람들은 트럭 뒤로 몰려가화물들을 끌어내리려고 안간힘을 썼다. 하지만 마음대로 되지 않자, 거사를 주도한 자가 누군가에게 전화를 걸었다. 지원군을 기다리는 동안 사람들은 미리 준비해 온 물병과 음식 들을 철창의 틈새 사이로 밀어 넣었다. 10여 분이 지난뒤 오토바이 한 대가 도착했고 두 명이 내렸다. 한 명이 절단기로 철창의 자물쇠를 잘라내자 마침내 살아 있는 화물들이 해방됐다. 사람들과 그것들은 부둥켜안고 입을 맞추거나 바닥을 뒹굴었다. 도로는 일순간 양방향으로 마비됐고, 트럭 뒤에 길게 늘어선 자동차들이 신경질적으로 경적을 울려 댔지만 사람들과 화물들이 뒤엉켜 울부짖는 소리를 멈출 수는 없었다. 도저히 치유될 수 없는 상처를 입은 화물들은 적과 친구를 구분하지 못한 채 인간들로부터 가능한 한 멀리 도망치려고 시도했으나 좁은 철창 속에 너무 오래 갇혀 있다 보니 다리가 마비되어 달리기는커녕 서 있을 수조차 없었다. 철창 안에서 스무 구의 사체가 발견될 때까지 사람들은 흥분을 억누를 수 없었다.

한 사람이 트럭의 창문을 깨고 운전사를 끌어내렸다. 운전사는 공포 속에서 몸을 웅크리면서도 부당한 상황을 순순히 받아들이려 하지 않았다. 자신은 화물들을 정당한 가격을 지불하고 구매했기 때문에 아무런 문제가 없다는 말만 되풀이했다. 그리고 사유재산을 강제로 빼앗는 행위는 반드시 엄중하게 처벌받게 될 것이라고 경고했다. 하지만 화물의 대부분을 주인과의 정당한 거래 없이 갈취했다는 사실이 밝혀지자, 운전사는 뻔뻔스럽게도 그것들이 저절로 자신의 소유가 됐고 원래의 주인을 알아낼 방법을 몰라서 돌려주지 못했다고 항변했다. 그리고 자신은 그 화물들을 보호 단체에 위탁하기 위해 이동하던 중이었다고 또 거짓말을 했다. 이마저도 거짓임이 밝혀지자 운전사는 태도를 바꾸어, 1년에 한 번씩 개고기를 먹는 것은 중국의 자랑스러운 전통이라고 맞섰다. 그러나 한 남자가 운전사의 머리로 절단기를 집어 던진 뒤부터 그는 바닥에 엎드려 반 시간 동안 꼼짝하지 않았다.

트럭 뒤로 멈춰 선 자동차의 탑승자들이 몰려들면서 혼란은 더욱 가중됐다. 사람들은 화물들의 인도적 처리에는 아무도 반대하지 않았으나, 전통을 두고 두 부류로 나뉘었다. 한 부류는 전통과 개인의 식성을 존중해야 한다고 주장했고, 다른 한 부류는 그런 전통이나 개인의 취향은 무지와 폭력의 결과에 불과하기 때문에 얼마든지 교정이 가능하다고 맞섰다. 언쟁은 끝내 주먹과 발길질을 교환하는 싸움으로 이어졌고 그 소란을 틈타 살아 있는 화물들, 즉 개들은 각자도생을 위해 흩어졌다. 개들은 우두머리를 중심으로 위계를 만들어 무리 생활을 하는 게 일반적인데, 2백여 마리 개가 같은 방향으로 몰려가지 않고 사방으로 흩어졌다는 사실은 그것들의 주인이 2백여 명이었다는 사실을 반증했다. 뒤늦게 나타난 서너 명의 공안은 사건의 규모를 직접 확인하고 지원군을 요청하는 무전을 급히 보냈다. 트럭을 멈춰 세운 사람들은 사방으로 흩어져서 개들을 붙잡아 주인에게 돌려주어야 한다는 부류와, 이 지경에 이를 때까지 아무런 조치도 취하지 않은 주인들에겐 더 이상 기를 자격이 없기 때문에 그것들을 자유롭게 풀어주는 게 낫다는 부류로 나뉘어 싸움을 이어갔다.

살아남은 자들이 경험하는 방식 541

—

얀 마텔, 「죽는 방식 541」(『헬싱키 로카마티오 일가 이면의 사실들』,
공경희 옮김, 작가정신, 2018)에 대한 반론

캔토스 교도소 해리 팔링턴 소장님께

최근 고인이 된 케빈 발로우의 어머니인 발로우 부인에
의해 법률 대리인으로 지목된 저 해리슨 플록은 연방 민사
소송 규칙에 따라 캔토스 교도소장인 당신을 업무상과실 혐
의로 고발한 사실을 이 편지로 알려드립니다.

케빈이 죽음을 맞이하는 순간까지 그의 안위를 걱정해주
고 가족의 죽음처럼 애도해주었다는 사실에 저의 의뢰인을
대신하여 당신에게 깊이 감사드립니다만, 당신에게 품게 되
는 의심을 해결할 수 있는 방법이 달리 없다는 게 몹시 유감
입니다.

케빈은 그곳에 수감되기 전까지 알레르기 판정을 받은 열

네 살 이후로 치즈가 포함된 음식을 입에 대지 않았을 뿐만 아니라, 담배를 피우지도 않았고, 세례와 성경을 철저하게 거부했습니다. 그는 음식 때문에 세 번이나 응급실에 실려 갔습니다. 실수로 손톱 크기의 치즈 조각이라도 삼키게 되면 온몸에 붉은 반점이 돋아나고 호흡이 가빠지면서 혈압이 급격히 올라갑니다. 한 시간 안에 적절한 응급조치를 하지 않으면 쇼크로 죽게 될 수도 있다고 의사 선생은 설명했습니다. 이 사실은 케빈의 신상명세서에 분명하게 기록되어 있는데도 당신은 눈앞에 다가온 죽음 때문에 판단력을 상실한 그에게, 사형수에게 마지막 식사 메뉴를 선택할 수 있는 권리를 누리게 하는 범례에 따라, 블루치즈 드레싱을 곁들인 샐러드와 치즈버거를—그것도 체다치즈를 더 넣어서—두 개나 제공했을 뿐만 아니라, 발작을 일으킨 케빈에게 적절한 의학적 조치를 취하지 않았습니다. 어쩌면 고인은 치즈 알레르기 때문에 자신의 삶이 파괴됐다고 생각하고 갱생을 위해 목숨을 건 내기를 벌였던 것일 수도 있습니다. 그가 진정제 없이 하루를 버텼다는 사실은 기적이라고밖에 설명할 수 없으며, 그가 생에 대해 얼마나 깊은 애착을 가지고 있었는지, 그리고 그의 목숨을 주관하는 신이 그에게 얼마나 신성한 목적을 지니고 있었는지 충분히 짐작하고도 남습니다.

닥터 로위는 담배 덕분에 그가 쇼크 증상을 피할 수 있었을지도 모른다고 추정했지만, 저의 의뢰인은 케빈이 담배를 피운다는 사실을 단 한 번도 직접 확인한 적이 없습니다. 수감되기 전까지 한집에서 20여 년 동안 함께 살아온 어머니가 아들의 몸이나 옷이나 방 안에서 담배 냄새를 맡지 못했다는 사실을 어떻게 설명할 수 있을까요? 그런데도 케빈의 의료 기록에는 엉터리 정보가 가득합니다. 어쩌면 케빈은 자신의 무고함을 증명해내지 못한 사법제도만큼이나 의료제도 역시 신뢰하지 못하여 그것의 권위를 거짓말로 시험해보고 싶었을지도 모릅니다. 그리고 그가 끝내 승리했습니다. 닥터 로위는 흑인이나 사형수에게는 태어날 때부터 인권이 부여되지 않았다고 생각하기 때문에, 케빈의 이야기를 확인 없이 건성으로 받아 적었을 게 분명합니다. 소장님은 케빈이 담배를 피우는 장면을 직접 본 적 있으신지요? 아니면 동료들에게라도 그 사실을 확인해보셨는지요? 닥터 로위가 후원하고 있는 정치단체가 인종차별적 정책을 지지하고 있다는 사실을 정말 모르고 계셨는지요?

소장님이 모르는 사실이 또 있습니다. 그리고 이것은 케빈의 마지막 행동을 이해하는 데 가장 중요한 증거가 될 수 있습니다. 저의 의뢰인과 법률 대리인인 저는, 프레스틴 신부의 성적 정체성을 의심하고 있을 뿐만 아니라 수년 전 아동 성추행 혐의로 조사를 받았다는 사실에 주목하고 있습니다. 비록 법적 처벌이나 파문을 피하긴 했지만, 그건 어디까지나 증거 부족의 결과일 따름이었고, 하느님만큼은 진실을 알고 있으시겠죠. 케빈이 수감된 이후 자신의 모든 비밀과 심경을 털어놓기 위해 어머니에게 보냈던 2백여 통의 편지 어디에도 성경이나 신부에 대한 이야기는 나오지 않습니다. 다만 최근 반년 동안의 편지에는 케빈이 교도소에서 만나 호감을 느끼기 시작한 남자가 자주 등장합니다. 모호하고 조심스러운 은유적 문장 속에서 정체를 감추고 있습니다만 그것을 짐작할 만한 단서는 아주 많습니다. 반년 전까지만 하더라도 케빈의 편지에서는 그런 은유적인 표현을 찾을 수가 없었지요. 그도 그럴 것이 케빈은 목숨과 권력과 재물을 유지하기 위해서라도 정체가 명확한 세계에서만 머물러야 했기 때문에 모호하게 말하고 행동하는 자들을 극도로 경계하고 싫어했습니다 ─ 그가 죄를 지은 까닭도 그런 세계의 영향 때문이었죠. 하지만 이번 소송에 사법제도의 허점과 케빈의 무죄를 입증하려는 목적은 없기 때문에 더 이상의 언급은 자제하겠습니다. 캔토스 교도소에 갇힌 죄수들과 그들을 감시하고 있는 간수들의 세계 역시 이와 다르지 않을 것이라고 확신합니다. 그렇다면 케빈에게 은유적인 세계를 가르쳐준 자가 누구였을까요? 성경이 온통 은유적 사건과 시적 문장 들로 채워져 있다는 사실을 부정할 수 있는 자는 없습니다. 그리고 그걸 연구하고 전달하는 성직자의 언어 역시 은유적이고 중의적인 것이 사실입니다. 그러니 소장님은 프레스틴 신부가 케빈과 둘이서만 이야기할 수 있게 자리를 비켜달라고 요청했을 때 그 의도를 의심해보았어야 합니다. 비밀에 관한 윤리 규정은 신부와 신도의 정당한 관계에서나 적용 가능한 것이지, 동성애를 강요하고 거부하는 관계에선 결코 적용될 수 없습니다. 저희는 이번 소송에서 이 점을 집요하게 추궁할 작정입니다. 앞서 언급했지만, 케빈은 철저한 무신론자였습니다. 하지만 그 역시 나약한 인간인 이상, 사형선고를 받고 교도소에 수감되면서 두려움과 함께 외로움을 느꼈을 것입니다. 당연히 자신에게 도움의 손길을 내민 자에게 호의를 지녔을 수도 있습니다. 하지만 그는 철저하게 배신당했습니다. 그리스도나 성경의 내용에 배신당했다는 게 아니라, 그것들 뒤에 숨은 사악한 인간에게 배신당했다는 뜻입니다. 케빈이 창백하고 겁먹은 얼굴로 몹시 공격적으로 행동한 이유는 그가 신부의 얼굴을 한 악마를 보았기 때문입니다. 추악한 성욕과 권력욕으로 불타고 있던 그것은 한 인간의 죽음 따위 안중에도 없었을 것입니다. 두건을 쓰고 목에 올가미를 맨 케빈이 마지막 순간까지 고함을 지르고 발버둥을 친 까닭도, 자신의 죽음 이후로도 고통은 결코 끝나지 않을 것이라는 사실을 참관인들에게 알리기 위해서였는데, 유감스럽게도 아무도 그걸 알아차리지 못했습니다. 닥터 로위는 죽는 과정에서 통증을 느끼지 못할 것이라는 거짓으로 끝까지 일관했습니다. 그리고 죽은 케빈이 허공에서 바닥으로 내려질 때까지도 프레스틴 신부는 모습을 드러내지 않았습니다.

이런 비극적인 상황이 발생할 때까지 아무런 조치를 취하지 않은 교도소장에게 업무상과실의 책임을 물을 정당한 권리가, 그 교도소를 운영하는 세금을 성실하게 납부하는 시민에게는 당연히 부여되어 있다고, 의뢰인과 법률 대리인인 저는 판단했습니다. 그래서 한 달 전에 고발장을 접수했습니다. 아마 일주일 안에 법원의 출석통지서가 당신의 사무실로 전달될 것입니다. 당신과 함께 닥터 로위와 프레스틴 신부도 함께 피소됐음을 알려드립니다.

이 편지를 읽는 순간부터 당신 또한 적법한 절차에 따라 대응해줄 것을 요청드립니다. 특히 저의 의뢰인인 발로우 부인에게 편지나 전화 등의 방법으로 직접 접촉하는 걸 엄격히 금합니다. 문의 사항이 있으면 법률 대리인인 저에게 알려주시길 바랍니다. 효과적인 대응을 위해선 당신도 법률 대리인을 지정하는 게 유리할 텐데, 제가 속한 클리포드 앤드 오스틴 로펌에는 능력 있는 변호사들이 많이 포진하고 있으니 안내 데스크로 연락해보시는 것도 현명한 방법일 것

같습니다. 끝으로 당신의 행운에 닥터 로위의 의학적 지식
이나 프레스틴 신부의 종교적 신념이 도움이 되길 진심으로
바랍니다.

　　클리포드 앤드 오스틴 로펌
　　해리슨 플록 올림.

2부
•
잠시
걸음을 멈추고
신기루를

형제

   프랑스 정부가 단 하나의 성폭행 사건을 해결하기 위해 100만 유로의 DNA 검사 비용을 승인하기 전까지 두 명의 용의자—엘윈과 요한—에겐 두 가지의 전략이 가능했다. CCTV 카메라의 영상 자료와 피해자의 진술이 확보된 이상, 범행 일체를 부인하는 것만큼 어리석은 선택은 없을 것이다. 일란성쌍둥이라는 이유로, 만약 둘 중 하나를 진범으로 지목할 수 없을 경우 검찰이 여섯 건의 사건을 적당히 나누어 둘을 모두 기소할 수도 있으므로, 모든 사건이 단 한 사람에 의해서만 일어났다는 사실을 부각시켜서, 한쪽은 사악한 자이고 다른 한쪽은 무고한 자이기 때문에, 무고한 자에게 죄를 선고하는 실수를 하지 않기 위해서라도 결국 무고한 자와 사악한 자 모두를 기소할 수 없도록 만드는 게 최선의 전략인 것이다. '피해자가 분명히 존재하고, 두 명의 용의자 중 한 명이 살인범인 것은 확실하지만 둘 중 하나에게만 죄를 선고할 수 없어서 두 명 모두를 풀어준 미제 사건'이 세상에 얼마든지 존재한다. 반대의 경우, 즉 두 명의 용의자 중 한 명이 살인범이라는 사실만큼은 확실하기 때문에 두 명을 주동자와 동조자로 지목하고 모두 구속한 사건이 프랑스에서 한 차례 일어났는데, 그들은 성난 시민들에 의해 바스티유 감옥이 파괴됐을 때 석방되어 프랑스 혁명군에 가담했다.

(1) 우애

경찰의 주목을 받은 직후부터라도 당신들은 비슷한 헤어스타일을 유지하고 비슷한 스타일의 옷을 입어야 한다. 그래서 오랫동안 당신들을 지켜보아온 이웃조차 당신들을 매번 정확히 구분할 수 없도록 만드는 게 중요하다. 얼굴이나 이름을 유독 잘 기억하지 못하는 이웃을 활용하는 게 좋다. 가끔은 자신의 이름을 바꾸어 말하기도 하라. 당신들을 정확히 구분한다고 자신하는 이웃들도 검증해보라. 만약 그들이 당신들의 정체를 정확히 구분해내거든, "저도 가끔은 제가 누구인지 헷갈릴 때가 있지요. 그래서 제 동생의 운전면허증을 집어 들고 집을 나서기도 한답니다. 그런데 이보다 더 심각한 문제는 우리조차 누가 누구인지 정확히 알아차리지 못한다는 사실이에요. 둘 중 한 명이 나서서 발목의 점을 직접 확인하기 전까지는 말이죠. 점이 있는 자가 동생이라고 어머니는 어려서부터 말씀하셨는데, 돌아가실 때쯤 어머니는 그 사실이 맞는지조차 확신하지 못하겠다고 고백하셨어요"라고 말하든지, "한번은 저희가 함께 일하고 있는 택배 회사의 고객을 기절시킨 적도 있었지요. 그 여자는 아주 성격이 까다로워서 자신과 약속한 시간보다 단 1분이라도 늦게 도착하면 현관문을 열어주지 않은 채 저희들이 듣는 앞에서 고객 센터로 전화를 걸어 항의를 했지요. 그녀의 남편은 고위 공무원이었기 때문에 그녀의 불평을 무시할 순 없었어요. 그래서 약속 시간보다 늘 10여 분 일찍 도착해서 시계를 보고 있다가 정각에 초인종을 울렸는데도 순전히 그녀의 사정으로 만나지 못할 때가 종종 있었고 그때마다 어김없이 상사에게 문책을 받아야 했죠. 너무 억울해서 그 여자를 놀려줄 작전을 짰어요. 초인종을 누르자 여자가 심드렁한 표정으로 나타났지요. 그때 저희 형제가 동시에 같은 형상의 박스를 내밀면서 '이게 또 당신에게 배달됐군요. 지금은 11시 정각입니다'라고 말했지요. 그러자 여자는 자신의 감각기관에 이상이 생겨난 줄 알고 낯빛이 흑색으로 변하더군요. 그래서 덧붙였죠. '혹시 제가 지금 두 명으로 보이지 않나요? 만약 그렇다면 서둘러 응급실을 찾아가시는 게 좋겠어요. 이 동네에 전염병이 돌고 있는 것 같아요. 4번가와 7번가의 사람들도 손님과 똑같은 반응을 보인 걸 보니.' 그랬더니 그 여자는 자리에 쓰러져 기절하고 말았지요"라고 말하면서 멋쩍게 웃어 보여라. 그러면 이웃은 당신들 사이의 차이점을 발견하는 일을 더욱더 힘들어할 것이고 자신들이 기억하는 사실들을 모두 의심하게 될 것이다. 그러다가 마침내 인간의 인지능력이라는 것이 고작해서 두 개의 대상을 비교할 수 있을 때에만 잠시 작동할 뿐이고, 또 다른 대상이 등장하는 순간 이전의 정보들은 아무런 쓸모가 없어진다는 사실을 깨닫고 몹시 부끄러워질 수도 있다.

당신들이 얼마나 비슷한 모습을 하고 있는지 각인시켰다면, 그다음엔 서로를 얼마나 깊이 신뢰하며, 이걸 형제들 사이에선 우애라고 표현하겠는데, 얼마나 서로를 위해 배려하고 헌신하면서 살아왔는지 어필할 필요가 있다.

"일란성쌍둥이라는 사실이 삶을 편리하게 만들어줄 때가 아주 많지요. 가령 저희 형제 중 한 명이 아프거나 시간이 없을 때면 다른 한 명이 대신해서 처리해줄 수 있으니까요. 초등학교를 다닐 때부터 지금까지 저희는 줄곧 그렇게 대처하고 있지요. 그래서 저희 사이엔 비밀이 있을 수가 없어요. 서로의 친구와 애인 들, 그리고 그들과의 추억까지 모두 알고 있죠. 물론 저희 각자의 친구와 애인 들은 여전히 저희를 정확히 구별해내지 못하지만, 그렇다고 저희가 여자들과의 잠자리마저 나누어 쓸 만큼 부도덕한 건 결코 아닙니다"라고 말하라. 그러고는 마침내 순수한 표정으로 바꾸면서 "전 제 동생이 차마 그토록 잔인한 범죄를 저질렀다고는 결코 생각하지 않습니다. 물론 저 역시 범인은 아니고요. 세상엔 비슷하게 생긴 사람들이 얼마든지 있는 데다가, 프랑스는 세계의 시민들 대부분이 죽기 전에 한 번쯤은 꼭 방문하고 싶어 하는 나라이기 때문에, 아무리 CCTV 카메라의 성능이 나아진다고 하더라도 행인들의 신분을 정확히 구분해내는 건 불가능한 일이지요. 게다가 저희의 사진은 지역 신문에 여러 번 실리기까지 했으니까 시민들은 마치 저희를 잘 알고 있다는 착각에 빠져 있을 수도 있습니다. 하지만 그들은 〈태양은 가득히〉라는 영화에서 알랭 들롱과 모리스 르네조차 구분하지 못했어요. 그러니 그들의 진술을 전적으로 신뢰해서는 안 됩니다. 하지만 저희 형제 중 한 명을 기어이 범인으로 지목해야 한다면, 일단 제가 모든 비난의 화살을 받겠습니다. 그렇다고 제가 저지르지 않은 범죄를 순순히 시인하겠다는 의미는 결코 아니고, 오히려 제가 나서서 동생의 혐의를 풀어주겠다는 뜻입니다. 이런 일을 하기에 동생은 너무 여리고 바빠서 제가 나서는 게 더 나을 것 같아요. 게다가 그건 부모님이 돌아가시기 전에 저희에게 남긴 유언을 실천하는 방법이기도 하니까요"라고 형이 먼저 말해라. 그러면 동생이 형의 말을 끊으면서 "아니에요. 차라리 제가 십자가를 짊어지겠습니다. 지금 유족들이나 사법 당국에게 필요한 건 정의에 대한 무한한 책임이니까 설령 아직까지 진실을 찾지 못했더라도 우선 희생양부터 지목해야 할 테지요. 택배 기사 정도면 성범죄자로 몰리기에 아주 그럴듯한 직업이 아니겠습니까? 게다가 저희는 슬럼가에서 자라난 흑인이기도 하니까요. 그래도 저희 같은 하층민에게도 엄연히 가문의 명예와 서열이라는 게 존재한다는 사실을 간과하지 마십시오. 책임감 강한 형이 프랑스 사법부의 위신을 지켜주기 위해 거짓 진술을 하고 희생하는 걸 혈육으로서 도저히 묵과할 순 없습니다. 앞으로 오랫동안 지속될 법적 공방은 많은 에너지와 인내를 요구할 것이기 때문에 병약한 형보단 건강한 제가 나서는 게 더 유리할 것 같으니, 우선 용의자로 제 이름을 기입해주시길 부탁드립니다"라고 경찰을 자극하라. 그리고 가능하다면 이런 이야기가 언론을 통해 대중에게 끊임없이 흘러 들어갈 수 있도록 기자나 소설가 몇 명과 미리 안면을 터놓기 바란다. 설령 당신들 중 한 명에게 유죄가 선고된다고 한들 대중의 동정심과 호기심이 사법 당국의 강압적이고도 비합리적인 수사 과정을 공격하게 된다면, 최종 선고를 유리한 쪽으로 이끌어갈 수 있을 뿐만 아니라 훗날 이 이야기를 영화나 소설의 소재로 팔고 유명세를 누릴 수도 있을 것이다. 그때부터 올바른 삶을 산다고 해도 너무 늦진 않다. 대중을 감동시킬 무기는 인종차별적 제도에 의해 상처 입을 수밖에 없었던 유년기 기억과, 그럼에도 불구하고 끝까지 프랑스의 시민으로서의 자존심과 겸손함을 지켜내려 애쓰는 모습이다.

(2) 반목

공격이 최선의 수비라는 말은 언제 어디서든지 유용하다. 현시대의 미덕은 인내와 순응이 아니라 저항과 파괴이다. 설령 인격적 결함을 지녔더라도 그것을 덮을 카리스마와 재능을 충분히 보유하고 있다면 대중은 결코 그에 대한 지지를 철회하지 않는다. 매력 없는 자선사업가보다는 끊임없이 구설수를 만들어내는 악동에 대중은 더 열광하는 법이다. 유명한 브릿팝 그룹이었던 오아시스는 노엘과 리암 갤러거 형제의 싸움 때문에 더 유명해지지 않았는가. 물론 그때문에 해체되긴 했지만, 둘 사이의 끊임없는 긴장감이 그들의 음악을 비틀스에 버금가는 수준까지 끌어올린 것인지도 모른다. 그러므로 아예 전략을 바꾸어 당신들 서로가 서로를 범인이라고 지목함으로써 사법 당국의 논점을 흐리게 만드는 방법도 효과적일 수 있다. 다만, 서로의 진술이 톱니바퀴처럼 정확히 들어맞되 서로 정반대의 해석을 내리도록 유도하여 결국 사법 당국이 '형의 진술은 전혀 믿지 않지만, 동생의 진술은 더더욱 믿을 수 없다'라는 결론에 이르게 된다면 당신은 곧 모든 혐의에서 해방될 것이다. 반증 가능성이 없다고 해서 무턱대고 진실로 채택될 수도 없기 때문이다. "전 결코 범인이 아닙니다. 그동안의 증거와 정황으로 보아 제 아우가 저지른 범죄가 맞는 것 같습니다. 범죄가 일어났던 날마다 그는 제 허락도 없이 제 옷과 신발을 신고 출근을 했으니까요. 한번은 아침 일찍 현관문을 나서는 녀석의 뒷덜미를 잡고 이유를 물은 적이 있었는데 절 제대로 쳐다보지도 않은 채 제 팔을 간단히 꺾고 나서는 출근하더라고요. 완력이 워낙 강해서 제가 어떻게 해볼 수는 없었지요. 그는 마치 어떤 불길한 힘에 이끌리는 것 같았지요. 그 정도의 힘이면 거의 모든 여자들을 제압할 수 있었을 겁니다. 그리고 그런 날마다 술에 취해 늦게 귀가했던 것 같아요. 제가 아끼는 옷들을 모조리 망가뜨려놓았더라고요." 형이 이렇게 말하면 옆에 앉아 있던 동생이 자리에서 벌떡 일어나 형의 멱살을 잡아 간단히 바닥에 쓰러뜨리며 소리를 질러라. "언제나 이런 식이었어. 고작 나보다 3분 일찍 태어났으면서도 형이라는 이유로 항상 나를 이용해먹었지. 하지만 이번만큼은 나도 물러나지 않겠어. 난 형의 반쪽 삶을 갉아먹기 위해 태어난 게 아니란 말이야. 내게도 꿈이나 욕망 같은 게 있으니까. 난 정말 누구보다도 열심히 살았어. 그리고 형을 위해서도 최선을 다했지. 만약 형이 침묵을 지켰다면 나 역시 경찰 조사에 결코 협조하지 않았을 거야. 하지만 난 범죄의 현장을 똑똑히 보았지. 그리고 왜 형이 그런 행동을 했는지도 정확하게 알고 있어. 형은 늘 혼자서 소유할 줄만 알았지, 누구와 나누거나 양보할 줄 모르지. 그래서 여자들을 그렇게 함부로 대하고도 일말의 죄책감을 느끼지 않을 수 있는 것이고. 형이 범죄를 저지르고 돌아온 다음 날마다 내가 형의 옷과 신발을 걸치고 나섰던 까닭은 어떻게 해서든지 형의 범죄 사실을 숨기고 경찰의 추적을 따돌리려고 했기 때문이었어. 만약 사건 현장에 잠복해 있던 경찰에게 붙들린다면 나는 범죄 일체를 형 대신 시인할 작정이었거든. 그런데 나는 운이 나빴고 형은 운이 좋았지. 왜냐하면 나는 끝내 사건 현장에서 붙들리지 않았고 그 대신 형은 자신의 알리바이를 경찰에게 직접 설명할 기회를 얻었으니까. 하지만 형의 바람대로 결론이 나진 않을 거야. 내 알리바이를 입증해줄 증인들이 형의 조력자들보다 훨씬 많을 테니까." 그러고는 둘은 마치 하나의 먹이를 두고 마주친 맹수처럼 맹렬하게 싸우라고 조언하겠다. 이야기가 막힐 때마다 유년기의 기억을 동원해가면서 서로가 서로에게 얼마나 상처를 받았으며 그 때문에 자신의 삶이 얼마나 파괴됐는지, 그래서 자신이 품은 증오를 표현하기 위해, 상대의 모습으로 변장하고 잔혹한 범죄를 저지른 뒤 상대에게 덤터기를 씌우려 한다는 사실을 알려라. 하지만 각자의 이야기를 퍼즐처럼 맞추어가던 경찰이 결말 부근에서 치명적인 오류를 발견해내고 허탈감과 분노를 주체하지 못하여 당신들에게 욕지거리를 쏟아붓고 주먹질을 해댈 때까지 차분히 기다리는 게 좋겠다. 법적 공방은 먼저 흥분한 자들이 반드시 패배하는 게임이다. 상대가 틈을 보였다 싶으면 가차 없이 찔러대라. 대중이 보는 앞에서 서로에게 침을 뱉거나 욕설도 퍼붓고 신발도 벗어 던져라. 그러면 대중은 당신들의 사연에 관심을 갖게 될 것이고 무의미한 행동 하나에도 의미를 부여할 것이며 당신들을 위해 기꺼이 싸워줄 것이다. 그러다가도 법적 공방이 너무 지루하게 진행된다 싶으면 언제 그랬느냐는 듯이 관심을 거두고 뿔뿔이 흩어질 텐데, 그땐 이미 사법 당국도 전략과 추력을 모두 잃은 뒤일 것이다.

인터뷰

    암스테르담에서 결성된 재즈 콰르텟이 아시아 투어 공연을 진행하면서 한국에 방문했다. 그들의 명성과는 어울리지 않을 만큼 적은 숫자의 관객들만이 객석을 채웠다. 평일 저녁, 그것도 서울이 아닌 지방의 시민 체육관에서 공연을 개최하겠다는 발상에서부터 이미 실패는 예견됐다. 하지만 음악가들은 실망하지 않고 최선을 다해 공연을 마무리했다. 공연기획사의 막대한 손해를 고려하여 자발적으로 개런티를 낮춰주었다는 소문까지 들렸다. 하긴 그들에겐 도쿄 공연이 남아 있었으니 실망하기엔 아직 일렀다. 루이 암스트롱, 찰리 파커, 마일스 데이비스, 존 콜트레인, 호레스 실버, 아트 블래키와 같은 위인들이 개척해놓은 일본의 재즈 시장은 최근 10여 년간 계속된 경기 침체에도 축소되기는커녕 더욱 확대됐으니, 최근 10여 년 동안 1만 장 이상 판매된 재즈 음악 앨범이 없는 이 나라에서 재즈 평론가라는 직함을 달고 암스테르담의 재즈 콰르텟을 인터뷰하기는 부끄럽기 이를 데 없었다. 그래서 나는 인터뷰 기사로 받게 될 원고료로 문배주 네 병을 사서 회견장에 들고 갔다. 선물에 흡족해한 그들은 공연장의 빈자리를 한국인들의 부지런함과 겸손함으로 이해했다. 몇 순배 돌자 너나없이 불콰해져서 나는 더 이상 그들의 이야기를 수첩에 받아 적을 수가 없게 됐다. 그래서 녹음기를 꺼내어 탁자 위에 올려두어야 했는데, 나중에 술이 깨어 들어보니 나만 너무 큰 목소리로 말한 것 같아 또다시 부끄러워졌다. 통역을 맡은 여자에겐 아무것도 기대할 수 없었는데 그녀는 찰리 파커나 마일스 데이비스조차 알지 못할 만큼 재즈에 문외한이었기 때문이다. 다만 나의 수준 낮은 영어를 알아듣고 내가 원하던 답을 즉각 만들어줄 수 있었던 것은 문배주 덕분이리라.

네덜란드에서 마약 거래가 합법화된 뒤부터 유럽의 재즈가 급격히 발전해왔다는 이야기가 있다. 본인들은 어떻게 생각하는가?
혹시 챗 베이커가 암스테르담에서 투신자살했다는 사실을 기억시키기 위한 질문인가?

아니라고는 할 수 없다.

한국 애호가 사이에서 쳇 베이커가 유명하다는 사실을 알고 몹시 의아해했다. 당신도 그의 음악을 좋아하는가?

실은 그의 음악보다 그의 인생에 매료됐다.

그가 창문으로 뛰어내렸다는 호텔은 아직도 같은 자리에 있다. 네덜란드로 여행 온 아시아인들은 그곳을 마치 죽기 전에 반드시 들러야 하는 순례지 정도로 여기고 있는 것 같다.

혹시 프란츠 카프카라는 독일, 아니 체코 소설가를 아는가?

벌레로 변한 인간에 대해서만 안다.

한국인들은 몇 년 전부터 서유럽에 싫증을 내기 시작했다. 정확히 말하자면 서유럽이 유로화를 쓰기 시작한 직후부터. 그래서 한국인들은 유로화를 사용하지 않는 유럽 국가를 찾기 시작했고 체코의 프라하는 최고의 여행지로 부상했다.

그래서?

프라하의 황금 소로에 카프카가 한때 살았던 파란 집이 있다. 그곳에는 지금 카메라로 무장한 한국인들이 북적거린다고 들었다. 하지만 그곳을 찾은 한국인들 중에서 벌레로 변한 인간의 이야기를 직접 읽은 자는 극히 소수에 불과하다. 그들에게 그 파란 집은 그저 자신의 행복을 과시하기 위한 배경일 따름이다.

당신도 그곳에 가보았나?

아니다.

벌레로 변한 인간에 대해선 알고 있겠지?

가수 요제피네라고 불리던 쥐에 대해서도 읽은 것 같다.

쳇 베이커가 녹음한 앨범에서도 쇠똥구리와 말벌의 테마가 등장한다.

처음 듣는 이야기다.

당연하다. 왜냐하면 그 앨범은 그가 죽기 직전에 암스테르담의 클럽에서 녹음됐는데, 앨범을 완성하기 전에 그가 죽는 바람에 정상적으로 발매되지 않았다. 제작사가 한정판을 만들어 지인들에게만 은밀히 배포했다. 우리도 그 앨범을 갖고 있지 못하고, 그저 한두 번 듣기만 했는데, 그의 후반기 인생이 통째로 담겨 있는 것 같은 느낌을 받았다.

당신의 말을 믿을 수가 없다. 뭔가 당신의 심사를 뒤틀리게 한 것 같아 미안하다.

생각보다 똑똑하군. 왜 우리에게 쳇 베이커나 카프카의 이야기를 하는 건가? 우리의 음악에 대해 솔직히 말해주는 게 당신의 임무 아닌가?

그럴 작정이었다. 하지만 술에 취해서 그럴 수가 없게 됐다.

하하. 그 정도면 충분하다. 당신은 참 재능 있는 평론가이다.

고맙다.

그런데 처음에 무슨 질문을 했던 거지?

마약이 유럽 또는 네덜란드 재즈에 미친 영향이 무엇이냐고 물었던 것 같다.

차라리 미국 내의 인종차별주의와 금주법, 매카시즘, 핵무기가 재즈에 미친 영향에 대해 묻는 게 좋겠다. 왜냐하면 하나같이 마약보다 더 해로운 것들이니까.

단도직입적으로 다시 묻겠다. 네덜란드인들은 대항해시대 이후 아시아와 남아메리카 대륙의 무역을 독점했던 상인들의 후예답게, 대중문화 시대의 최고 상품인 예술작품을 독점하기 위해 마약과 매춘을 세계 최초로 합법화했다는 의혹을 받고 있다. 이에 대한 당신의 견해를 듣고 싶다.

당신만 그렇게 의심하는 게 아닌가?

아니다.

우린 세계 최초로 안락사도 승인했다.

내 질문에 성실하게 대답해주면 인터뷰를 여기서 끝내겠다. 그리고 문배주 몇 병을 더 사 오겠다.

당신은 재능 있는 평론가일 뿐만 아니라 재능 있는 사기꾼이기도 하다.

하하. 고맙다.

재즈를 하기 위해서 마약을 해야 하는 것은 아니다. 우리 넷 중 어느 누구도 마약에 의존하여 영감을 얻어내려 하지 않는다. 개인적으로도 마약을 권장하지 않겠다. 하지만 어느 누구도 개인의 자유의지를 제약할 권리는 지닐 수 없다는 게 우리의 확고한 생각이다. 우리가 금기를 없애는 까닭은 조화와 통제를 위해서다.

기대했던 답은 아닌 것 같다.

술값이 아까워진 게 아닌가?

아니다.

이런 대답을 듣고 싶었다면 얼마든지 더 이야기해줄 수 있다. 하지만 인터뷰가 끝나는 즉시 우리는 당신에게 주먹을 날리고 그 빌어먹을 녹음기를 빼앗을 테니, 굳이 우리의 이야기가 제대로 녹음되고 있는지 애면글면 확인할 필요가진 없다.

당신에게는 예외적으로 개인의 자유의지를 제약할 권리가 허락됐다는 뜻인가?

입 닥치고 우리의 이야기를 똑바로 듣기나 해라.

말해라.

인간이라면 누구나 공허감을 지니고 산다. 특히 자의식으로 무장한 예술가들에게 일상은 외줄타기와 같다. 인종차별적 분위기가 미국의 모든 흑인 재즈 음악가들에게 마약을 쥐여주었다고는 단정 지을 수 없다. 그렇다고 인종차별주의자들을 옹호하는 건 결코 아니다. 우리는 단지 나약한 인간에 대해 말하고 있는 것이다. 정치적으로 절망한 유럽 청교도들이 아메리카 대륙으로 향했듯이, 침울해진 미국의 재즈 혁명가들이 연어처럼 유럽 대륙으로 돌아온 것뿐이다. 그들이 처음부터 네덜란드만을 선택한 건 아니다. 그들의 필모그래피는 대개 스웨덴의 스톡홀름이나 스위스의 몽트뢰에서 제작됐다. 네덜란드에서의 공연은 거의 앨범으로 제작되지 않았다. 왜 그랬을까? 왜냐하면 그 음악가들은 오로지 마약을 구하기 위해 네덜란드로 왔기 때문이다. 실제로 최근에 로테르담 감옥에서 자연사한 갱단 두목의 자서전에는—우리는 파렴치한 범죄자들이 자서전을 출간하는 일조차 금지하지 않는다—유명한 재즈 음악가들의 이름이 적혀 있다. 하지만 그 귀한 손님들은 네덜란드의 날씨를 견뎌내지 못했다. 며칠 동안 호텔에 처박혀 있다가 화학적 위안이 수그러들자 뒤도 돌아보지 않고 암스테르담을 떠났다. 스톡홀름이나 몽트뢰의 시민들은 네덜란드의 관대함 덕분에 위대한 음악을 즐길 수 있었다. 그러니 우리는 미국 재즈 혁명가들이 유럽에 남긴 유산의 일부를 건네받을 충분한 자격을 지녔다.

하지만 쳇 베이커는 왜 떠나지 않고 그곳에 남았다고 생각하나?

파산한 그의 수중엔 돈이 거의 없었다. 그래서 질 나쁜 마약을 구입하다 보니 부작용이 심각해졌다. 누구에게나 죽음은 그렇게 부조리한 방식으로 온다. 다행히 그의 죽음 이후로, 네덜란드 정부는 값싸고 질 좋은 마약을 국민들에게 직접 판매하기 시작했다.

당신도 그런 부조리한 죽음을 기대하는가?

그렇다. 공연 중에 전기 장치를 만지다가 가끔씩 감전되기도 하는데, 그때마다 굉장한 희열을 느낀다.

점점 당신이 걱정되기 시작했다.

고맙다. 하지만 우리의 음악이 당신의 기사보다 훨씬 나을 것 같으니, 오히려 자신을 고민하는 게 좋겠다. 어서 약속했던 술이나 사가지고 오라.

알겠다. 하지만 그전에 마지막으로 부탁이 있다. 네덜란드로 돌아가거든 마약을 파는 공무원들에게 이렇게 말해주오. 가격을 높이든지 아니면 공급량을 늘리라고. 명성을 듣고 무료 배급소를 찾아갔는데 외국인이라는 이유로 부당한 대우를 받다가 결국 빈손으로 귀국한 친구들이 내 주변엔 너무도 많다.

알았다. 그럼 당신도 한국의 공연 기획자들에게 꼭 우리의 말을 전해주오. 입장료를 낮추든지 아니면 공연장을 도시로 옮겨와 객석을 채우지 않는다면 두 번 다시 이 나라에서 공연하지 않겠다고.

알았다. 인터뷰는 이쯤에서 끝내자.

예술가

아를의 포럼 광장에 있는 카페에는 다음과 같은 메뉴판이 있답니다.

고기와 생선 요리: 얇게 썬 연어 ― 고야

생굴 요리 ― 마네, 마티스

얇게 저민 가오리 ― 샤르뎅, 앙소르

송어 요리 ― 쿠르베

야채를 곁들인 요리: 양파 샐러드 ― 고흐

가지 샐러드 ― 마티스

엉겅퀴 샐러드 ― 블라맹크

과일과 디저트:　　　　빨간 사과 ― 세잔

정오의 과일 ― 르누아르

이국의 과일 ― 고갱

바구니와 포도 ― 후앙 그리

「맛의 용어 사전」(《월간미술》 1999년 6월호)

　뉴올리언스에서는 가끔 다음과 같은 일기예보가 발표되곤 합니다.

대체로 맑음 ― 듀크 엘링턴, 데이비드 브루벡

구름 많이 낌 ― 존 콜트레인

맑다가 점점 흐림 ― 빌 에반스, 버드 파웰

한때 흐리다 갬 ― 레스터 영, 아트 페퍼

바람 많음 ― 마일스 데이비스

한두 차례 소나기 ― 클리포드 브라운

본격적인 장마 ― 쳇 베이커

아침저녁 선선함 ― 제리 멀리건

한낮의 타는 듯한 더위 ― 팻츠 나바로, 아트 블래키

기습적인 추위 ― 에릭 돌피

폭설 대란 ― 텔로니어스 몽크, 찰스 밍거스

높은 해일 ― 찰리 파커, 디지 길레스피

프라하의 블타바강 카렐교 주위에서는 매주 벼룩시장이 열려 다음과 같은 것들을 거래합니다.

던지기만 하면 벌레를 백발백중 맞히는 사과 ─ 프란츠 카프카

책장을 개조해서 만든 맹인용 수레 ─ 호르헤 루이스 보르헤스

약병이나 꽃병으로 재활용할 수 있는 술병 ─ 샤를 보들레르

지옥까지 들여다볼 수 있는 만화경 ─ 아르튀르 랭보

독일의 모든 도서관을 열 수 있는 열쇠 ─ 요한 볼프강 폰 괴테

지문이 남지 않는 날 선 도끼 ─ 표도르 도스토옙스키

늙은 말을 타고 달리면서도 책을 읽을 수 있는 안장 ─ 미겔 데 세르반테스

다리가 잘린 자들의 의족과 파이프를 만들 수 있는 물푸레나무 돛 ─ 허먼 멜빌

강에 뛰어든 사람에게 던져주기 편하도록 만든 휴대용 교수대 ─ 버지니아 울프

종군작가들을 위해 한정 판매하는 5연발 파커 만년필 ─ 어니스트 헤밍웨이

보아뱀이나 염소가 몰 수 있도록 설계된 비행기 ─ 앙투안 드 생텍쥐페리

알파벳

생태 관광을 기대하며 전 세계에서 모여든 관광객들로 공원 입구는 아침부터 북적였다. 그들은 위장 재킷을 입고 헝겊 덧신을 신었으며 쌍안경과 망원 카메라에 생물도감과 고성능 녹음기까지 준비했다. 관광객 열 명씩을 이끌고 밀림으로 들어갈 길잡이들은—관광객 무리는 10분 간격만큼 떨어져서 이동했다—하나같이 유창한 영어 실력과 더불어 야생 동식물에 대한 지식을 갖추고 있으며, 기념품을 판매하는 역할까지 맡았다.

밀림으로 출발하기 전에 모든 방문객들은 대기소에서 그 공원의 역사와 명성을 설명하는 다큐멘터리를 의무적으로 보아야 했는데, 그사이 길잡이들은 방문객들의 복장과 준비물을 확인하고 준비가 부족한 사람들을 기념품 가게로 보냈다. 그곳에서 나비들을 박제한 액자와 파충류 표본 들을 발견한 관광객들은 그것들의 살아 있는 모습을 두 눈으로 직접 볼 수 있다는 생각에 흥분을 감추지 못하며 점원이 건넨 물건을 아무런 흥정 없이 구매했다. 그리고 대기소로 돌아와서는 마치 자신이 살아 있는 나비 떼와 파충류를 본 것처럼 떠들기 시작했다. 어떤 사람들은 망원 카메라나 녹음기의 배터리 충전 상태를 확인했고, 어떤 사람들은 귀걸이나 시계를 슬그머니 풀었다.

수천 년 전 탄생했을 상태로 여태까지 보존되어 있다는 열대림 사이를 걸으면서 관광객들은 시큼한 꽃향기와 진기한 새소리와 머리 위에서 분주하게 움직이는 그림자를 확인할 수 있었지만 정작 나비 한 마리, 파충류 한 마리, 설치류 한 마리 발견할 수 없었다. 지구상에 백 마리도 남지 않은 원숭이 무리가 방금 전에 머리 위를 가로질러갔다는 길잡이의 이야기에도 관광객들은 위안을 받지 못했다. 하긴 마치 지하철처럼 10분 간격으로 등장하는 관광객 무리에게 위협을 느낀 곤충과 동물 들은 공원 개장 시간에 맞춰 은신처로 숨어들었을 게 분명했다. 길잡이는 주로 버섯이나 꽃, 나뭇잎 앞에서만 길게 이야기했고 관광객들은 따분해지기 시작했다.

두 시간 남짓의 산책을 끝내고 열대림의 끝에 다다르자 동물원이 나타났다. 이미 그 숲에서 사라졌거나 사라질 위기에 처한 동물들을 보호하기 위해 만든 곳이라고 길잡이는 설명했다. 그러고는 이내 작별을 고했는데, 우리 앞에 세워진 푯말들이 세 가지 언어로 자세한 설명을 해주고 있기 때문에 굳이 자신의 도움이 필요 없을 것이라는 이유에서였다. 우리를 연결하는 길도 오직 하나뿐이었으니 설령 장님이라 하더라도 길을 잃지 않을 것 같았다. 길잡이는 지름길을 따라 돌아갔다―그곳 열대림이 수천 년 전 탄생했을 때의 상태로 여태까지 보존되어 있다는 설명이 의심스러웠다.

길잡이의 자부심을 이해하는 데는 10분도 채 걸리지 않았다. 진기한 동물들과 그것들을 보호하고 있는 최신 시설들 앞에선 감탄이 절로 나왔다. 그런데 앞서 걷던 남자가 갑자기 상스러운 욕설을 쏟아내면서 주위 사람들의 관람을 방해하는 게 아닌가. 사람들이 그 남자 주위로 모여들었다. 그를 제지하거나 아니면 이해하기 위해서였다.

그는 기념품 가게에서 구입한 생물 도감을 꺼냈다. 그러고는 뒷장의 색인을 펼쳐 보였다. 그의 주장에 따르면, 이곳에 수용되어 있는 동물들은 단순히, 인간이 일방적으로 부여해놓은 학명의 알파벳 순서대로 배치되어 있다는 것이다. 실제로 재규어Panthera onca 옆에 줄무늬 카라카라Phalcoboenus australis 같은 맹금류가 살고 있고 그 옆에는 오랑우탄Pongo pygmaeus의 우리가 있었다. 이곳에서 동물의 우리를 배치하는 방법은 일반 동물원들이 한 블록에 각각 같은 종끼리 우리를 만드는 그것과는 분명 달랐다. 누군가는 독특하고 흥미로운 시도로 존중해야 한다며 그 남자에게 반박했다. 하지만 프랑스 고등학교에서 생물을 가르치고 있다는 그 남자의 주장은 완고했다. 각각의 생물들은 오랜 진화 과정을 거쳐 생존에 가장 적합한 습성을 지니고 태어나는데, 아무리 동물원에 갇혔다고 할지라도 이웃에 따라 생장 상태가 크게 달라질 수 있다는 것이다. 가령 줄무늬 카라카라 옆에서 사는 오랑우탄은 매 순간 이웃의 날갯짓과 울음소리와 냄새에 신경 쓰느라 발육 상태가 좋지 않고 우울증까지 앓고 있는 것 같다고 말했는데, 다른 사람의 눈에도 오랑우탄의 행동은 이상하게 보였다. 누군가가 나서서 재규어만큼은 아무런 문제가 없는 것 같다고 지분대자, 안데스산맥에서 줄무늬 카라카라와 함께 사는 재규어들은 폭설로 사냥이 어려울 때, 줄무늬 카라카라가 공중에서 종종 떨어뜨리는 먹잇감으로 끼니를 해결하는 경우가 많기 때문에 줄무늬 카라카라와 이웃으로 사는 게 유리하다고, 그 프랑스 남자는 소리를 높였다.

동물원을 발명해낸 인간의 무지와 폭력은, 동물들에게 관심이 많은 아이들이 좀 더 쉽고 빠르게 알파벳을 익히게 하려고 알파벳 순서대로 동물들을 배치하는 생각에까지 나아간 것이다.

증거재판주의

신이 불과 물로써 인간을 심판하게 되는 날을 대비하여 산속에서 10여 년 동안 집단생활을 해오던 사이비 종교 단체의 회원들이 교주의 명령에 따라 집단으로 자살했을 때, 그 현장에서 살아남은 자는 휴대전화로 경찰에 긴급 구조를 요청한 열여섯 살 소녀가 전부였다. 구조대가 두 시간 만에 현장에 도착했을 때 그 소녀 역시 식량 창고 안에서 휴대전화를 쥔 채 쓰러져 있었고 호흡이나 맥박은 없었다. 하지만 20여 분 동안의 필사적인 심폐소생술 덕분에 소녀의 몸속으로 피와 숨이 다시 돌기 시작했다. 소녀는 헬기에 실려 대학 병원으로 옮겨졌으나 의식을 끝내 회복하지 못했고 응급실 당직 의사로부터 식물인간 판정을 받았다.

이 소식이 알려지자 대학 병원의 장기이식 센터로 전화가

빗발쳤다. 그곳으로 전화를 건 자들은 장기이식 수술이 필요한 환자나 그의 가족이었다. 그들은 결코 소녀의 회복을 기대하지 않았다. 대신 소녀의 살아 있는 장기의 상태를 확인하고 그것들이 언제 적출될 것이며 자신의 차례가 되려면 얼마나 더 기다려야 하는지 문의했다. 당직 간호사가 할 수 있는 일이라곤, 전화한 자의 신분을 확인하고, 뇌사자와 식물인간의 차이를 설명해주는 것뿐이었다. 소녀는 뇌사자가 아니었으므로 연명 치료를 거부하는 보호자의 동의가 없는 한, 살아 있는 그녀에게서 장기를 적출하는 것은 엄연히 불법이었다. 물론, 식물인간 대부분이 보호자들의 경제적 이유로 은밀하게 폐기된다는 사실과, 각종 장기를 이식 받은 환자의 보호자들끼리 비공식적인 모임을 갖고 장기별로 책정되어 있는 위로금을 갹출하여 장기 공여자의 유족들에게 전달한다는 사실도 널리 알려져 있긴 했다. 하지만 소녀의 죽음과 장기 기증은 전적으로 그녀의 보호자들에 의해 결정될 수밖에 없는데, 유감스럽게도 그녀에게선 부모 이외의 보호자를 찾을 수 없었고, 그녀의 부모는 사이비 종교 단체의 열성 회원으로서 신도들에게 교주의 메시지를 전달하고 독극물을 나눠 주는 일에 앞장섰을 뿐만 아니라 딸의 미래를 강제로 중지시키는 것으로도 모자라 독약을 먹일 만큼 잔인한 자들이었다. 그들은 신도들과 함께 시신으로 발견됐으므로 식물인간이 된 소녀의 운명을 결정할 수 있는 자는 아무도 없었고, 행려병자들의 운명이 그러하듯, 소녀의 식물성은 전적으로 국가의 소유가 됐다. 하지만 직업윤리가 투철했던 당직 간호사는 아무에게도 이런 이야기를 들려주지 않았다.

그녀에 대한 적극적 연명 치료를 지지하고 나선 건 그 희대의 사건을 맡은 수사관이었다. 그는 이 사건의 배후로 유명 교회 목사와 전도사들 몇 명을 지목했으나 유감스럽게도 그들의 죄를 증명할 단서를 찾을 수가 없었다. 그래서 그는 이 사건을 해결할 유일한 목격자로 소녀를 지목하고 연방 법원이 사회의 안녕을 심각하게 해친 자들에게 정의를 실현할 수 있도록 그 소녀를 살려야 한다고 주장했다. 하지만 식물인간의 안락사를 묵인하고 장기이식을 통한 불치병 환자의 소생을 지지하는 집단들은 무분별한 연명 치료는 결국 환자와 보호자의 고통만을 증대시킬 뿐 아니라 혈세를 낭비하는 일이라고 주장하면서 반대 여론을 조장했다. 경찰 조직 내부에서도 그 수사관의 대응에 대해 부정적인 평가가 우세했다. 하지만 그 수사관은 실체가 없는 협박에 결코 굴복하지 않았는데, 최근 캐나다 과학자들이 MRI를 활용하여 식물인간과 이야기하는 데 성공했으며 여기서 얻어진 정보로 사고 당시의 상황을 완벽하게 재현해냈다는 뉴스를 이미 들어 알고 있었던 것이다. 그래서 그는 이 실험과 관련된 자료를 입수하여 법원에 제출했고 법원은 오랜 심리 끝에 그의 요구를 받아들여, 그 유일한 목격자의 연명 치료 비용을 세금으로 충당하도록 명령했다. 세 차례로 예정되어 있는 인터뷰가 완료될 때까지 어느 누구도 그녀의 장기를 적출할 수 없었다. 장기이식 수술을 기다리고 있던 환자들은 수십 년째 세금을 지원받고 있으면서도 여전히 만족스러운 수준의 인공 장기를 개발해내지 못하고 있는 자국의 과학자들을 비난했다.

이 소식을 전해 들은 언론사들은 캐나다 현지에 특파원을 보내어 사실 여부를 확인했다. 인터뷰에서 캐나다 과학자들은 개인적인 소견이라는 전제하에, 만약 그 사건을 조사 중인 수사기관에서 공식적인 협조를 요청해온다면, 기꺼이 현지를 방문하여 사건 해결을 지원하겠다고 말했다. 이 사건에 흥미를 가진 사람들은 식물인간과 뇌사자를 구별하는 방법을 알게 됐고 치명적인 사고로 뇌사 상태에 빠지면 연명 치료를 중단하고 장기를 기증하겠다는 서약서를 작성했으며, 불법 장기 매매 시장의 규모가 엄청나게 큰 데다가 개발도상국 일부가 이 사업을 직접 관리한다는 사실을 알고 크게 놀랐다. 식물인간의 존엄성을 유지하기에 턱없이 비싼 의료비를 비난하는 기사도 이어졌다.

하지만 그들은 이런 기사는 주목하지 않았다.

식물인간과의 대화가 가능해졌다는 뉴스가 발표된 뒤로 식물인 간의 사망률이 급격히 높아졌다. 이는 아마도 식물인간이 숨기 고 있는 비밀과 관련이 있는 것으로 보인다. 즉 식물인간 중 일 부는 가족이나 이웃이 자신에게 저지른 추악한 비밀을 발설하 지 않는 조건으로 목숨을 유지하고 있던 것이다. 만약 식물인 간의 의지와 상관없이 외부인들이 전자장치를 통해 그의 생명 과 직결되어 있는 비밀을 빼내려 한다면 이 또한 인간의 존엄성 을 크게 훼손하는 일과 같다. 그리고 이는 재판부가 직접 진위 를 확인한 증거만을 인정하는 증거재판주의 원칙에도 부합하기 때문에 연방 법원이 예외적 판단을 내릴 가능성은 극히 희박하 다. 그건 마치 꿈속에서 본 용의자의 인상착의만으로 몽타주를 만들고 이에 따라 범인을 체포하는 비상식적인 행동과 다를 바 없다. 거짓말탐지기의 조사 결과나 유전자 분석 결과조차 오류 가 내포되어 있을 가능성이 있다고 인정하는 법원이 식물인간 의 MRI를 증거로 인정한 이번 사건은 지극히 이례적일 뿐만 아 니라 향후 치열한 법적 논란을 야기할 것이라는 게 법의학자 다 수의 판단이다. 이제 법원의 권위는 판사에게서 의사에게로 넘 어갔다.

34.5도

오후 2시의 고속터미널 지하 식당은 하루 일과를 마친 화
훼 단지 상인들로 북적인다. 그들은 늦은 점심을 먹자마자
각자의 트럭을 몰고 집으로 돌아가서는 저녁 8시까지 잠
을 잔 뒤 다음 날의 장사를 준비해야 한다. 힘들었던 하루를
반주飯酒 없이 끝마치는 게 몹시 아쉬운 상인들은 음주운전
의 유혹으로 고통받는다. 여분의 운전사를 대동한 자들이라
면 고민이 전혀 없다. 그리고 요즈음에는 대낮에도 활동하
는 대리운전 기사들이 많기 때문에, 장사가 제법 잘된 날이
면 상인들은 아예 운전을 포기한 채 요란한 술자리를 마련
하기도 한다. 하지만 요즘같이 한낮의 불볕더위가 열대야로
이어지는 시기에는 생화生花를 찾는 손님들이 줄어들기 마련
이어서, 재배지와 유통 단지 사이의 200킬로미터 거리를 오

가는 트럭의 기름 값조차 건지지 못한 상인들은 지하 식당에서 국수 한 그릇으로 간단히 점심을 해결하는 게 고작이었다. 그들 옆에서 조촐하게나마 술자리를 즐기고 있는 자들이 있다면 그들은 필경 생화 대신 조화造花를 다루는 상인들일 텐데, 기술이 발달하면서 조화는 생화의 모양과 색깔은 물론이거니와 향기까지 완벽하게 복제할 수 있게 됐다. 둘 사이의 다른 점이라곤 가격과 보관 기간뿐이었으니, 멀리 떨어져서 꽃의 향취를 즐기는 걸 좋아할 뿐 그걸 유지하기 위해 물이나 거름을 챙겨주고 벌레를 잡아주는 일이 귀찮은 고객들은 당연히 생화보다 조화를 더욱 선호했다. 무료한 일상을 어떻게든지 버텨야 하는 부유층 여자들에게나 생화는 일주일짜리 캘린더처럼 활용됐을 따름이다. 그래서 몇 년 전부터 화훼 단지에서도 생화보다는 조화를 거래하는 상인들이 꾸준히 늘어가고 있다.

장미와 소국, 카네이션 생화를 파는 한 씨는 지하 식당에 들어설 때까지만 하더라도 술자리를 마련할 생각은 하지 않았다. 지방에서 찾아온 도매 손님들에게 괜찮은 가격으로 일찌감치 떨이를 넘긴 그는 마수걸이조차 하지 못한 이웃 상인들에게 괜스레 미안하여 그들 대신 통로를 청소하면서, 가까운 애완동물 가게로 고양이를 사러 간 아내가 돌아오길 기다렸다. 하지만 아내는 약속한 시간에 돌아오지 않왔고 오후 3시가 다 되어서야 전화를 걸어, 평생 함께 지내야 할 식구인 만큼 신중하게 고르려면 몇 군데의 가게를 더 둘러봐야 할 것 같으니 먼저 집으로 들어가라고 말했다. 통화를 마치자마자 걱정과 함께 짜증이 밀려들었는데, 한 씨는 곧 허기와 피로 때문이라고 생각하고 휘청거리면서 지하 식당으로 내려갔다. 귀가가 더 늦어지면 내일의 장사에 지장을 주기 때문에 자신이라도 먼저 집으로 돌아가 새우잠을 청해야겠다고 생각했다. 가끔 아내는 상가번영회 소속의 여자들과 터미널 근처의 찜질방에서 눈을 붙이고 가게로 바로 나오기도 했으므로 굳이 아내가 돌아오길 기다릴 필요는 없을 것 같았다. 낯선 고양이가 방 안으로 들이닥쳐 자신의 꿀잠을 방해하지 않길 바랄 따름이다.

점심시간이 지난 지하 식당은 텅 비어 있었다. 아내는 생선 비린내를 몹시 싫어했기 때문에 한 씨는 아내가 없는 기회를 놓치지 않고 혹서의 한낮에도 동태탕을 주문했다. 음식을 기다리는 동안 그는 전대纏帶를 식탁 위에 올려놓고 오늘의 수입을 확인하고 싶은 충동에 사로잡혔다. 오늘 같은 횡재가 반년만 이어진다면 그는 직원 한 명을 고용해서 트럭 운전을 맡길 수 있을 것이고 예민한 아내를 좀 더 자상하게 돌볼 수도 있을 것이라고 생각했다. 하지만 뒤이어 들이닥친 네 명의 손님을 본 그는 식탁 위의 전대를 슬그머니 식탁 아래에 숨기고 텔레비전을 쳐다보았다. 그의 정체를 알아차린 불청객들은 동의를 구하지도 않고 그를 둘러싸고 앉았다. 그들은 김치찌개와 소주를 주문했다.

"제수씨는 먼저 퇴근하셨나 보군. 합석해도 되겠지?"

그들은 한 씨의 가게에서 멀리 떨어지지 않은 곳에서 생화를 파는 남자 한 명과 조화를 파는 남자 세 명이었는데, 이름이나 가게의 위치도 모른 채 애써 약속을 만들지 않으면 상가번영회 모임에서나 겨우 만나서 알은체 정도 하는 사이였다. 일행이 있었더라면 결코 그들의 방해를 받지 않았을 것이라고 생각하니 한 씨는 아내에게 다시 짜증이 났다.

"요즘 한 씨 혼자서 화훼 단지의 돈을 싹 긁고 있다는 소문이 자자하던데, 그 정도면 우리가 알은척하기 전에 미리 술 한잔 사야 하는 것 아닌가?"

생화를 파는 상인과 조화를 파는 상인의 성향은 확실히 다르다. 전자는 계절에 앞서 출하된 화초들을 다루느라 늘 시간에 쫓기는 반면, 후자는 시간의 흐름을 거의 감지할 필요가 없어 느긋하다. 그래서 전자는 자신의 일상을 장식 없이 방치하는 데 반해, 후자에게 필요한 건 순발력이 아니라 지구력이며 예술적 감각을 발휘하여 일상을 화려하게 장식하는 것이다. 당장 한 씨를 포함해 다섯 명의 남자만 보더라도, 생화를 다루는 두 명은 운동복 차림에 시계조차 차지 않았지만, 조화를 다루는 세 명의 남자는 폴로 티셔츠에 면바지를 갖춰 입은 데다가 시계와 팔찌까지 차고 있다. 그래도 한 씨는 아내 덕분에 생화를 다루는 다른 상인들보다는 시간에 덜 쫓기고 있다고 자부했다. 저체온증을 앓고 있는 아내의 손에 의해 다듬어진 생화는 이웃 상인들이 판매하는 것보다 훨씬 오랫동안 활기를 유지할 수 있었고 그 때문에 화훼 단지 3층의 가게들 중에서 한 씨의 가게가 가장 먼저 하루의 일과를 마칠 수 있었다. 하지만 얻는 것만큼 잃는 것도 있었으니, 남들보다 체온이 2도나 낮은 아내에게선 결혼 후 5년 동안 아이가 생기지 않고 있었다. 밥벌이가 겨우 안정된 이후부터 아내는 회임에 좋다는 음식이라면 가리지 않고 찾아 먹었지만 체온은 조금도 오르지 않았다. 확실한 원인 때문에 일시적으로 체온이 떨어진 것이라면 당연히 치료약이 있겠으나, 초등학교 2학년 때 저체온 증상이 나타난 이후로, 설령 아무리 열심히 몸을 움직이고 악마의 거처처럼 끓어오르는 사우나 속에서 몇 시간 동안 들어앉아 있는다 하더라도 체온은 채 35.5도에조차 이르지 못했다고 그의 아내는, 마치 자신이 2등 계급의 시민임을 인정하듯이, 수줍게 고백했다. 과중한 스트레스 때문에 조화처럼 바짝 말라가는 아내를 옆에서 지켜보기가 안쓰러워진 한 씨는 차라리 고아원에서 아이를 입양해서 키우자고 제안했는데, 그때까지 애완동물조차 키워본 적 없는 아내는 우선 고양이부터 키우면서 제 몸의 변화를 확인해보자고 대답했다. 털 많은 생명체와는 쉽사리 친해질 것 같지 않았지만 한 씨는 아내의 치료와 임신을 위해서는 그보다 더한 고난도 묵묵히 참아낼 작정을 하고 있었으므로 흔쾌히 동의했다.

타인의 성공에는 반드시 불공정한 사회구조로 인한 자신의 희생이 개입되어 있다고 굳게 믿는 사람처럼 깐죽거리면서 한 씨에게 성마른 언사를 먼저 던진 것은 생화를 파는 남자였다. 그는 한 씨의 동태탕이 식탁 위로 올라오자 그에게 물어보지도 않고 자신의 숟가락을 담가 국물을 맛보고는 소주 한 병을 주문했다.

"전 운전해야 하는데요."

"우리도 마찬가지요. 하지만 우리 같은 사내들에게는 반주 이외의 위안은 없으니까 어찌 하겠소? 한 잔 정도는 괜찮을 것 같은데. 그게 죽은 동태에 대한 최소한의 예의지. 그리고 그 정도의 술값은 나도 벌고 있으니까 한 씨가 어렵다면야 내가 계산할 용의도 있소만. 실례인 줄 알지만 내가 참을성이 없어서, 단도직입적으로 물어봅시다. 도대체 장사의 비결이 뭐요?"

자신의 동의 없이 유린되고 있는 동태탕이 마치 부관참시당하고 있는 조상의 시신이라도 되는 것처럼 분노가 한 씨의 체온을 거의 40도까지 끌어올렸다. 고체온증을 앓고 있는 장사치라면 당연히 생화를 다루어서는 안 된다. 그러니까 무례한 손님에게도 냉정을 잃지 않은 채 거래를 유리하게 성사시키는 게 장사의 비결인 것인데, 그것은 얄팍한 상술이라기보다는 확고한 철학이라고 포장할 수도 있다. 누군가가 어느 분야에서든 두각을 나타낸다면 절묘한 비책을 묻기보다는 그것을 개발해낸 배경부터 물어야 옳다. 한 씨는 아내의 창백하고 차가운 살결의 촉감을 떠올리면서 분노를 가까스로 눌렀다. 그리고 이기적인 타인들이야말로 열린 사회의 가장 큰 적이라는 주장에 동의하기에 이르렀다.

"물론 일진이 좋았던 제가 대접해야지요. 하지만 음주운전은 안 됩니다. 아내가 지금 병원에 있기 때문에 진료가 끝나는 시간에 맞춰 태우러 가야 하거든요. 다음에 근사한 술자리를 만들어 초대할게요."

이보다 더 예의 바른 대응이 가능할까 싶어 한 씨는 스스로가 대견스럽게 생각됐다. 하얀 거짓말은 멈춰 선 소통의 기계를 다시 움직이게 하는 윤활유와 같다. 한 씨는 백일몽과도 같은 시간들이 서둘러 지나가기만을 묵묵히 기다렸다.

"사실, 상가번영회 회원들 중에 한 씨의 사업 비결을 모르는 사람은 거의 없을 거야. 그래서 한 씨가 부인에게 쩔쩔맬 수밖에 없다는 사실도 잘 이해하고 있고."

순간 한 씨는 놀라지 않을 수 없었다. 전체 상가 사람들이 아내의 저체온증을 알고 있다는 말인가. 하긴 누구든 아내의 살결에 잠시라도 손이 닿아본 사람이라면 그녀가 유독 차갑다는 사실을 깨달을 수 있었으리라. 하지만 왠지 그의 음흉스러운 표정은 마치 한 씨만 모르고 있는 아내의 비밀을 알고 있다고 말하는 것 같았으므로, 한 씨는 너무 긴장한 나머지 은장도처럼 들고 있던 숟가락을 놓치고 말았다. 결국 그는 자신도 모르게 소주 한 잔을 들이켰다.

"그게 무슨 말씀인지?"

"어, 이 친구 보게나. 얼굴이 빨개졌어. 안 마시겠다는 술까지 마시고. 요즘 도통 웃을 일이 없어서 일부러 농을 던진 것인데, 자네의 예민한 반응을 보니 내가 뭔가 제대로 짚은 모양일세그려. 허허."

조화를 다루는 일행은 아름다움이 변화에 있는 게 아니라 불멸에 있다고 굳게 믿으며 타인의 삶이란 생화만큼이나 부질없이 사라지는 것이라고 생각하는 듯, 그들의 눈앞에서 꽃가루처럼 날리고 있는 말의 파편들에는 조금도 신경을 쏟지 않고 김치찌개에 머리를 처박은 채 허겁지겁 배만 채울 따름이었다. 그들의 개인 일상은 생화를 다루는 자들의 그것보다 적어도 두 시간 이상 더 길게 이어지는 데다가, 시간이나 일손의 구애를 전혀 받지 않으면서 언제든 상품을 만들어낼 수 있었다. 그들에게 손님이란 그저 자신의 주위를 끊임없이 도는 시곗바늘과 같아서 시간이 되면 언제든지 자신을 찾아올 것이라고 믿었기 때문에 호객 행위로 정력을 낭비하는 법도 없었다.

"오해하지 말게. 난 단지 제수씨가 우리 상가번영회 회원 중에서 가장 아름답다고 말하려고 했을 뿐이니까. 그리고 나도 자네가 곧장 병원으로 트럭을 몰고 가서 부인과 아이를 데리고 오는 임무를 방해할 생각이 전혀 없다네. 며칠 전에 가까운 대학 병원에 갔다가 자네 식솔들이 접수 창구 앞에 앉아 있는 모습을 보았거든. 그때 난 폐렴 증세로 입원하신 장모님의 병원비를 계산하고 있었지."

"아이라고요? 고양이가 아니고요? 생화 바구니도 아니고요?"

한 씨는 머뭇거리다가 간신히 말을 내뱉었다.

"이 친구, 소주 두 잔에 벌써 취했나 보네. 오늘은 운전하지 않는 게 낫겠네. 실수를 했다면 용서하게나. 하지만 내가 고양이나 생화 바구니를 아이와 헷갈릴 만큼 사리 판단이 어두운 건 아니라는 사실만큼은 꼭 알아줬으면 좋겠네. 식사를 방해해서 미안하네. 술값은 내가 낼 테니 식사 마치거든 대리운전을 불러서 얼른 병원에 가보게나. 제수씨를 실망시키지 않으려면 택시를 타고 가는 게 더 좋을 것 같긴 하지만, 오늘 저녁 장사를 준비하려면 트럭이 필요할 테니 어쩔 순 없겠지."

남자는 마치 담을 치듯 소주병과 소주잔을 자신의 앞으로 끌어당겨놓고 한 씨를 경계하는 시선으로 내려다보았다. 한 씨는 심한 박탈감과도 같은 현기증을 느꼈다. 아이라고? 아이들이야 세상 곳곳에 얼마든지 존재하며 모든 아이는 모든 어른들을 얼마 정도 닮아 있다. 병원에서 부모의 손을 놓친 아이를 아내가 나서서 도와주었을 수도 있다. 그게 아니라면 혹시, 매일 생화를 다루는 이웃 남자가 아내 몸속에서 자라고 있는 태아를 꿰뚫어 본 건 아닐까. 그러니까 아내는 지금 고양이를 입양하기 위해 애완동물 가게에 있는 게 아니라 몸속의 아이를 확인하기 위해 산부인과 병원에 있을지도 모른다. 그렇다면 한 씨는 직원 한 명을 고용해서 트럭 운전을 맡기고 자신은 육아를 시작한 아내를 대신하여 가게를 지켜야 할 텐데, 쉽게 체온이 오르는 자신이 생화를 다루는 이상 명성을 지켜갈 수 없을 것이기 때문에, 차라리 조화를 판매하는 게 낫겠다고 생각했다.

이미 점심 식사를 마치고 밀크 커피를 마시고 있는 조화 상인들의 얼굴에는 연꽃처럼 평온한 표정이 번져 있었다. 고작 한 끼의 허기를 해결하기 위해 하루를 에둘러 달려온 게 아닐까. 한 씨는 그들에게 불쑥 말을 건넸다.

"혹시, 인간의 평균 체온이 몇 도인지 아세요?"

"그야 36.5도죠. 아무리 제가 장사치라고 해도 그 정도도 모를 것 같아 보이세요?"

"그건 평균 체온이니까, 체온이 평균보다 2도 정도 높거나 낮은 사람도 정상이라고 말할 수도 있겠죠?"

"그렇겠죠. 그런데 도대체 지금 무슨 이야기를 하고 싶으신 거예요? 벌써 술 취하셨어요?"

한 씨는 자리에서 벌떡 일어났다. 동태탕은 뚝배기 속에 반도 넘게 남아 있다.

"제가 그동안 파산하지 않고 사업을 유지할 수 있었던 비결이라면, 적당한 때를 기다리지 않고 먼저 나선다는 것이죠. 그 꽃이 스스로 필 시기가 왔을 땐 이미 그것은 누구에게라도 환영받을 테니까요. 그럼, 이만."

그렇게 한여름의 오후가 꽃향기 속으로 사라지고 있었다.

거래

    우리는 서로에게 약간 지쳐 있었기 때문에 칠레의 산티아고로 들어서면서 나흘 동안 떨어져 지내기로 했습니다. 후배는 시내 중심가에다 숙소를 잡았고 저는 지하철로 한참 가야 하는 외곽의 민박집을 선택했습니다. 그곳의 여행객이라곤 고작 노부부 한 쌍과 중년 남자뿐이었기 때문에 심심해질 수도 있었습니다. 시내 구경도 나가지 않고 저는 하루 종일 방 안에 처박혀서 잠을 자고 샤워를 하고 엽서를 썼습니다. 다음 날 아침 외출 준비를 마치고 식당에서 혼자 아침 식사를 하다가 우연히 책꽂이에서 한글로 된 책 두 권을 발견했습니다. 친구를 만난 것 같아 너무 흥분됐습니다. 하나는 수백여 페이지에 컬러 사진이 삽입된 양장본의 남미 역사 개론서였고 다른 하나는 문고판 『근원수필』이었습니다.

커피까지 얻어 마신 저는 산티아고 투어 도중에 틈틈이 읽을 요량으로 문고판 책을 슬그머니 주머니에 넣었지요. 그때 주인은 안채에서 설거지를 하고 있었습니다. 한글을 읽지 못하는 그가 그날 그 책을 찾을 리 없었기 때문에 저녁에 제자리에 꽂아두기만 한다면 굳이 양해를 구할 필요까지는 없다고 생각했습니다. 그래도 집을 나서다가 현관에서 주인과 마주쳤을 때는 약간 긴장되기도 했습니다. 지하철을 타고 가면서 저는 책 앞의 추천사부터 읽었습니다.

나는 『근원수필』을 부산 피난 시절에 사서 그 아름답고 단아한 문장과 소박하면서도 곡진한 서술에 반하여, 집에 누워서 읽고, 일터에 가져가서 읽고, 또 휴일이면 영도影島 뒷산에 올라가 바다를 보면서 읽곤 했었는데, 책꽂이 하나 못 가진 형편이라 이리 굴리고 저리 돌리다가 마침내 잃어버리고 말았다. 그런데 제주에 사는 소설가 최현식崔玄植 씨의 집에 방문하여 그의 책을 둘러보다가 수많은 책 속에서 이 책을 발견하고 왈칵 반가움이 치솟았던 것이다. "이 책 어디서 구했습니까?"
(중략) "최 선생, 이 책 날 주시오. 서울에 가서 복사하고 돌려드리리다." "그러시오." (중략) 지금 『근원수필』의 원본은 다시 제주도로 내려가 있다. 최현식 씨로부터 그 책을 빌려 왔을 때 나는 그것을 돌려주지 않을 심산(나의 이 병적인 '애착'을 나무라지

마시길……)이었으나, 최 형이 수삼차 사람을 보내어 그 책의 안부를 물어왔기로 복사본 한 벌을 뜨고 마지못해서 돌려보냈다.

— 민영, 「이 책을 읽는 분에게」(김용준 지음, 『근원수필』, 범우사, 1994)

　찬사를 먼저 접한 탓인지 본문을 너무 읽고 싶어져서 목적지보다 한두 정거장 앞에서 지하철을 내리고 말았습니다. 그리고 지하철역에서 가장 가까운 카페에 들어가 그 책의 반을 읽었습니다. 오랜만에 접한 한글이어서 그런지 한 문장을 읽을 때마다 단맛이 났고 모국의 사람들이 몹시 그리워졌습니다. 한 번만 읽고 돌려주기엔 그 책이 너무 아깝다는 생각이 저에게도 들고 말았습니다. 처음엔 돈을 주고 살 작정이었지요. 하지만 그 책은 어느 칠칠하지 못한 한국 여행객이 흘리고 간 것일 터이므로 굳이 제가 챙긴다고 한들 그 주인은 아무런 손해도 입지 않을 것 같았습니다. 게다가 그의 서재엔 올 컬러에다 양장본의 남미 역사책이 여전히 남아 있었으니까요. 만약 그가 돈을 받는 대신 제가 지니고 있는 책과 바꾸자고 제안했다면 전 거절했을 겁니다. 왜냐하면 제겐 책을 버리는 전통이 없기 때문입니다. 아직 읽지 않은 반 권의 책 때문에 건성으로 시내 구경을 끝내고 저는 숙소로 돌아와서 단숨에 그 책을 독파했습니다. 그리고 이 책이 이곳에서 오랫동안 저를 기다리고 있었다는 확신에

빠졌습니다. 그래서 제가 굳이 시내의 편리한 숙소들을 물리고 시내 외곽의 한적한 이 숙소까지 찾아온 게 아닐까요?

숙소로 돌아와 기어이 마지막 장을 읽고 났을 때 위대한 첼리스트 파블로 카잘스의 일화가 생각났습니다. 열다섯 살의 그가 파리의 고서점에서 악보 한 장을 찾아내기 전까지 바흐의 「무반주 첼로 조곡」은 세상에서 완벽하게 잊혀 있었습니다. 그가 10여 년을 연습하여 초연했을 때 인류는 잃어버린 영혼을 되찾을 수 있었습니다.

이 책이 집주인에게 필요할까? 그에겐 이 책보다 더 두껍고 화려한 양장본이 장식품으로 남아 있지 않은가? 이 책이 여행객들의 안전한 귀국을 보장해준다면 그에게도 영광이 되진 않을까?

이튿날 아침 저는 아침 식사를 준비하고 있는 주인에게 그 책에 대해서 이야기하려다가 기회를 놓치고 말았습니다. 그가 먼저 사라진 책에 대해 이야기할 것 같아 아침 식사도 제대로 끝낼 수가 없었지요. 그래서 그것을 배낭 깊숙이 숨기고 주인에게 배낭을 맡겨둔 채 집을 나섰습니다. 그리고 산티아고 시내에서 후배를 만나 어제 미처 방문하지 못한 명소들을 오후 늦게까지 둘러보았습니다만, 마음이 편치 않았습니다. 결국 예정보다 일찍 숙소로 돌아왔습니다. 주인이 집에 없기를 바랐으나, 배낭을 둘러메고 있을 때 주인이 2층에서 내려왔습니다. 사라진 그 문고판 책의 행방을 물으려는 것처럼 그는 머뭇거렸습니다. 작별의 시간이 조금만 더 길어졌더라면 제 심장이 터졌을지도 모릅니다. 하지만 그는 건성으로 악수를 청하더니 저녁 준비를 하러 부엌으로 들어갔습니다. 후배가 집 밖에서 기다리고 있었기 때문에 그대로 떠날 수도 있었지만, 숙박 기록부에 제 신상에 대한 정보를 기록한 이상, 후환을 없애는 게 좋겠다는 생각에 잠시 머뭇거렸습니다. 그래서 제 소지품 중에서 기념품이 될 만한 것 하나를 남기고 가자는 생각에 이르렀습니다.

문득 어젯밤 침대 머리맡에 넣어두고 챙기지 않았던 손수건을 기억해냈지요. 그것은 제가 첫 직장에 합격했을 때 여자 후배가 용돈을 털어 사준 축하 선물이었습니다. 명품이자 진품이어서 그 가격을 듣고 크게 놀랐던 기억이 납니다. 나는 발길을 돌려 제가 머물렀던 방으로 올라가 보았습니다만 이미 그 방은 다음 손님을 위해 말끔하게 정리되어 있었습니다. 만약 성품이 곧은 하녀라면 그걸 주인에게 인계했을 겁니다. 그래서 저는 주인에게 그것의 행방을 물었습니다. 그랬더니 그는 알아들을 수 없는 스페인어로 대답했지요. 정확한 내용은 모르지만 그의 표정에서 은밀한 메시지를 읽을 순 있었습니다.

"이보게, 우리의 거래는 아주 공정했다네."

결국 우리는 문 앞에서 두 번째 작별 인사로 뜨겁게 포옹까지 했습니다. 주인은 신이 저를 보살펴줄 것이라고 축원해주기까지 했죠. 그때 저는 혼자서 생각했습니다. 제가 준비하고 있던 남미 여행기가 책으로 만들어지면 꼭 그에게 보내주어서 『근원수필』의 빈자리를 채우게 할 것이라고. 하지만 이 계획은 수포로 돌아가고 말았는데, 귀국 비행기를 타기 2주일 전에 페루의 이카에서 카메라와 노트북을 도둑맞았기 때문입니다.

그때 제 수첩에 이렇게 적었습니다.

카메라와 노트북을 잃고 나니, 저는

1. 장님이 됐습니다.
2. 7개월 동안의 여행 루트가 혼란해졌습니다.
3. 제가 여행을 한 것인지 카메라와 노트북이 여행을 한 것인지 알 수 없었습니다.
4. 디지털로 기록된 기억 사이에서 연관성을 찾을 수 없었습니다.
5. 저는 다시 무명 속에 잠겼습니다.
6. 제 생애 최고의 소설이 사라졌고 그 기억 때문에 괴로울 것입니다.
7. 만약 제가 다시 글을 쓴다면 양피지에 점자로 쓰게 될 것입니다.
8. 노트북과 카메라를 사야 하는데 가난이 문제일 것 같습니다.

9. 돌아가자마자 할 일이 없어졌습니다.

10. 남은 여행 동안 저는 사라진 사진과 글만을 생각하게 될 것입니다.

11. 필경 제가 그토록 보고 싶어 했던 광경들이 절 무심하게 지나칠 것입니다.

12. 아무도 제 이야기를 쉽게 믿으려 하지 않을 겁니다.

13. 이야기는 남지만 감흥은 사라질 것입니다.

14. 여행기는 쓸 수 없을 것이고 가이드 노릇도 못 하겠지요.

15. 현실과 상상을 구별할 수 없게 됐습니다.

16. 수첩 몇 권이 더욱 중요해질 것이나 사진 없이 해독하는 데 시간과 노력이 배로 들 것입니다.

17. 잃어버린 소설을 복원하는 일은 불가능할 뿐만 아니라 부질없어질 것입니다.

18. 다시 여행을 준비하게 될 것입니다.

서치
書癡

　그때, 남미라는 단어가 떠올랐다. 마치 40여 년 전에 동해 인근에서 울퉁불퉁한 등을 드러내 보이면서 마지막 유영을 마치고 북쪽으로 사라졌던 귀신고래처럼. 서른둘의 나이에 직장을 그만두고 실핏줄처럼 세상으로 뻗은 고샅길로 들어서겠다는 선언은 나의 일상에 영향을 받고 있던 모든 사람들에게 무모한 계획으로 들리지 않을 수 없었다. 게다가 남미라니. 거기가 어느 대륙, 어느 대양과 마주하고 있으며 어떤 나라들로 이루어져 있는지 알지 못하면서도 그들은 묘한 열정을 띠며 내가 모험을 시작조차 하지 못하게 하려고 노력했다. 잠시 머리를 식히기 위해 떠나는 것이라면 유럽이나 북미가 훨씬 나을 것이라고 추천하는 그들은 마치 그곳에서 방금 전에 도착한 사람들 같았다. 하지만 낯익은 것들로부터 확실히 멀어지지 않는다면 결코 다시 시작할 수 없다는 강박관념이 내 머릿속에서 남미라는 단어를 발견해냈는지도 모르겠다. 일단 그 거대한 고래 한 마리가 머릿속으로 헤엄쳐 들어온 이상 그걸 대체할 수 있는 생각을 도저히 떠올릴 수 없었다. 스스로를 설득할 이유가 명확하지 않더라도 거부할 의사가 없는 이상 계획을 포기하는 건 불가능했다. 내 계획을 지지해줄 동지나 근거를 찾을 목적으로 나는 그 서점 안으로 들어갔던 것이다.

지하 1층의 그곳은 카페보다 조금 더 넓고 더 밝았다. 오후 4시의 서점은 연예 잡지나 학습지 코너에 두어 사람이 어슬렁거리고 있을 뿐 전체적으로 한산했다. 그래서 적어도 한 시간 정도는 사람들의 방해를 전혀 받지 않으면서 책들을 살펴보고 읽을 수 있을 것 같았다. 물론 창고 같은 곳에 숨어서 CCTV 카메라로 매장 곳곳을 감시하고 있을 서점 직원 역시 휴식을 취하기에 적당한 시간이었다. 나는 원하는 책들을 모조리 살 수 있을 만큼 부유하지 않았으므로 신중하게 책을 선정하지 않으면 안 됐다. 하지만 곧 크게 실망하고 말았으니, 그곳에는 나의 일탈을 이끌어줄 길잡이를 찾을 수가 없었다. 번거롭더라도 지하철을 갈아타고 서울 시내의 대형 서점으로 찾아가지 않은 걸 후회했다. 남미, 또는 귀신고래가 이곳의 일상으로부터 얼마나 멀리 떨어져 있는지 도저히 가늠할 수 없었다. 하지만 여행을 끝내고 지금의 자리로 무사히 돌아올 수만 있다면 나는 나처럼 일탈을 꿈꾸는 자들을 격려할 수 있는 여행서 한 권을 쓸 수도 있을 것이고, 운이 좋다면 내 책 앞에서 머뭇거리고 있는 자들과 직접 이야기를 할 수도 있을 것이다. 돌아올 이유가 생겨난다면 길 위에서 크게 방황하지 않을 자신도 있었다.

그래도 서점 직원에게 확인해보는 게 좋을 것 같았다. 그들이 구비해놓지 못한 책들에 대해 열거하면서 나의 우월함과 그들의 무능함을 한꺼번에 대비시키려 했던 의도가 분명히 있었음을 고백한다. 평범한 일상에서 스스로 벗어나기로 결심한 이상, 내가 평범한 사람들과 얼마나 다른 존재인지 끊임없이 확인하고 싶었다. 그렇게라도 스스로에게 최면을 걸지 않으면 어느 순간 슬그머니 결심을 취소하고 제자리로 돌아갈 것 같았다. 그래봤자 아무도 신경 쓰지 않을 것이고, 누군가의 빈정거림만 자극할 수도 있었다. 무료한 표정으로 카운터에서 텔레비전을 보고 있던 주인은 나의 이야기가 끝나기도 전에 귀찮다는 듯 팔을 뻗어 한 남자를 가리켰다. 복장으로 보아 그는 이곳의 직원은 아닌 것 같았다. 그의 남루한 차림새와 때에 절은 모습은 한눈에도 그가 노숙자이거나 정신병을 앓고 있는 사람이라는 확신을 갖게 하기에 충분했다. 매장의 책들을 모두 검색할 수 있는 컴퓨터 한 대 설치해놓으면 번거롭지 않을 텐데.

저 사람한테 우선 물어보세요.

하지만 그 남루한 차림의 남자에게 다가가는 것조차 꺼려졌다. 그의 몸을 두텁게 휘감고 있을 고약한 냄새를 상상하니 벌써부터 머리가 아파왔다. 그리고 점원의 무성의함에 화가 치밀기도 했다. 그래서 나는 남미와 고래에 대한 책 찾기를 포기한 채 잡지 코너에서 어슬렁거리면서 시간을 죽이고 있었다. 그때 한 여자가 서점 안으로 들어왔다. 그러고는 맑고 규칙적인 하이힐 소리를 내면서 곧장 그 남루한 남자에게 다가가더니 말을 거는 게 아닌가. 그 남자는 읽고 있던 책에서 눈을 떼지 않은 채 건성으로 무슨 말인가를 여자에게 건넸고 그녀는 백열등처럼 따뜻하고 환한 웃음을 흘리면서 그에게 가볍게 인사를 하고 물러났다. 그러더니 교양서적 코너로 곧장 걸어가서는 한 권의 책을 뽑아 곧장 카운터에서 계산을 했는데, 일련의 행동들이 너무도 자연스러워서 여자가 이곳의 단골손님이라는 확신이 들었다. 계산을 하면서도 텔레비전에서 눈을 떼지 않는 주인의 반응 역시 나의 확신을 뒷받침해주기 충분했다.

나는 이내 흥미를 느끼고 그 남루한 남자와 주인을 번갈아 살피기 시작했다. 어디선가 나를 감시하고 있을 시선이 신경 쓰이긴 했는데, 만약 오늘 저녁 서점 문을 닫고 매상과

재고를 확인하던 여주인이 CCTV 카메라 영상을 본다면 사라진 책들의 범인으로 나를 지목할 위험이 다분했다. 하지만 녹화 파일 안에서 나는 줄곧 주머니에 손을 넣은 채 서 있을 것이므로 나의 호기심까지 단죄할 이유는 없었다.

오후 6시가 되자 약속이나 했다는 듯이 사람들이 서점 안으로 몰려 들어왔고 하나같이 그 남자에게 다가가 말을 걸었다. 자세히 보니 이 서점엔 단정한 유니폼 차림의 직원이라곤 단 한 명도 없었고 주인과 남루한 남자와 창고에 숨어서 고객들을 감시하고 있을 직원이 전부인 것 같았다.

마침내 나도 그에게 말을 걸어볼 기회가 생겼다. 그 남루한 남자가 화장실에 가려는 듯 찡그린 표정으로 잡지 코너를 급히 지나가고 있었던 것이다. 나는 조심스럽게 물었다.

혹시 이곳에 남미와 고래에 대한 책이 있을까요?

그는 마치 나의 질문을 예상이라도 했던 양 조금도 주저하지 않고 발끝으로 시선을 내리깔면서 중얼거렸다.

남미와 고래가 동시에 나오는 소설은 열네 권이 있고 남미의 역사에 관한 책은 다섯 권, 아마존 원주민들의 사냥 방법을 기록한 책 한 권이 수필 코너 세 번째 선반의 왼쪽 두 번째에 꽂혀 있어요. 제목이 『고래』인 책은 어제 두 권 팔렸고 오늘 한 권 주문해두었지요. 한국 화가가 쿠바에서 그려 온 유화는 그의 글에 비해 너무 형편없었어요. 탱고의 현재를 만들어낸 작곡가의 자서전을 지금 읽고 있으니까 다 읽으면 거기에도 고래 이야기가 나오는지 알려줄게요.

나는 놀라지 않을 수가 없었다. 그는 책의 제목과 저자와 출판사만을 기억하는 게 아니라 그 책들을 모조리 읽어 해치운 다음 내용과 위치를 통째로 기억하고 있다가 손님들에게 알려주는 게 분명했다. 모든 서점에는 책 때문에 바보가 된 사람 한둘은 꼭 숨어 있기 마련이지만 이 남자처럼 완벽한 기억을 지닌 사람이 존재할는지 확신할 수 없었다.

정말 그걸 다 읽으신 건가요?

그는 내 이야기를 들으면서 잡지 하나를 뽑아 읽기 시작했는데, 아마도 오늘 매장에 입고된 책인 것 같았다. 그는 이미 자신이 화장실로 뛰어가고 있었다는 사실조차 잊어버린 게 분명했다. 나는 그에게 가볍게 인사를 하고 수필 코너로 가서 책 한 권을 뽑아 들었다. 그것은 20세기 초 아마존을 탐험한 독일 의사가 쓴 책이었는데, 원주민들이 아마존 상류로 헤엄쳐 온 분홍돌고래를 사냥하는 방법이 두 페이지가량 등장했다.

그것이 나의 남미 여행에 얼마나 도움이 될는지 판단하지도 못한 채 일종의 경외감에 마비되어 나는 그 책을 들고 카운터로 걸어갔다. 그러고는 주인에게 그것을 내밀면서 그 남루한 남자의 정체에 대해 물었다. 다행히 주인의 관심을 묶

어놓았던 텔레비전 드라마가 끝난 것인지 그녀는 마치 나를 그때 처음 본 것처럼 미소까지 지어 보이면서 계산에 집중했다. 영화 시나리오를 쓰는 사람이라고 나를 소개했더니 그녀는 내가 미처 묻지도 않은 이야기까지 순순히 들려주었다.

처음에 저도 저 남자를 싫어했지요. 매일 밤 잠자리를 바꿔가면서 한뎃잠을 자는 것 같은데 매일 아침 서점 문을 열 때면 어김없이 첫 손님으로 찾아왔어요. 아시다시피 서점이라는 건 음식점하고 달라서 영혼의 허기를 채우는 곳이니 차림새가 남루하다고 해서 그의 출입을 막을 근거가 어디 있겠어요? 그는 저녁에 문을 닫을 때까지, 길거리에서 구걸하는 시간과 화장실에 가는 시간을 빼고는, 서점 안을 어슬렁거리면서 닥치는 대로 책을 읽더군요. 손님들이 불결한 그의 존재를 발견하고 도망칠까 봐 내심 두려웠는데, 며칠 관찰해보니 그렇게 많은 손님이 사라진 것도 아니더라고요. 사라진 손님들은 하나같이 책을 가구 정도로 생각하는 게 틀림없어요. 제 친구의 서점에도 책 때문에 바보가 된 남자가 매일 찾아온다는 걸 보면, 서점을 자주 들르는 손님들이라면 그런 캐릭터에 다소 익숙한 것 같아요. 어쨌든 그에게 밥값이라도 지불할 요량으로 손님들에게 책을 찾아주는 일을 맡겨보았지요. 깨끗한 유니폼을 건네주면서 말이죠. 실패하면 그걸 빌미로 그를 내쫓아버릴 생각을 하지 않았던 건 아니에요. 하지만 그는 제가 주는 돈이나 유니폼은 받지 않더군요. 그게 자신의 독서를 방해한다고 말했던 것 같아요. 그래도 손님들에게 책을 찾아주는 일만큼은 불평 없이 곧바로 시작하더군요. 반응은 나쁘지 않았어요. 아마도 그에게서 도움을 받은 손님들은 자신이 읽지 못한 책에 대한 부끄러움 때문에, 또는 엉터리 책을 선택하여 아까운 돈을 낭비하고 싶지 않기 때문에 이 서점을 다시 찾아오는 것 같아요. 손님들은 더 다양한 책들을 진열해달라고 요구했죠. 저도 좀 더 넓은 곳으로 서점을 옮기려고 했어요. 그런데 저 남자가 극구 반대를 하더군요. 그때 제게 뭐라고 말한 줄 알아요? 인간의 기억력엔 한계가 있다는 거예요. 그리고 이 매장의 크기가 한계치라더군요. 이 말을 이해하시겠어요?

나는 고개를 흔들었다.

그러니까, 저 남자는 석 달 만에 이 매장에 있는 모든 책들을 다 읽어 치운 거예요. 그 내용뿐만 아니라 위치까지도 모두 기억하고 있답니다. 더 큰 곳으로 옮기게 되면 그는 자신의 역할을 완벽히 수행할 자신이 없었던 거예요. 저도 그의 도움 덕분에, 부에노스아이레스 출신의 소설가가 쓴 기억의 천재에 대한 소설이 우리 서점에 진열되어 있다는 사실을 알게 됐지요. 소설 코너 두 번째 책장의 오른쪽에서 여덟 번째 선반에 그 책은 2년 동안 꼼짝하지 않고 있었지요. 저 남자가 그 책의 진열 위치를 결정했는데, 그 위치와 관련되어 있다는 카발라의 비밀은 제 식견으로는 도저히 알아들을 수가 없었어요.

나는 계산을 끝내지도 않고 소설 코너로 갔다. 그리고 주인이 말한 자리와는 조금 다른 자리, 즉 소설 코너 두 번째 책장의 오른쪽에서 네 번째 선반에서 그 책을 발견했는데, 부끄럽게도 그것은 내가 오래전에 읽은 책이기도 했다. 비로소 나는 남미라는 단어가 왜 내게 귀신고래처럼 떠올랐는지 내 자신과 주변 사람들에게 설명할 수 있게 됐다. 어쩌면 그것의 위치를 바꾼 자가 나였을 수도 있다.

그때 갑자기 기억의 천재 푸네스가 서점 밖으로 달려 나가고 이내 주인이 그를 급히 뒤따랐는데 그녀의 손에는 걸레가 들려 있었다.

그렇게 타일렀는데, 젠장, 또 매장 바닥에다 오줌을 갈겼군.

회수

코펠트 씨의 예상은 적중했다. 비록 그는 여러 언론사와의 인터뷰를 통해 자신의 발견물은 단지 '지금까지 단 한 번도 여자들이 앉지 않은 더러운 변기일 뿐'이라고 강조하면서 한결같이 겸손한 태도를 유지했지만 그 이후의 반응은 결코 실망스럽지 않았다. 그리고 어제 자신의 이웃에게서 이런 이야기를 들었을 때는 우쭐해지기까지 했다.

"변기 하나로 유명해진 사람은 역사상 뒤샹과 당신뿐일 게요."

코펠트 씨는 뒤샹이라는 사람이 최초로 변기를 발명한 사람이라고 생각했다. 하지만 나중에 변기를 발명한 영국인의 이름이 뒤샹이 아니라는 사실을 알게 됐을 때, 코펠트 씨는 그가 히틀러와 필적할 만큼의 독재자였을지도 모른다고 추측했다. 한때 프랑스의 식민지였던 아프리카의 여러 나라엔 프랑스 이름을 지닌 군벌들과 독재자들이 많이 살지 않았던 가. 자신의 발견물로 큰돈을 벌게 된다면 코펠트 씨는 아내와 함께 프랑스를 여행할 작정이다. 2008년에 러시아의 부호에게 800만 달러에 팔렸다는 히틀러의 벤츠 자동차에 비하여 변기의 가치를 더 높게 평가해줄 고객은 거의 없겠지만, 그들은 적어도 히틀러의 안경이 8천 달러에 팔렸다는 사실만큼은 감안하지 않으면 안 될 것이다. 게다가 히틀러의 침대 시트마저도 4천 700달러에 팔렸다고 한다. 변기가 침대 시트보다 가치 없다고 단정 지을 수 있는 자들은 필경 변비나 설사증보다 불면증이 건강에 더 치명적인 영향을 미친다고 굳게 믿고 있을 텐데, 그들의 의견에 결코 동의하지 못하는 코펠트 씨는 자신의 발견물이 적어도 1만 달러 이상의 가치를 지녔다고 믿었다. 그 정도 금액의 예산이라면 프랑스에서 한 달 정도는 머물 수 있을 것이라고 코펠트 씨는 생각했다. 그래서 그는 프랑스의 지도를 살피고 비행기 티켓 가격을 알아보면서 즐거운 상상에 빠져 일주일이 어떻게 지나갔는지도 알지 못했다. 적어도 토요일 오후 자신을 찾아온 손자들이 지하실에 숨어 들어가기 직전까지 그의 흥분 상태는 계속됐다.

그렇다. 당신이 충분히 상상할 수 있는 바대로, 코펠트 씨에게 비극이 일어났다. 선반 위에 올려두었던 변기는 손자와 함께 바닥에 떨어졌고 그 날카로운 소리가 토요일 오후의 몽롱한 집 안 공기를 찢어발기며 코펠트 씨의 상상과 흥분 상태를 강제로 중지시켰다. 지하실에 거의 동시에 도착한 코펠트 씨와 그의 아들은 각각 서로 다른 추락물부터 서둘러 집어 들고 상태를 살폈는데 코펠트 씨의 아들은 아버지의 탐욕을 향해 저주 섞인 비명을 질러대면서 그 즉시 짐을 챙겨 돌아가버렸다. 코펠트 씨는 일요일 저녁까지 지하실에 머물면서 한낱 사금파리들로 전락한 조각을 정교하게 붙이려고 애를 썼으나, 자신의 능력으로는 히틀러의 권위와 배변의 고통을 완벽하게 복원해낼 수 없다는 결론에 이르렀다. 위스키 두 병을 모조리 비우고도 자괴감과 상실감은 좀처럼 누그러지지 않았다. 그래서 오래전부터 '파리는 모든 이들을 허락하지 않는다'라는 이야기가 회자되고 있는 것일까. 코펠트 씨는 마침내 네 살 먹은 손자가 크게 다치지 않았다는 사실만으로 만족할 수 있게 됐다. 하지만 자신에게 일어난 비극의 소식이 언론에 알려지게 된다면, 마치 인류 전체의 역사가 담긴 문화재가 한 인간의 부주의와 어리석음 때문에 파괴됐다는 비난을 듣게 될까 봐 두려워진 코펠트 씨는 사기 조각들을 쓰레기봉투에 담아 지하실 한 곳에 숨겨두었다. 그리고 다음 날 아침 자신의 서랍에서 명함 하나를 꺼내어 거기에 적혀 있는 연락처로 전화를 했다. 그러자 정확히 두 시간 뒤 코펠트 씨의 창고 앞에 누군가가 검은색 벤츠를 세우더니 운전석에서 내리지도 않은 채 트렁크 문을 열었고, 코펠트 씨가 변기 조각들이 담긴 쓰레기봉투를 그 안에 집어넣고 문을 닫자, 차창 틈 사이로 1만 달러 현금 다발을 내밀었다. 코펠트 씨가 미처 그것을 받아 들기도 전에 벤츠는 동네를 빠져나갔고 타이어의 스키드 마크가 선명하게 찍힌 1만 달러 다발을 집어 들면서 코펠트 씨는 '파리는 여러 길로 통한다'라는 속담을 처음으로 만들어냈다.

코펠트 씨가 히틀러의 개인 요트에 설치되어 있던 변기를 발견했다는 사실이 언론에 알려진 뒤부터, 더욱이 그가 '지금까지 단 한 번도 여자들이 앉지 않은 더러운 변기일 뿐'이라고 강조한 뒤로, 그의 집 주소와 전화번호를 어떻게 알아내었는지 세 부류의 사람들이 번갈아 연락해왔다. 정확히 말하자면 한 부류로부터는 협박을 받았고 다른 한 부류는 그를 회유했다. 그리고 검은색 벤츠를 타고 코펠트 씨의 창고 앞으로 나타난 자는 협박과 회유 대신 보존과 망각을 선택한 세 번째 부류였다.

히틀러를 포함한 모든 독재자들의 주변에는 세 부류의 사람들이 몰려 있는데, 가해자와 피해자, 그리고 동조자가 그것이다. 세 부류 중 대부분을 차지하는 동조자들은 대체로 정체가 모호하고 자신의 의견을 거의 말하지 않기 때문에 어느 역사책에서도 그들이 전면으로 나타나는 페이지를 찾을 순 없다. 늘 가해자와 피해자만이 역사의 전면에 나타나며 끊임없이 자리를 바꾼다. 하지만 정작 모든 역사에서 대부분의 악행을 저지르고 반성 대신 화해를 강요하는 자들이 가해자나 피해자가 아니라 오히려 동조자라는 사실은 거의 알려지지 않았거나, 너무 익히 알려진 나머지 아무런 의미도 지니지 않은 것처럼 간주되고 있다.

히틀러에게서 부모와 친척을 잃은 유대인 단체가 먼저 코펠트 씨에게 전화를 걸어 유대인 박물관에 그의 소장품을 기증해달라고 요구했다. 선조들이 이미 충분히 히틀러와 나치에게 막대한 비용을 지불했기 때문에 그들의 유산을 무상으로 기증받을 권리가 자신들에게 있다고 주장했다. 만약 그것이 히틀러 신봉자들의 손에 들어가게 한다면 코펠트 씨야말로 훗날 역사가들에 의해 제2의 아우슈비츠를 건설한 루돌프 헤스로 기록될 것이라는 협박도 서슴지 않았다. 자신들이 주관하는 유대인들의 행사에 참석하여 피해자의 후손들 앞에서 히틀러의 변기를 망치로 깨부수는 퍼포먼스를 하는 건 어떻겠냐고 제안하기도 했다. 하지만 그들의 제안 어디에도 변기의 가치를 환산한 금액은 포함되지 않았기 때문에 코펠트 씨는 아무 말도 하지 않고 전화를 끊었다.

열등한 유색인종들 때문에 세계사가 여전히 시행착오를 겪고 있다고 믿는 백인 우월주의자 단체는, 만약 코펠트 씨가 변기를 무상으로 기증한다면, 기꺼이 히틀러 기념 박물관을 세우고 기증자의 이름이 후세까지 남을 수 있도록 보장해주겠다고 약속했다. 사회는 갈수록 황폐해지고 있기 때문에 히틀러와 같은 구세주가 역사의 전면에 다시 나타나는 사건은 필연적이므로 미리 아부를 해두는 것도 나쁘지 않다는 논리를 폈다. 그리고 저명한 유전학자가 포함된 생물학자들이 백인 우월주의를 신봉하고 있기 때문에, 만약 그 변기에서 히틀러의 유전자를 발견해낼 수만 있다면 머지않아 위대한 구세주를 부활시킬 수 있다고 자신했다. 하지만 그들은 코펠트 씨의 외조부가 흑인이라는 사실을 알지 못했고, 그것이 코펠트 씨를 불안하게 만들었다.

검은색 벤츠를 타고 코펠트 씨의 창고 앞에 나타났던 남자는, 자신도 히틀러와 관계가 있다고 말했다. 하지만 그 이상의 설명은 하지 않았다. 그저 코펠트 씨가 원하는 금액을 물었고 코펠트 씨가 제시한 금액을 한마디의 첨언도 없이 그대로 수용했다. 변기가 깨어졌다고 이실직고했는데도 남자는 실망하거나 거래 금액을 깎으려고도 하지 않았다. 그 남자가 건넨 1만 달러 다발 속의 지폐 중에 단 한 장의 위폐도 섞여 있지 않은 걸 확인한 뒤에야 비로소 코펠트 씨는 그 남자의 정체와 깨어진 변기의 쓸모가 궁금해졌다.

어쩌면 그 남자의 친척이나 선조는 히틀러의 충직한 동조자, 즉 성실한 공무원이었을지도 모른다. 무한한 신뢰를 얻은 뒤부터 각종 서류들을 챙겨 들고 히틀러의 개인 요트를 드나들 수 있었을 뿐만 아니라 히틀러의 허락을 받아 변기까지 사용했을 것이다. 그러다가 전쟁의 패배를 영원히 부인하기 위해 히틀러가 벙커에서 자살한 뒤 나치의 고위 장성들이 줄줄이 전범 재판소에서 사형을 언도받자, 하위의 동조자들은 세계 각국으로 흩어져 일제히 이름과 정체를 숨긴 채 평범한 시민으로 여생을 살았을 것이다. 하지만 코펠트 씨가 발견한 히틀러의 유물 속에서, 망각 속으로 숨어든 전범들의 신분을 밝혀낼 결정적 증거들을 찾아낼지도 모른다는 추측이 전파되자, 어떤 자들은 자신의 여생을 유령처럼 따라다니고 있던 진실이 부활하게 될까 봐 두려웠을 것이다. 그래서 그걸 회수하려고 애썼던 건 아닐까. 마치 범인들이 꼭 한 번은 사건 현장에 나타나 제 눈으로 자신의 완전범죄를 확인하는 것처럼. 무덤에서 찾아낸 유전자를 검사하는 것만으로도 백여 년 전에 벌어진 범죄의 인과관계를 정확히 이해할 수 있을 만큼 충분히 합리적인 세계에 살고 있으니까.

해독
解讀

    워털루Waterloo의 브뤼셀가Chaussee de Bruxelles에서 케밥 가게를 운영하고 있는 모로코 출신의 압둘 라지드 씨는 오늘 아침부터 집에서 3킬로미터 남짓 떨어진 가게까지 걸어서 출근해야 했다. 어제 오후 가게 앞에 세워두었던 자동차의 유리창을 누군가가 예리한 도구로 도려내고 동전을 털어가는 바람에 자동차를 정비소에 맡겼기 때문이다. 브뤼셀까지 가는 시외버스가 한 시간에 한 번씩 라지드 씨의 집 앞을 지나가긴 했으나 출퇴근 시간에는 승객들로 가득 차서―라지드 씨 집 부근에는 아파트가 많고 집값이 싸서 이주 노동자가 많이 살고 있었는데 그들 대부분이 직장 가까운 곳에서 집을 얻지 못한 채 대도시로 출퇴근을 하면서 허드렛일을 하는 불법 이민자 신분이었다. 라지드 씨 역시 10여 년 전 불법 이민자로 벨기에에 왔으나 성실함과 친화력 덕분에 좌판으로 큰돈을 벌 수 있었고 워털루 시내에 가게를 열면서 정식 거주증과 노동 허가증을 받을 수 있었다. 하지만 자칫 자신과 가족들이 가난의 교훈을 잊고 나태해지는 것을 경계하여 불법 이민자 시절에 살던 아파트에서 그리 멀리 떨어지지 않은 곳에 살면서 일요일이면 가끔씩 가족들과 이전 동네 주변을 산책하기도 했다—그 중간에 버스를 타고 내리는 게 쉽지 않았기 때문에 시간이 좀 더 걸리더라도 걷는 편이 차라리 낫겠다고 라지드 씨는 생각했다. 교통 시설의 발달 이후로 걷지 않게 된 유럽인들 중에 더 이상 위대한 예술가나 철학가가 등장할 수 없을 것이라고 상상하면서 라지드 씨는 운동화 끈을 단단히 조여 맸다. 가게를 오픈한 뒤로 라지드 씨 역시 산책하는 시간이 크게 줄어들었고 최근 수개월 사이 10킬로그램 남짓의 살이 쪘다. 동전 몇 푼과 자동차 수리비를 손해 본 대신 현재의 자신을 돌아볼 수 있는 계기를 얻게 됐으니 불운을 탓할 필요도 없었다. 라지드 씨는 새로운 운동화를 사서 당분간 도보로 출근할 계획까지 세웠다가 끝내 무너뜨렸다. 이곳은 인건비가 너무 비싸기 때문에 사장이 자동차를 직접 운전하여 식재료를 실어 나르지 않으면 자신의 생계에 필요한 수익을 보장받을 수 없다. 하지만 최근에 모로코에서 도착한 동족을 고용하여 허드렛일들을 맡긴 이유가 인건비를 아끼기 위한 것은 결코 아니었고, 그들이 제대로 된 직업을 구할 때까지 그들 가족의 생계를 해결할 수 있도록 도와줄 목적이었다. 하지만 새로운 종업 원들은 불완전한 신분 때문에 지극히 제한된 업무만을 맡을 수 있었기 때문에 아무리 많은 종업원을 고용한다고 하더라 도 사장은 그들보다 더 많은 일을 해야 했다. 더욱이 벨기에 에서 할랄Halal 방식으로 도축한 소와 닭을 구하려면 모로코 에서보다 두 배 이상의 시간과 노력이 필요했다. 그래서 라 지드 씨는 매일 아침 7시에 집을 나서고 있는 것이다.

자동차를 사용할 수 없는 오늘은 평소보다 30분이나 일 찍 집을 나섰건만 자신의 집 현관문에 백묵으로 그려져 있 는 이상한 표식을 발견하고 몇 분 동안 서 있었다. 손톱 크 기의 동그라미 아래 더 큰 직사각형을 백묵으로 그려놓았는 데, 약탈자 콜럼버스가 산타마리아호를 몰고 포르투갈 항구 를 떠나기 직전에 손끝에 와인을 묻혀 바닥에 그렸다는 지 구와 달의 모습을 닮아 있었다. 그런데 누가 언제 이런 표식 을 여기에 그려 넣은 것일까. 라지드 씨는 거의 모든 이웃을 알고 있었다. 그들은 대개 워털루 시내에 위치한 자신의 집 을 외국인들에게 세를 놓고 이곳으로 이사 온 노인들이며, 국가는 젊은이들보다 노인들을 돌보는 정책에 집중하고 있 기 때문에 노인들은 천국에서 행복한 비명을 지르면서 바삐 살고 있었다. 그러니 불만이나 호기심을 품고 이웃을 신경 쓸 여유가 없었다. 이런 표식을 남길 만한 용의자들이라면 주말에 조부모를 만나기 위해 찾아왔던 이웃 주민의 아이들이 분명하다고 라지드 씨는 확신했다. 생각해보니 주말마다 그 동네는 아이들의 목소리로 생기를 잠시 얻는 것 같기도 했다. 그래서 라지드 씨는 퇴근 후 옆집을 찾아가 케밥을 건네면서 완곡하게 항의해야겠다고 생각했다―2차 세계대전 직후에 태어나 폐허 위에서 일생을 일궈온 유럽의 노인들에게 사과를 받아내는 것은, 그린란드에서 오렌지나무를 찾는 것보다도 훨씬 어려운 일이다. 더군다나 무슬림에게 고개를 조아린 유럽인들이 역사상 몇 명이나 됐던가. 그들의 이름은 그 희소성 때문에 양쪽 모두의 역사책에 아직까지 기록되어 있다. 그런데 집 앞 도로까지 걸어가면서 라지드 씨는 자신의 집뿐만 아니라 마을 전체의 집이나 담장에 여러 가지의 표식이 백묵으로 그려져 있다는 사실을 발견했다. 동그라미, 마름모, 삼각형, 엑스표, 톱니 모양, 철길 모양, 창문 모양, 물고기 모양, 동그라미와 엑스를 섞은 형상, 톱니 모양 아래 삼각형을 붙인 형상 등. 물론, 그 모든 표식들이 아이들의 의미 없는 장난이라고 치부할 수도 있었다. 하지만 오랫동안 불법 이민자로 살아온 라지드 씨를 지금의 성공한 사업가로 만들어준 것은 주위의 사소한 변화조차 그냥 보아

넘기지 않고 그 의미를 찾는 호기심과 대책을 마련하는 실천력이었고, 그 기괴한 문양 앞에서도 그의 특성은 어김없이 작동했다. 더이상 그에게 표식들은 결코 아이들의 무의미한 장난으로 보이지 않았고 오히려 중요한 메시지를 담은 암호처럼 이해됐다. 이쯤 되니 라지드 씨에겐 자신이 지금 출근 중이며 3킬로미터를 걸어가서 가게 문을 열어야 하는데 벌써 평소보다 30여 분 남짓 늦어지고 있다는 사실 따위 전혀 중요하지 않았다. 라지드 씨와 같은 무슬림은 『천일야화』에 소개된 몇 편의 에피소드를 잘 알고 있으며 특히, 도둑들을 골탕 먹이고 보물을 빼앗은 알리바바의 이야기만큼은 모르는 아이가 없을 정도였으니, 아예 출근까지 포기하고 범인 추적에 나선 라지드 씨의 행동을 이해할 수 없는 것도 아니었다. 그는 지금보다 더 강렬한 흥분을 느꼈던 적이 없었다. 브뤼셀가에 가게를 열던 날에도 그는 은행과 친지들에게 빌린 돈의 이자를 걱정하느라 전혀 즐겁지 않았고, 첫아이가 태어나는 날의 신성한 경외감도 하필 집에 들이닥친 경찰들 때문에 즐기지 못했다. 이 또한 동전 몇 푼과 자동차 유리창을 대가로 치르고 얻게 된 기쁨이었다. 그는 가게 종업원에게 전화를 걸어 자신을 대신해서 해야 할 일들을 일러주었다. 그리고 주머니에서 수첩을 꺼내어 이웃집 주인의 이름과 국적을 적고 그 아래 표식을 그렸다―그는 운동화로 갈아 신기를 너무 잘했다고 생각했다. 일흔두 채의 집이 모여 있는 동네에서 마흔세 채의 집에 백묵의 표식이 그려져 있었고 그걸 조사하는 데 두 시간이 넘게 소요됐기 때문에, 겨우 20여 분만 지나면 놀이에 흥미를 잃는 아이들의 소행이라고는 더 이상 생각할 수 없었다. 그는 수첩에 코를 박은 채 가게까지 걷는 동안 자신에게 인사를 건네는 자를 알아차리지 못했으며 몇 대의 자동차가 그를 피하려다가 충돌 사고 직전의 위험까지 내몰렸는지도 깨닫지 못했다. 길을 따라 섬처럼 늘어선 모든 그늘 아래서 라지드 씨는 걸음을 멈췄고, 표식별로 이웃들의 이름과 직업과 나이를 분류한 다음 자신이 그동안 목격한 사건과 인상을 하나씩 끼워 맞추기 시작했다. 평소 속도였다면 40분 걸어서 도착할 거리를 무려 세 시간 남짓 걸려 가게 앞까지 도착한 라지드 씨의 얼굴이 갑자기 풍선처럼 부풀어 오르면서 밝아졌다. 만약 아르키메데스가 무슬림이고 워털루에 살고 있다면 꼭 그런 모습으로 로마의 왕에게 달려갔을 것이다. 그는 가게 안으로 곧장 들어가지 않고 가까운 곳의 벤치에 앉았다.

"이제 알았어. 요즘 전체 유럽의 경기가 나빠지면서 정치인들은 선거권이 있는 시민들의 권리를 보호해주기 위해 또다시 은밀하게 분류 작업을 시작한 거야. 유대인들에게 노란 별을 달아주었던 역사가 반복되려는 걸까? 그래서 비밀 경찰들이나 이민국 직원들이 이런 표식을 남긴 게 분명해. 동그라미는 부모와 자식 모두 정상적인 유럽인들, 마름모는 유럽 태생은 아니지만 부모와 자식이 모두 합법적인 이민자들, 삼각형은 부모가 아직 불법 이민자들이지만 자식만큼은 합법적 신분을 인정받은 가정, 마름모는 부모가 합법적 이민자들이지만 자식들은 유럽 이외의 국적을 보유하고 있다는 의미인 것 같아. 그렇다면 엑스 표시가 되어 있는 집은 당연히 모두 불법 이민자들만 살고 있는 거야. 동그라미와 엑스표가 섞여 있는 집은 정밀 조사가 필요하다는 뜻인 것 같아. 이 표식은 한 명이 아니라 두 명이 차례대로 기록한 것이겠지. 톱니 모양은 당장 추방해야 할 사람들, 톱니 모양 아래 삼각형을 그려 넣은 까닭은 불법 이민자인 부모만이라도 당장 추방해야 한다는 의지를 표현한 것이겠지. 철길 모양은 강제 추방보다는 좀 더 부드러운 방법으로 귀국을 권고하겠다는 의미일 것 같고, 창문 모양이 표시된 집은 지금 당장 결정하지 않고 좀 더 지켜보겠다는 뜻으로 해석하면 될 것 같아. 그런데 이 마지막 물고기 모양은 뭘까? 그 집에 사는 사람들이 바다를 건너왔다는 뜻인가? 하지만 폴로니 씨는 이탈리아 사람이라고 들었는데. 혹시 그 늙은이가 자신의 추악한 과거를 숨기기 위해 내게 거짓말을 했을까? 아, 참. 정작 우리 집 현관문에 그려진 표식을 빠뜨렸군. 동그라미와 직사각형의 조합이라. 자밀이 만드는 케밥이 꼭 이렇게 생긴 것 같은데. 하지만 보기와는 다르게 맛 하나는 일품이지. 뭔가 내게 숨기고 있는 비법이 있는 것 같은데 속 시원하게 말해주지 않으니 좀 더 주의 깊게 관찰할 수밖에. 불법 이민자 신분에서 벗어나자마자 자신의 가게를 운영하겠다면서 나를 떠날 게 분명해. 하지만 그가 나의 단골손님들까지 데리고 가는 걸 넋 놓고 지켜보지만은 않을 거야. 지금 내가 무슨 생각을 하고 있는 거야? 라지드, 넌 그런 걱정을 할 필요가 전혀 없어. 너와 너의 가족은 모두 이미 3년 전에 합법적인 이민자가 됐고, 단 한 번도 과중한 세금에 항의를 하거나 이웃과 큰 다툼을 벌인 적도 없잖아? 아, 유레카, 유레카. 드디어 알았다. 그러니까 이 표식은, 합법적 이민자가 살고 있지만 집이나 가게에 불법 이민자를 고용하고 있다는 뜻이로구나. 그건 우리의 안녕을 심각하게 위협할 불법이니까, 어떻게 해서든지 서둘러서 정리하지 않으면 안 되겠어."

그러고 나서 라지드 씨는 가게로 급히 들어섰는데, 그때 불법 이민자인 자밀이 맥도날드 햄버거를 먹다가 주인의 갑작스러운 등장에 소스라치게 놀라며 손에 든 것을 바닥에 떨어뜨리는 게 아닌가. 알리바바와 40여 명의 도둑에 대한 이야기를 알고 있는 라지드 씨는 이웃들이 모두 잠든 틈을 타서, 지혜로운 알리바바의 아내처럼, 마을 전체의 집들에 모두 동그라미나 철길 모양의 표식을 그려 넣을 수도 있었으나, 그런 행동이 자신이 살고 있는 사회에 도움이 될는지는 자신할 수 없었다.

독서

그 기사가 게재된 지 한 달쯤 지났을 때 한 젊은이가 노인을 데리고 신문사에 나타났다. 그 기사를 쓴 기자는 동료로부터 연락을 받은 지 두 시간 뒤에야 사무실로 돌아왔다. 그녀는 7년 만에 새로운 소설책을 출간한 멕시코 출신의 소설가를 만나 인터뷰를 끝냈다. 사무실로 돌아오는 차 안에서 그녀는 어떻게 하면 그렇게 형편없는 소설을 출판한 작자와 출판사를 실망시키지 않으면서 동시에 독자들이 그 책을 구입하는 실수를 범하지 않도록 유도할 수 있을까 고민했다. 서평 기사를 쓰지 않는 것이 최선의 방법이었다. 그러려면 그럴듯한 핑계가 필요했다. 가령 독자들에게 엄청나게 팔려나간 베스트셀러가 위작으로 판명된다든지, 아니면 주요 문학상을 수상한 경력의 작가가 불의의 교통사고로 죽는다는

지, 그것도 아니라면 전쟁이나 쿠데타가 일어나서 멕시코 사람들이 한가롭게 책이나 신문을 읽을 형편이 되지 않는다든지.

사무실 입구에서 그녀를 맞이한 건 전통 복장을 한 두 명의 남자였다. 그녀는 그들이 자신의 기사를 읽은 독자라고 여겼지만, 청년만 그녀의 기사를 읽었을 뿐 노인은 그렇지 않았다. 왜냐하면 노인은 문맹이었기 때문이다. 비록 글을 직접 읽지는 못하더라도 누군가가 소리 내어 읽어준 글을 듣고 이해한 자까지 독자로 규정할 수 있다면 노인 역시 독자였다. 청년은 노인에게 이유나 목적지를 전혀 설명하지 않았는데, 기자 앞에서 한 가지 사실을 증명해 보이기 위해서였다. 사실 기자는 그들이 자신의 어떤 기사를 읽고 찾아왔는지도 짐작할 수 없었다. 왜냐하면 영세한 신문사의 사정상 채 열 명도 되지 않는 기자가 매일 열 페이지의 신문을 사건 기사와 정보로 채워야 했기 때문에, 정작 자신이 어제 무슨 기사를 썼는지 기억하는 것도 어려웠다. 그녀는 문화 관련 기사를 담당했지만 일손이 부족하면 정치나 과학 관련 기사도 작성해야 했고, 직접 취재를 나갈 수 없는 날에는 인터넷 서핑을 통해 찾아낸 내용들을 편집해서 신문에 싣기도 했다. 그러니 그녀는 그 방문객들이 자신의 기사에서 분노나 수치감을 느낀 것인지, 아니면 감사 인사를 하고 싶은 것인지, 아니면 단순히 궁금한 사항을 묻고 싶은 것인지도 예측할 수 없었다. 그들을 상대하려면 그녀에겐 시간이 필요했다. 그래서 그녀는 그들을 접견실로 안내해 앉혀두고 자신의 책상으로 가서 노트북과 함께 최근 두 달간의 신문들을 모아놓은 바인더를 챙겨서 접견실로 돌아왔다.

청년은 자신이 오악사카의 밀림에서 커피를 수확하는 일을 한다고 말했다. 그렇다고 커피 재배 농장에서 일하는 건 아니고 밀림에서 자생하는 커피나무를 찾아다니면서 커피 체리를 수확하는 일을 했다. 성인 어른의 키보다 두어 배 이상까지 웃자란 커피나무에 맨발로 기어 올라가서 커피 체리를 일일이 손으로 따는 작업은 때론 목숨을 걸어야 할 만큼 위험했으나, 밀림에서 수확한 야생 커피의 명성이 높아지고 있었기 때문에 청년은 이 작업을 계속하지 않을 수 없었다. 하지만 경쟁자가 늘어나면서 청년은, 단 한 명도 살아서 돌아오지 못한다고 알려져 있던 밀림 지대까지 들어갔고 거기서 그 노인을 만났다. 노인은 문명과 철저하게 격리한 채 홀로 화전에서 옥수수를 키우고 있었다. 그 뒤로 청년은 노인에게서 옥수수를 받는 대가로 세상 소식을 들려주었다. 노인은 커피를 마시려 하지 않았다.

기자는 그 청년의 표정과 행동을 주의 깊게 살폈다. 그 청년의 눈빛에서 오악사카의 저항적 전통을 확인하는 건 어렵지 않았다. 마르코스 부사령관이 사파티스타 민족해방군을 이끈 뒤로 그곳의 청년들은 하나같이 명확한 철학과 윤리를 지닌 생태주의자이자 무정부주의자로 변신했으며, 자신의 행동을 현란한 수사로 설명할 수 있게 됐다. 기자는 그 청년의 반감을 자극하지 않으면서 마르코스 부사령관이나 사파티스타 민족해방군의 최근 소식을 전해 들을 수 있길 희망했다. 멕시코의 신문 구독자들은 그들의 이야기에 열광한다. 한쪽은 그들이 해체되고 법의 준엄한 심판을 받게 되기를, 다른 한쪽은 그들이 멕시코를 바로 세우고 가난한 자들까지 구제하기를 희망하면서 촉각을 곤두세우는 것이다. 그 기사는 멕시코 소설가의 형편없는 소설에 대한 서평을 대체할 수 있을 뿐만 아니라, 내일 아침 자 신문의 판매 부수를 급등시킬 것이다. 상상만으로도 기자는 흥분했다.

그런데 최근에 자신이 쓴 기사 중에서 마르코스 부사령관이나 사파티스타 민족해방군과 관련된 것이 있었던가, 그녀는 곰곰이 생각해보았다.

우선 옥수수와 커피 산업의 불공정성을 고발하는 책에 대한 서평이 떠오른다. 사파티스타 민족해방군 창설 30주년을 맞이하여 그 두 가지 작물과 관련된 멕시코 산업 전반을 조사한 책을 소개한 적이 있다. 마르코스 부사령관이 쓴 동화책을 읽고 서평을 싣거나, 멕시코시티의 광장을 모두 장악한 미국식 카페의 빛과 그림자에 대해 기사를 쓰기도 했다. 옥수수 사료가 중남미의 가난한 국가들을 연쇄적으로 파산시키고 있다는 대학교수의 주장을 발췌한 적도 있고, 커피 중독인 오스트리아 남자의 일상을 기록한 르포르타주에 추천사를 써준 적도 있다. 그리고 최근에는 멕시코 전역을 점령한 마약 카르텔 조직들이 오악사카의 밀림까지 양귀비 재배지를 확대하고 있다는 기사에서 사파티스타 민족해방군 지도자들과의 연계설을 제기한 적이 있다.

사실을 말하는 것은 전혀 두렵지 않지만, 그 사실을 받아들이지 않는 자들 앞에 서 있는 건 몹시 두렵다. 그래서 기자는 그 청년이 곧 드러낼지도 모르는 분노를 피하기 위해 몸을 잔뜩 긴장시키면서 등 뒤의 탈출구까지 거리를 슬그머니 확인했다.

청년이 주머니에서 꺼낸 신문에는 "멕시코인 35퍼센트 평생 책 한 권도 안 읽는다"라는 제목의 기사가 실려 있었다. 그것은 분명 자신의 이름으로 발표된 것이었다. 하지만 그 기사는 멕시코국립자치대학 도서연구센터가 발표한 연구 결과를 발췌한 것에 불과했다. 더욱이 그 연구 결과는 다른 여러 일간지에 먼저 게재됐기 때문에 굳이 그녀까지 전화를 걸어 사실 여부를 확인할 필요는 없었다. 마감해야 할 다른 기사 때문에 그 기사를 꼼꼼히 살피지 못한 잘못은 인정하지만, 그렇게 아낀 시간으로 육류 산업이 출판 산업에 미치는 영향에 대한 정보를 신문 구독자들에게 알릴 수 있었고, 그 기사가 공공선에 기여하고 있음을 아직까지도 의심하지 않는다. 다섯 개의 일간지에 동시에 실린 신문 기사였다고 한들 그 청년이 읽은 유일한 신문에 그녀의 이름이 적혀 있는 이상, 궁색한 변명을 해야 할 의무는 그녀에게 있었다.

청년은 그 기사에 인용된 통계 방법이 틀렸다고 힘주어 말했다. 멕시코 국민 전체가 아니라 멕시코 국민 중 스페인어를 아는 사람들만을 대상으로 조사한 결과에 불과하다는 것이다. 멕시코에는 스페인어를 사용하지 않지만 문맹이 아닌 사람들뿐만 아니라, 문자를 사용하지 않지만 문맹이 아닌 사람들도 많이 존재한다고 그 청년은 주장했다. 케추아Quechua족과 나와틀Nahuatl족이 전자의 경우라면, 첼탈Tzeltal족은 후자에 속했으며, 책의 쓸모를 전혀 이해하지 못하는 종족도 존재하는데 촐Chol족이 대표적이란다. 케추아족이나 나와틀족, 첸탈족, 촐족은 모두 마야족의 일부이며, 라칸돈족, 키체족, 맘족, 칸호발란족, 초칠족, 우아스텍족 등을 모두 합한 인구는 멕시코 전체 인구의 35퍼센트를 훨씬 넘을 것이라고 말했다―기자가 나중에 확인한 바로는, 이것은 사실이 아니다. 비록 사회의 발달과 자연 파괴 등으로 인해 마야인들의 숫자가 줄어들고 있긴 하지만 그들은 오늘날까지도 명맥을 이어오고 있기 때문에 정복의 역사를 통해 개조된 멕시코 사람들만을 평가할 게 아니라, 원주민들의 전통까지 포함된 척도로 멕시코 사람들을 평가해야 한다고 주장했다. 그러고는 그 기사를 완전하게 부정할 수 있는 결정적인 증인이라며 촐족 출신의 노인을 소개했다. 촐족은 조상의 지혜는 결코 문자나 특정 표식으로 전달될 수 없고 오로지 관찰과 기억과 침묵을 통해서만 학습이 가능하다고 생각했다. 그리고 그들은 죽어서 나무로 다시 태어나기 때문에 나무를 자르는 일을 엄격히 금지해왔다. 그러니 나무를 잘라 땔감으로 사용하거나 무기를 만들고 집을 짓는 재료로 사용하는 일은 상상조차 할 수 없으며, 책을 만드는 일 또한 용서받지 못할 일이었다. 그러니 그들이 책을 읽지 않는다고 해서 멕시코 사회 전체가 몰락한다고 주장하는 것은 비논리적인 비약에 불과하며, 어리석은 책들이 현대 사회에 일으키는 피해를 생각한다면, 오히려 책을 읽지 않는 멕시코 소수민족 사람들이 노르웨이 사람들보다 더 현명할 수 있다고 주장하면서, 정정 기사를 요구하는 게 아닌가.

기자의 은밀한 연락을 받은 경비원 두 명이 접견실로 들이닥쳐 불청객들을 강제로 끌어냈다. 상황이 진정되자 기자는 평소 친분이 있는 멕시코국립박물관의 연구원에게 전화를 걸어 그 청년이 말한 사실을 확인하려 했다. 하지만 세

차례의 시도에도 연락이 닿지 않았고, 그녀는 하는 수 없이 멕시코 작가가 최근에 완성한 소설의 서평을 저녁 8시까지 완성하지 않을 수 없었다. 최종 기사를 넘기고 퇴근할 때쯤 그녀는 연구원에게서 전화를 받았다. 연구원은 마지막 촉족이 한 세기 전 오악사카 밀림에서 노예 사냥꾼에 의해 사살된 이후로 완전히 멸종됐다고 말하면서, 이런 내용이 자신이 2년 전에 출판한 책에 기록되어 있다고 덧붙였다. 기자는 다음 주 서평 코너에 실을 기사거리를 우연히 발견한 것 같아 기분이 좋아졌다.

마일스 데이비스

중심에서 벗어나 불안하게 흔들리고 있는 그의 눈동자는 상대방과 주변을 동시에 감시하는 데 유리해 보였다. 더욱이 짙은 눈썹과 두꺼운 안경알은 거짓말탐지기의 부속품 같아서 그와 이야기하는 상대는 최초의 목적도 잊은 채 마음속에 숨겨두었던 진실을 고백하지 않을 수 없었다. 그러면 그는 눈동자를 굴리면서 무의식 너머의 실존을 간파한 다음 부조리한 생의 조건들을 극복할 방법까지 이야기해줄 것 같았다. 지식인이란 모름지기 자신 밖의 세상에 끊임없이 질문을 던지는 사람이라는 명제를 스스로 증명해 보이기 위해서라도 그는 더욱 격렬하게 눈동자를 움직이면서 상대방과 주변에 집중했으리라. 그와 같은 사시斜視이면서도 연신 우스꽝스러운 표정과 동작으로 피아노를 연주해서 관객들

을 즐겁게 만들던 아트 테이텀Art Tatum과는 정반대의 인상
이었다. 수년 전 멕시코시티의 공연장에서도 사시인 남자를
만난 적이 있다. 마야족의 후예인 그는, 마야족이 이미 절멸
했다는 사실도 모른 채 멕시코 남부의 밀림 지역에서 전통
적인 방법으로 살아가는 부모에 의해, 사시가 됐다—마야
족은 어린아이의 미간 사이에 구슬을 매달아두고 쳐다보도
록 하여 사시로 만들었을 뿐만 아니라, 두 개의 나무판 사이
에 머리를 밀어 넣고 그것들의 간격을 점점 조여서 이마와
정수리를 납작하게 만들었는데, 이는 적들에게 두려움을 심
어주기 위한 목적이었다고 한다—공연의 중간 휴식 시간에
그 남자가 마실 것들을 들고 무대 뒤의 연주자 대기실로 들
어왔을 때, 마일스는 마치 멕시코국립박물관에서 탈출한 미
라와 마주친 것처럼 너무 놀라 트럼펫을 바닥에 떨어뜨리고
말았다. 마우스피스가 심하게 구부러져서 이상한 소리를 냈
으므로 급히 동료에게서 악기를 빌려 1부의 후반부 공연을
마쳐야 했다.

땀을 닦고 재즈클럽의 객석으로 걸어 나왔을 때 담배 파이
프를 문 그 남자가 그를 향해 손을 흔들었다. 그는 유창하게
영어를 구사하진 못했지만 자신이 중요하다고 생각하는 단
어는 몇 번이고 힘주어 반복했기 때문에 설령 완전히 이해하
지는 못하더라도 심각한 오해로 빠져들진 않을 것 같았다.

"헛된 이름이 그토록 오랫동안 명예를 누릴 수는 결코 없소. 당신의 음악은 내가 인간의 영혼을 가지고 있다는 사실에 대한 신의 축복이오. 우리가 좀 더 일찍 만났더라면 내 사상과 당신의 음악이 지금보다 한층 더 발전했을 것이오."

그 남자의 옆에 앉아 있던 루이 말Louis Malle 감독은 프랑스의 최고 철학자와 미국의 최고 음악가가 한자리에서 만날 수 있도록 주선한 자신의 역할에 매우 흡족해하면서 위스키 잔을 비웠다. 〈사형대의 엘리베이터〉의 흥행 성공으로 그는 한창 고무되어 있었다. 물론, 그의 영광은 영화를 함께 만든 모든 스태프들과 공평하게 나누어 가져야 하는 것이었지만, 관객의 대부분은 프랑스어를 통해서만 영화의 내용과 미덕을 이해할 수 있었기 때문에 미국 출신의 음악감독에게 돌아가야 하는 찬사는 모든 스태프들의 기대에 훨씬 못 미쳤다. 그리고 이런 결과에 인종차별의 악습이 전혀 개입하지 않았다고는 누구도 확신할 수 없었다.

역사상 최초의 유성영화의 제목은 〈재즈 싱어〉였다— 백인 주인공이 재즈 공연에 앞서 검은색으로 자신의 얼굴을 칠하는 장면은 지금까지도 모든 흑인들에게 수치심을 일으킨다. 더군다나 그 백인이 부르는 노래는 재즈가 아니다. 영화가 오늘날의 인기를 얻는 데 배경음악의 등장이 큰 역할을 한 건 사실이지만 재즈의 공헌은 거의 없었다. 그래서 자신을 재즈광으로 소개한 프랑스 감독으로부터 새로 연출할 영화의 음악감독 자리를 제안받았을 때, 그는 많이 머뭇거렸던 게 사실이다. 그래서 제안을 수락하기 전에 극장에서 몇 편의 프랑스 영화를 보았는데, 프랑스어만큼이나 이해하기 어려운 프랑스 미학 속에서 길을 잃고 영화가 끝나기도 전에 극장을 빠져나오기도 했다. 대가의 영화 앞에서 그러했으니, 이름도 들어보지 못한 젊은 프랑스 감독이 극본과 가편집된 필름을 들고 찾아왔을 때 그가 마뜩잖은 표정을 지어 보인 건 당연했다. 하지만 시카고행 기차처럼 영사기가 천천히 돌아가기 시작하면서 그는 새롭게 발명된 프랑스 미학—훗날 누벨바그로 명명된—에 깊은 감동을 받았고 영화가 끝나기도 전에 계약서에 서명하고 작곡과 녹음을 동시에 시작했다. 그는 소리 없이 흘러가는 화면을 향해 트럼펫을 겨누고 경이로운 열정에 사로잡혀 악보 없이 한 시간 동안 쉬지 않고 연주를 했다. 그것으로 녹음은 끝났고 영화 개봉일에 맞춰 파리에서 영화음악 앨범이 발매됐다. 그는 영화 시사회에 참석한 뒤 몇 군데의 무대에서 공연할 목적으로 파리에 왔다. 프랑스 관객들의 뜨거운 반응을 확인하자 그는 뛰어난 예술가들을 발굴해내는—그는 자신이 그 영화를 선택한 것이지, 그 무명의 영화감독이 자신을 선택했다고 생각하지 않았다—자신의 심미안에 스스로 감탄하는 한편 영화의 흥행과는 대조적으로 앨범 판매 실적이 너무 저조하다는 사실에 크게 실망했다. 결국 그는 영화음악이란 영화를 구성하는 소도구에 불과할 뿐 그것 자체로서 독립적인 가치를 인정받을 수 없다고 자평했다. 그는 최초의 유성영화가 만들어지기 이전의 영화감독들이 영화의 스토리와 배우들의 감정을 이해하는 데 소리가 방해될까 봐 두려워서 일부러 녹음 기술의 발명 사실을 오랫동안 숨겨왔을지도 모른다고 생각했다. 플로베르가 자신의 책에 삽화를 집어넣지 못하도록 고집을 피웠던 이유와 정확히 같다. 그래서 그는 두 번 다시 영화음악을 제작하거나 연주하는 일은 하지 않겠다고 다짐했다—그 이후 40여 년 동안 백여 장의 앨범을 더 발표했으면서도 그는 단 한 장의 영화음악 앨범도 자신의 필모그래피에 추가하지 않았다.

사르트르 옆에 목을 뺀 채 앉아 있는 여자가 보부아르라는 사실을 마일스라고 해서 모를 리 없었다. 사형대 위의 잔 모로Jeanne Moreau를 필두로 해서 파리의 여자들은 뉴욕의 여자들보다 창백하고 말랐으며 키가 크거나 손가락이 길었다. 그것은 뉴욕의 여자들보다 파리의 여자들이 더 많은 책을 읽고 더 많은 커피와 와인과 담배를 즐긴다는 사실과 깊이 연관이 있는 것 같았다. 더욱이 트렌치코트 깃을 목까지 세워 올린 보부아르의 외형은 그녀의 신경증으로 인해서 다른 파리 여자들보다도 훨씬 선명해 보였다. 카페의 실내를 유령처럼 유영하고 있는 재스민 향기는 그녀에게서 흘러나오고 있을 것이다. 그녀가 파리의 평범한 여자들처럼 영어를 전혀 할 수 없다면 얼마나 좋을까. 그렇다면 그녀의 명성을 완성시켜준 『제2의 성』을 아직 읽어보지 못한 그로서는 흑인처럼 차별받고 있는 여성의 지위에 대한 그녀의 날카로운 질문을 피해 갈 수도 있을 텐데.

'설마 그녀가 나의 모든 앨범을 들어보았다고 말하진 않겠지?'

그의 트럼펫이 영어로 연주되는 게 아니라는 사실이 조금 걱정되긴 했으나 다행히 그녀는 사르트르의 혀를 빌려 말했다.

"실존이란 몸이 아니라 영혼의 문제라오. 영혼에는 당연히 흑백의 구분이 있으니 실존도 그렇죠. 당신의 형제자매들이 미국이라는 거대한 모순 덩어리 속에서 검은 피부색 때문에 부당한 폭력을 일상적으로 경험하고 있다는 사실은 잘 알고 있소. 그래서 루이의 영화 시사회에 참석한 프랑스 주재 미국 대사에게 내가 직접 항의까지 했다오. 하지만 미국의 역사를 처음부터 끝까지 살아본 자가 아닌 이상 어느 누구도 한쪽 편을 들 수 없다고 말하더군요. 그게 내가 경멸해 마지않는 부조리의 핵심이라오. 미국이 노예해방이라는 위대한 역사를 부정한 채 여전히 짐 크로법Jim Crow laws을 고집하고 있는 백인 멍청이들에게 정의를 내맡긴다면, 설령 지금으로부터 한 세기가 더 지나더라도 당신들은 결코 자유인이 됐다고 말할 수 없을 거요. 인종차별주의가 한시적으로 재즈를 발전시켰을 수도 있겠지만, 자유가 없으면 예술은 결국 한계에 부딪히게 될 것이오. 당신 생각은 어떻소?"

프랑스 억양으로 단어들 사이의 경계를 무너뜨리고 있는 사르트르의 영어는 장거리 여행의 피로감과 함께 마일스를 더욱 괴롭혔지만 불편한 기색을 드러내 보이지 않은 채 물잔을 비우며 미소만 지었다—프랑스 맥주는 악몽보다도 더 끔찍한 기억을 남겼다. 자신은 말과 글 대신 숨소리와 땀으로 인간을 표현하는 예술가이기 때문에 굳이 그에게 말로 대답할 필요는 없을 것 같았다. 자신이 잘못 사용한 단어들을 일일이 지적하면서 그것들을 새로 정의하고 적절한 용례를 찾아내느라 사르트르가 그 괴로운 시간을 두 배 이상 늘릴 것만 같아서 마일스는 입을 떼기가 꺼려졌다.

"아폴론이 마르시아스와의 경연에서 승리하면서부터 음악에서 피부색이 중요해진 것이라오. 마르시아스는 아폴론의 제안을 단호히 거절했어야 했지. 아폴론의 류트와는 달리 마르시아스의 피리는 거꾸로 물어선 아무런 소리도 낼 수 없었으니까. 비록 아폴론이 제우스의 아들이긴 하지만 부당한 규칙을 적용하려는 그에게 당당히 저항했어야 했는데 마르시아스는 그렇게 하지 않았어. 그런데 왜 아폴론이 전리품으로 마르시아스의 살갗을 벗겨갔는지 아시오? 피부가 없는 인간만이 신전에 희생양으로 바쳐질 수 있기 때문이라오."

사르트르의 격정적인 몸짓을 피해 보부아르는 자리를 루이 쪽으로 이미 옮겨 가 있었다. 마일스는 시계를 보았다. 곧 2부 공연을 시작해야 했다. 그의 트럼펫을 기다리는 청중의 주문을 실어 나르느라 종업원들은 의자에 앉아 잠시 목을 축일 여유조차 없었다. 검은 피부색의 사람들은 종업원들과 청중 사이에 골고루 섞여 있었는데 그들이 평등하게 조화를 이루고 있는 모습은 최근 미국 흑인들이 참여하고 있는 저항운동의 미래인 것 같았다. 그래서 마일스는 그날의 레퍼토리에 없었던 「I Could Write A Book」을 앙코르곡으로 연주하기로 작정했다. 그것은 미국의 흑인 인권 운동에 지지를 표명해준 사르트르와 작별하기 위한 선물이기도 했다.

"하지만 난 당신이 프리 재즈로 전향하는 걸 바라진 않아요. 전 세계를 상대로 고독한 싸움을 벌이고 있는 우리 부부에게 밤과 함께 찾아오는 당신의 트럼펫 연주보다 더 달콤하고 확실한 위안은 없으니까요."

보부아르의 목소리는 낮고 또렷해서 카페의 소음에도 결코 길을 잃지 않았다. 마일스는 그녀의 표정을 들여다본 뒤

레퍼토리의 순서를 바꿔 「It Could Happen To You」부터 연주하고 싶어졌다. 사르트르가 침묵을 그냥 놔둘 리가 없었다.

"나도 그렇게 생각하오. 쇤베르크는 내가 존경하는 혁명가 중 한 명이지만 파리의 모든 카페에서 무조無調의 음악이 늘 환영받는 건 아니라오. 당신의 고독한 영혼을 치유할 수 있는 건 프랑스 출신의 다정하고 편견 없는 아내가 아닐까 싶소. 그것도 상송 가수라면 더할 나위 없겠지. 적어도 세계 최초로 시민혁명을 시작하고 완성한 프랑스인들만큼은 결코 피부색으로 한 인간을 판단하는 어리석은 짓은 하지 않는다오. 만약 그런 자가 나타난다면 프랑스 전체의 명예를 걸고 내가 당신을 대신해서 적과 기꺼이 싸워주겠소."

갑자기 사르트르가 팔을 들고 허공 한 곳을 가리키자 그 손가락 끝에서 한 여자가 나타나더니 그들에게 다가왔다. 그녀는 자신의 이름이 줄리엣 그레코Juliette Greco이며 상송 가수라고 밝히면서 마일스에게 손을 내밀었다. 상송은 블루스에 비해 지나치게 현학적이어서 몸은 없고 영혼만 있는 유령들이나 환영하는 음악이라고 평소 생각하던 마일스였지만 그녀의 우아하고 도도한 자태에 매혹되어 2부 공연을 시작할 시간이 거의 됐는데도 자리에서 일어나지 못했다. 그사이 루이는 마일스 옆으로 다가와 이렇게 속삭였다.

"우리는 지금 미국의 보물 하나를 훔치고 있는 중이에요.

당신이 내 영화의 음악감독 역할을 수락하는 순간부터 우리는 당신을 프랑스인으로 맞아들일 모든 준비를 끝내두었죠. 당신이 원한다면 이미 오래전에 유럽으로 건너와 있는 당신의 동료들을 파리로 초청해드릴 수도 있어요. 그들은 여기서 마약 중독을 거의 치유했으니 걱정하실 필요는 없어요. 잘 아시겠지만, 파리의 초청을 거부할 수 있는 예술인이란 죽은 사람들밖에 없어요. 파리는 어떤 인간이라도 사흘만 머물면 평범한 수준 이상의 예술가로 탈바꿈시키는 마력을 지니고 있지요. 여기서 당신이 인종차별과 같은 유령과 싸우느라 열정과 재능을 소모할 필요가 전혀 없답니다."

마일스의 결정을 재촉하듯, 객석 곳곳에서 박수 소리가 흘러나왔다. 그는 영화의 여주인공이 정부와 남편을 살해할 모의를 하면서 저녁 식사를 하는 장면에 삽입됐던 「Dîner Au Motel」로 2부 공연을 시작하기로 마음을 바꾸었다.

크로키

결국 석양의 처연한 선홍색 이외에는 아무것도 제시간에
나타나지 않았다. 봄은 4분의 2박자여서 뿌리의 침묵과 꽃
의 한숨 사이만을 오간다. 지노귀새남 같은 바람이 잠시 일
요일의 나른함을 충전시키면 미술관이나 동물원에서 흘러
나온 사람들은 자신의 기억 한 지점에서 잠시 걸음을 멈추
고 신기루를 좇는다. 신들은 추락할 때만 나타나 자비의 권
능을 자랑한다. 그가 주머니 속에 손을 넣어 만지작거리고
있는 것은 묵주나 염주가 아니라 고속버스 티켓이다. 늦어
도 모레까지 그는 열 마지기의 논을 삶고 50개의 모판을 옮
겨와야 한다. 모내기에 앞서 마른 논에 물을 대고 써레로 바
닥을 편평하게 고르는 작업을 두고 농사꾼들은 '논을 삶는
다'고 표현하는데, 미끄러운 진흙을 맨발로 밟고 서 있을 때

면 그는 자신의 누추한 삶에 대해서도 경외감을 느낀다. 나이 마흔이 넘도록 결혼하지 못한 총각이라고 해서 달라질건 없다. 누구든 시간 앞에선 외로운 법이니까. 적어도 그는 누군가를 외롭게 만드는 죄를 짓지 않았다. 그의 부모는 그의 기억이 미치지 않을 어린 시절에 교통사고로 돌아가셨고, 형제는 없다.

캄보디아의 밀림에서 날아오기로 한 처녀는 끝내 나타나지 않았다. 일요일 오후의 동물원을 맞선 장소로 잡았다는 것이 파국의 씨앗이 됐다. 하지만 그곳을 고집한 쪽은 그가 아니다. 이미 네팔 출신의 아내를 맞이하여 두 명의 아이를 키우고 있는 친구가 전화로 그렇게 통보했을 뿐이다. 그녀가 살고 있는 마을과 가장 비슷한 서울의 풍경이 동물원이라고 하니 어쩔 수 없었다. 그는 친구의 조언대로 항공료와 체재비 일체를 결혼 소개소의 코디네이터에게 입금했다. 거기에 웃돈까지 얹어 공항에서 숙소까지의 에스코트도 부탁했다. 하지만 오늘 오후부터 코디네이터와 친구는 그의 전화를 받지 않았고 프놈펜에서 출발한 비행기가 연착됐다거나 공해상에 추락했다는 소식도 듣지 못했다. 어쩌면 그가 지금 기다리고 있는 것은 사진 한 장이 전부였던 캄보디아의 여자가 아니라 자초지종을 설명해줄 친구의 전화일지도 모른다. 30년 동안의 우정과 거래하기엔 그의 손해는 보잘것없었으니, 이곳에서 계속 기다려야 하는 것인지 아니면 일단 집으로 돌아가서 연락을 기다려도 되는 것인지, 그 정도만이라도 알고 싶었다. 이주 노동자로 보이는 동남아시아인 네댓이 경칩에 점퍼도 없이 그의 앞을 지나친다. 개중엔 여자도 한 명 끼어 있었는데 어쩌면 그를 기다리게 만든 캄보디아 처녀일 수도 있다. 약속 장소로 걸어오다가 우연히 옛 애인을 만나서 마음을 바꾼 건 아닐까. 타국에서 만난 동포들로부터 이 땅의 농사꾼들이 감내하고 있는 멸시와 우울함에 대해 들었을 수도 있다. 자신이 상상한 스포츠카와 에어컨과 티본 스테이크가 존재하지 않는다는 사실을 확인하고 그녀는 놀란 가슴을 쓸어내렸을 것이다. 동족과 이곳에서 신접살림을 차리고 큰돈을 벌어서 귀향하겠다고 생각했다면, 그들은 불법 이민자로서 고단한 삶을 이어가다가 끝내 실패할 것이며, 그 여자는 내국인을 자신의 남편으로 선택하지 않은 오늘을 형벌처럼 평생 기억하게 되리라.

그래서 그는 조금 더 기다리기로 했다. 아직 버스 출발 시간까지는 두 시간 남짓 남아 있다. 열패감을 누그러뜨리지 않고 고속버스에 올랐다간 악몽 때문에 옆 사람 얼굴에다 구토를 하고 비명을 질러대다가 급기야는 고속도로 한복판에서 버스를 세우게 될까 봐 두려웠다. 그녀가 오지 않았다는 사실보다, 친구에게 배신을 당했다는 사실보다, 그 나이가 되도록 스스로의 삶을 제어하지 못하는 무력함이 끔찍하게 여겨졌다. 그것은 주기적으로 반복되는 계절에 길들여졌기 때문일 수도 있다. 그는 맹수들이 갇혀 있는 우리 쪽으로 방향을 잡는다. 그것들이 사라진 생태계에서 농사를 짓는 자들 중에 멧돼지나 고라니에게 소출을 빼앗겨보지 않은 자가 있을까. 전기 울타리와 폭죽에도 꿈쩍하지 않던 것들이 호랑이의 똥 냄새를 맡고 자취를 완전히 감췄다는 뉴스가 기억났다. 말만 잘한다면 사육사에게서 그것을 공짜로 얻어 돌아갈 수도 있을 것 같았다.

흑인 소녀는—처음엔 흑단으로 깎은 미술품처럼 보였다—호랑이 우리 앞에 웅크리고 앉아서 그림을 그리고 있었다. 날씨는 덥지도, 춥지도 않았기 때문에 호랑이는 아주 우아한 걸음걸이로 소녀의 스케치북 주변을 어슬렁거렸다. 소녀는 호랑이의 이빨이나 발톱보다도 더 날카로운 시선으로 피사체를 쏘아보았다. 그녀의 인광이 호랑이의 무늬를 더욱 선명하게 드러내는 것 같았다. 소녀의 시선과 호랑이의 그것이 마주쳤다고 생각되는 순간, 목탄 선 몇 개만으로 이루어진 호랑이가 스케치북 안에 갇혔다. 그것은 역동성과 고독 사이에서 소리 없이 울부짖었다. 서울 한복판의 동물원은 케냐나 모잠비크의 초원으로 옮겨져 있었고, 호기심 많은 행인들은 그 소녀를 동물원의 재산 정도로 여기는 것 같았다.

그러니까 아프리카의 초원에서 동물과 인간이 분리되기 이전의 유전자가 소녀에게 흐르고 있어서 그녀를 동물원 우리 안에 가둔다고 해도 그다지 놀라지 않을 게 분명했다.

그는 그 소녀 옆에 서서 스케치북 안에 갇혀 있는 몇 마리의 호랑이를 힐끔 내려다보았다. 어떤 것은 정체를 분명히 드러내고 있었지만, 어떤 것은 자연이나 무의식 속에 숨어 있어서 정체를 알아볼 수 없었다. 하긴 아프리카의 생태계는 거의 파괴됐고 그곳의 야생동물들은 사냥꾼에게 포획되어 세계 각국의 동물원이나 서커스단으로 수출됐을 테니, 아프리카의 사람들조차 자국의 동물들을 보려면 동물원이나 서커스단의 입장권을 사지 않으면 안 될 것이다. 소녀가 집 주변에서 직접 보았던 호랑이도 모두 그런 곳에 갇혀 있을 것이고, 그래서인지 스케치북 위의 그것들은 하나같이 우울 속에서 태어났다. 호랑이 한 마리를 초원 속에 숨기다 말고 갑자기 소녀가 그에게 알은체를 했다.

"여기서 아프리카는 얼마나 멀죠?"

그가 장님이었거나 적어도 한밤중의 골목에서 그 소녀와 마주쳤다면 자신과 동족이라는 사실을 조금도 의심하지 않았을 것이다. 검은 피부와 전혀 어울리지 않는 완벽한 한국어 실력은 그 소녀가 이곳에서 태어나서 지금까지 겪었을 불행의 결과였으리라.

"너도 한국 사람이니?"

이 말을 들은 아이의 표정을 어떻게 설명할 수 있을까. 그 앞에 앉아 있는 건 열두 살 정도의 소녀가 아니라 아프리카 대륙 전체와 수십만 년의 인류 전체인 것 같다. 그 막막함이란. 수많은 언어와 날씨와 풍경이 그 소녀의 표정 위에서 펼쳐지는가 싶더니 곧 잠잠해졌다. 그는 '아이야, 이렇게 말하는 나를 결코 용서하지 말거라. 나의 혀는 사람들의 심장을 겨냥하는 독침이니, 그것을 산 채로 뽑아, 착하고 순수한 아이야, 제발 내 심장을 찔러다오'라고 소리 없이 외쳤다.

"한국이 그렇게 좁은 나라라면 언젠가 저도 떠나겠지요."

그 소녀는 호랑이에게서 눈을 떼지 않은 채 그렇게 중얼거렸다. 순간 그는 다리가 풀려 바닥에 주저앉고 말았고 그런 자세로 한동안 석양을 흘려보냈다. 가끔씩 소녀의 그림자가 그의 그림자 속으로 밀려들어 왔는데, 어느 것이 그림자이고 어느 것이 소녀인지 구별할 수 없었다.

"너무 늦었는데 집에 돌아가지 않아도 괜찮니?"

곧바로 자리에서 일어나 엉덩이를 털지 않으면 마지막 버스 출발 시간 안에 터미널에 도착할 수 없을 것 같았으나 그 소녀가 또 한 마리의 호랑이를 스케치북으로 옮길 때까지 묵묵히 기다려주고 싶었다. 사위가 이미 어두워져서 그의 눈에는 우리 안의 호랑이가 보이지 않았는데도 목탄을 쥐고 있는 소녀의 손은 움직임을 멈추지 않았다.

"아프리카에 살지 않는 동물 중 하나가 바로 호랑이래요. 그래서 잘 기억해두려는 거예요."

"정말 그곳으로 갈 거니? 거기 누가 사는데? 거긴 너무 멀어서 어른들에게도 용기가 필요하단다."

"거긴 아무도 없어요. 하지만 제 피부 색깔이 바뀌지 않는 이상 여기서 정상적으로 살진 못할 거예요. 그렇다고 완전한 흑인처럼 영어나 노래나 운동을 잘하는 것도 아니고. 어른이 되기 전에 이 나라를 떠나지 못하면 저도 저 녀석처럼 갇혀 지내게 되겠지요. 그래서 그림을 시작한 거예요."

"네 그림들을 자세히 볼 수 있을까?"

그는 엉겁결에 소녀의 스케치북을 받아 들었으나 사위가 너무 어두워 아무것도 볼 수 없었다. 그래서 주머니에서 휴대전화를 꺼내어 불을 밝혔는데, 그 순간 날렵한 무엇인가가 그의 손등을 물고 달아났다. 온몸을 울리는 통증을 어디에다 뱉어야 하는지 몰라 그는 두리번거렸을 뿐이다. 소녀 또한 보이지 않고 목소리로만 남았다.

"방금 전에 아저씨가 무슨 짓을 하신 줄 아세요? 아저씨의 부주의 때문에 제가 한 달 동안 수집해온 동물들이 모두 달아나고 말았다고요."

그는 웃을 수도, 그렇다고 소녀를 타이를 수도 없었다. 그런 이야기를 믿어주기엔 자신의 나이가 너무 많다고 생각했다. 결혼을 하거나 아이를 기른 적이 없으므로 거짓이 어느 순간에 어떻게 진실을 이야기하는지 전혀 알지도 못했다.

"하지만 그렇게 하지 않으면 아무것도 볼 수 없었단다."

그러자 소녀가 말했다.

"아저씨는 볼 수 없어도 그 동물들은 아저씨를 똑똑히 볼 수 있었으니까 굳이 불을 켜실 필요까진 없었어요."

그러고는 이야기가 끊겼다. 인기척을 내보아도 소녀는 아무런 대꾸도 하지 않았다. 가로등이 꺼지면서 행인들의 발자국 소리도 말끔히 지워졌다. 그는 바닥을 더듬어보았으나 휴대전화를 찾을 수 없었다. 그러자 자신이 어쩌면 울타리를 넘어 호랑이 우리 안으로 들어와 있을지 모른다는 두려움에 사로잡혔다. 자신이 더듬고 있는 건 바닥이 아니라 호랑이의 줄무늬는 아닐까. 호랑이와 흑인 소녀와, 소녀의 스케치북에서 빠져나간 동물들이 어둠 속에서 그를 주시하고 있다면 굳이 불을 밝혀서 자신의 존재를 드러내지 않는 편이 나았다. 왜냐하면 죽음은 대개 진실을 목격한 사람들에게 찾아오는 우연한 사건이기 때문이다.

차가운 바닥에 앉아 옴짝달싹하지 못하고 있을 때, 갑자기 사위가 밝아지면서 전화벨 소리가 들려왔다. 저장되어 있지 않은 전화번호였다. 문득 그는, 사진 한 장 들고 캄보디아에서 비행기를 탄 여자가 방금 전에 한국에 도착했을지도 모른다고 생각했다.

허기

밤 11시가 넘어서 누군가가 출입문을 두드렸다. 소파에 앉아서 졸고 있던 니콜라는 텔레비전과 시계를 번갈아 처다보았다. 그 소리가 그것들 안에서 들려오고 있다고 생각했기 때문이다. 하지만 노크 소리는 더욱 선명해지고 날카로워졌다. 결국 니콜라는 소파에서 일어나 주위를 돌아보아야 했다. 출입문 쪽에선 더 이상 아무런 소리도 들려오지 않았다. 그래서 꿈을 꾼 것이라고 생각했다. 다시 소파에 앉았을 때 이번엔 유리창에서 소리가 났다. 그제야 니콜라는 두려워지기 시작했다. 밤 11시가 넘었는데도 누군가가 그의 집 안으로 들어오려 하고 있거나, 아니면 그를 집 밖으로 끌어내려 하고 있는 것 같았다. 니콜라는 텔레비전 옆에 세워둔 테니스 라켓을 급히 쥐었다. 침입자를 막아내기엔 부적합한 무기였지만 너무 떨려서 다른 것을 생각할 수가 없었다. 침입자가 유리창을 깨어 2층 침실에서 잠들어 있을 아내를 깨우기 전에 경찰에 신고해야겠다고 생각하며 전화를 찾았다. 하지만 그 시도마저도 무의미해지고 말았다. 왜냐하면 유리창 밖에서 서성거리고 있던 침입자는 완전범죄를 위해 경찰 복장을 하고 있었기 때문이다. 침입자가 국가를 통째로 장악한 이상, 집 안에 머물고 있는 무고한 시민에겐 도망칠 곳이 없었다.

그때 아내가 계단으로 내려왔다. 니콜라는 어떻게 해서든지 아내를 보호해야겠다고 생각했다. 그래서 소리 죽여 외쳤다.

"어서 올라가. 그리고 방문을 잠그고 꼼짝하지 마. 내가 해결할게."

희생을 각오한 숭고한 발언이었다. 하지만 아내가 이내 대답했다.

"제발 문을 열어줘. 옆집 사람들을 다 깨우기 전에. 내가 경찰에 신고했단 말이야."

하지만 아내의 말을 믿을 수가 없었다. 경찰이라면 요란한 사이렌을 울리며 찾아왔을 것이다. 이제 니콜라는 아내와 경찰 중에서 누가 더 자신에게 해로운지 판단하지 않으면 안 됐다. 아내가 경찰을 부른 이유가 자신 때문일 수도 있었다. 가령 자신이 지난주 금요일 술에 취해 아내에게 쏟아내었던 폭언들, 또는 수일 전에 바닥에 내던져 산산이 부서뜨린 접시들, 그리고 아내에게 아직 말하지 않은 복권 당첨금 2천 달러 등이 생각났다. 그런 것들 때문에 경찰을 불러야 할 만큼 결혼 생활이 위태로웠던가? 하지만 25년 동안의 결혼 생활에는 크고 작은 추억들이 군데군데 보석처럼 박혀있어서 그 정도의 갈등으로는 좀처럼 깨어지지 않을 것이라고 확신했다. 너무 확신한 것일까.

"무슨 일 때문에 신고했는데?"

니콜라가 묻자 아내는 짧게 대답했다.

"자기가 문을 열어주어야 경찰이 그 이유를 말할 수 있을 것 아냐?"

잠옷 위에 가운을 느리게 걸쳐 입으면서 니콜라는 경찰을 실망시킬 만한 변명을 생각해보았다. 다시 현관문을 두드리는 소리가 들렸을 때 그는 문을 열어주었다.

"니콜라 부인 안에 계십니까?"

아내가 남편 뒤에서 소리쳤다.

"늦지 않게 찾아와주셔서 감사해요. 안 그래도 그들이 막 전쟁을 시작하려 하거든요. 아직까진 아무런 낌새도 채지 못한 것 같아요."

하지만 겨우 스무 살 후반 정도로 앳돼 보이는 경찰 두 명은 집 안으로 들어오지 않고 현관에서 머뭇거렸다.

"니콜라 부인, 긴급 전화를 받고 찾아오긴 했습니다만, 부인의 요청은 엄연히 불법입니다. 정식으로 수색영장을 발급받은 뒤에야 저희가 도와드릴 수 있을 것 같습니다."

니콜라의 아내는 막무가내로 경찰의 소매를 끌었다.

"저도 잘 알고 있어요. 하지만 오죽했으면 제가 이렇게까지 하겠어요? 일단 사람부터 살리고 봐야죠. 이렇게라도 돕지 않는다면, 우린 이웃은커녕 시민으로서도 자격 미달인 셈이죠."

결국 경찰은 집 안으로 들어왔다. 그러고는 니콜라 부인의 팔에 이끌려 2층의 침실로 올라갔다. 영문을 전혀 알지 못하는 니콜라도 그들을 따르려고 했으나, 왠지 지난날 자신이 일으킨 소란이 마음에 걸려 그냥 거실 소파에 앉아 그들을 기다리기로 했다. 출출함을 느낀 니콜라는 냉장고를 뒤져 햄과 맥주를 꺼내 왔다.

20여 분 남짓 지났을 무렵 갑자기 경찰이 계단을 달려 내려오더니 니콜라에겐 눈길도 주지 않고 밖으로 나갔다. 그리고 권총을 겨누고 옆집의 현관으로 조심스럽게 접근했다. 노크를 했는데도 아무런 인기척이 들리지 않는지 그는 문을 발로 차서 부수고 안으로 들어갔다.

옆집 부부는 저항하지 않았다. 속옷 차림으로 두 손은 등

뒤로 수갑이 채워진 채 집 밖으로 끌려 나왔다. 음식이 잔뜩 묻어 있는 손이며 입 주위가 그들의 죄를 더욱 섬뜩한 것으로 만들었다. 그들은 경찰차에 태우려는 경찰의 위력에 저항하면서 웃으며 키스를 했다. 마약에 취해 있는지도 몰랐다. 범법자들이 경찰차로 이송되면서 소란은 끝났지만, 영문을 전혀 알지 못하는 이웃들은 쉽사리 잠들지 못하고 침대나 소파에 누워서 나름대로 사건을 추리하고 그럴듯한 소문을 만들어내고 있을 게 분명했다.

이 모든 과정을 2층 침대 위에서 지켜본 아내는 30분쯤 지나서야 거실로 내려왔다. 그때 이미 니콜라는 텔레비전을 보면서 맥주 두 캔을 마신 뒤였다. 니콜라는 아내에게 어떻게 하면 자신의 지난 실수를 진심으로 사과할 수 있을지 궁리하느라 정작 제 입안에 무엇이 들어 있는지 깨닫지 못한 채 우물거렸다.

"여보, 뭐 좀 먹을까? 너무 신경을 썼더니 배가 고프네."

아내가 말했다. 그래서 니콜라는 자신이 먹고 있던 햄과 맥주를 건네주었다. 맥주 한 모금을 들이켠 아내는 아주 편안한 자세로 소파에 누웠다.

"정말 무서운 세상이야. 이게 다 빌어먹을 저 홈쇼핑 채널 때문이라고."

텔레비전 속에선 근육질의 남자와 여자가 러닝머신 위를

가볍게 달리고 있었다.

"이렇게 늦은 시간까지 저런 프로그램을 내보내니까, 시청자들이 당연히 허기를 느낄 수밖에. 그래서 옆집 신혼부부가 서로를 잡아먹으려고 한 것이고."

아내는 침실 창문을 통해 옆집 신혼부부의 일상을 이따금 관찰할 수 있었다ㅡ우연히 시작됐으나 우연이 서너 번 겹치자 관찰자의 의도는 분명해졌다. 그들은 다정하게 침실에 누워서 텔레비전을 보았는데, 드라마의 내용보다 그것의 앞뒤로 이어지는 광고에 더 열광하는 것 같았다. 드라마가 시작되기 전에는 인스턴트식품 광고가 집중되다가, 드라마가 끝나고 나면 운동기구 광고가 이어진다. 그러니까 드라마를 보는 데 허기가 방해하지 못하도록 인스턴트식품으로 배를 충분히 채우게 하고, 드라마가 끝난 뒤에는 배우들처럼 날씬하고 단단한 몸매를 지니기 위해 운동을 게을리하지 말라는 메시지를 끊임없이 보내는 것이다. 옆집 신혼부부는 이 메시지를 충실히 따랐는데, 다만 순서를 바꾸었다. 즉 드라마가 시작되기 전에는 성교를 했고 드라마가 시작될 때부터 잠들기 전까진 침대에 나란히 누워 인스턴트식품을 코끼리처럼 먹어치웠다. 처음엔 먹을거리가 떨어지면 잠을 청했으나, 드라마의 흥분이나 호기심이 오래 지속되자 나중엔 먹을거리가 떨어졌는데도 잠을 청할 수가 없었다. 그래도 그들은 급격히 살이 찌기 전까지만 해도 번갈아 부엌으로 내려가서 음식들을 날랐다. 하지만 곧 그런 이타적인 행동마저 귀찮아지자, 결국 서로의 살을 이로 뜯어먹을 생각까지 하게 된 것이다. 다행히 아내의 불법적인 감시 덕분에 그들의 식탐은 강제로 멈췄고 경찰에게 끌려갈 때쯤 다시 금슬을 회복할 수 있었다. 모순된 욕망—식욕과 사랑—을 스스로 제어할 수 없게 됐을 때부터 어쩌면 그들은 자신들의 사생활에 개입해줄 누군가를 간절히 기다렸는지도 모른다. 그래서 일부러 침실로 난 창문의 커튼을 치지 않았을 수도 있다.

니콜라는 아내에게 맥주와 햄을 더 가져다주었다. 하지만 홈쇼핑 광고에 이미 사리분별력을 해제당한 아내는 남편이 건넨 것들을 거들떠보지도 않았다. 니콜라는 테니스 라켓을 들고 조용히 2층 침실로 올라갔다. 테니스 라켓은 호신용으로 이용할 수 있을 뿐 사냥 무기로는 엉성하기 그지없었으므로 그는 그것을 침대 아래 숨기고 그 위에 누웠다. 거실에서 작은 소리가 들릴 때마다 그는 잠에서 깨어나 침대 아래로 급히 손을 뻗었다.

청혼

작년 12월 24일 밤과 올해 12월 24일 밤에도 서로 마주
하고 앉아 식사를 할 수 있는 그들은 아주 운 좋은 사람들임
이 분명했다. 그들이 살고 있는 세상에선 1년 동안 전쟁이
나 지진이 일어나지도 않았고 전염병이 창궐하지도 않았으
며 국가가 파산하거나 계엄령이 선포되지도 않았다. 그들의
행복을 위협할 수 있는 것이라곤 갑작스러운 해고와 자동차
사고와 암 선고와 마약 중독과 권태뿐이었다. 지금 그들 앞
에는 크림 수프와 초콜릿 쿠키, 스파게티와 키위 드레싱 샐
러드 그리고 호주산 쉬라즈 와인과 청동 촛대가 놓여 있고,
일주일 뒤에 일어날 자신의 죽음을 전혀 예상하지 못한 채
평화를 노래하는 존 레논이 그들의 시공간을 채우고 있다.
　그런데도 그들이 전쟁고아보다도 더 행복하지 못하다고 느

끼는 까닭은 1년 사이에 변해버린 자신들의 신분 때문이다.

작년 12월 24일의 여자는 결혼한 지 3개월 된 유부녀였으나, 올해 12월 24일의 여자는 불임 시술에 실패한 이혼녀로 변해 있었다. 그리고 작년 12월 24일, 집에서 열릴 크리스마스 파티를 준비하기 위해 잠시 외출한 유부녀에게 첫사랑을 고백했던 남자는 1년 뒤 오늘, 결혼한 지 한 달 된 유부남의 신분으로 이혼녀를 만났다. 작년 12월 24일의 만남이 남자의 간곡한 부탁에 의해 성사된 것이라면 올해 12월 24일의 만남은 순전히 여자의 무거운 문자메시지 때문에 급조됐다.

잘 지내지? 자유란 게 이렇게 따가운 것이었나? 걸을 때마다 주홍글씨가 살갗을 찔러대는 것 같아.

남자가 자신의 아내에게 거짓말을 해가면서까지 그 자리에 나온 까닭은 순전히 결혼에 실패한 여자에 의해 자신의 첫사랑이 훼손되는 걸 염려했기 때문일 뿐, 이혼녀가 된 그녀와 다시 시작해볼 심산이 있었던 것은 결코 아니었다. 그의 아내는, 크리스마스이브에도 응급실을 지켜야 하는 레지던트 남편의 심란함을 걱정하여 보온병 가득 뜨거운 국물을 채워줄 줄 아는 여자다. 하지만 그가 지금 마주하고 앉아 있는 여자는 자신이 그의 첫사랑이었다는 특권을 악용하여 단 한 번도 그에게 김밥 한 줄 만들어주지 않았을 뿐만 아니라 그의 시간이나 주머니 사정 따윈 고려하는 법 없이 늘 자신의 감각과 명분만을 염려했다. 그래서 남자는 첫사랑이란 그저 몇 그램의 호르몬이 만들어내는 성장통 같은 것에 불과해서, 일단 통증이 사라지면 두 번 다시 기억나지 않는 것이라고 폄하했다. 그의 처절한 고백과 잔혹한 자해에도 아랑곳하지 않고 유부녀가 됐던 여자는 작년 12월 24일, 남편이 아닌 그 남자 앞에서 아라비아타 스파게티를 주문했다. 아라비아타Arrabbiata는 이탈리아어로 '화가 난'이라는 뜻이라는데 실제로 그녀는 화가 잔뜩 난 표정으로 그토록 매운 것을 삼켜댔다. 마치 자신이 유부녀가 된 까닭이 순전히 그의 잘못이라고 말하려는 듯이. 매운맛은 미각이 아니라 통증이라는 사실을 상기시키려는 듯이.

그 남자가 3개월 전에 유부녀가 된 여자에게 작년 12월 24일에 청혼한 까닭은, 그렇게 해서라도 자신의 인생 한 시절을 깨끗하게 봉인하고 싶었기 때문이다. 첫사랑은 대개 파국과 함께 흔적도 없이 사라져버리는 데, 남자는 3개월 남짓 첫사랑의 흔적을 확인할 수 있었으니, 무척 운이 좋았다고 볼 수 있다. 그러니 여자는 굳이 남자의 청혼을 거절할 필요조차 없었다. 여자가 이물감을 뱉어내는 동안 그는 자리에서 조용히 일어나 계산을 하고 식당을 나왔다. 이로써 그는 지난 시절의 불행과 작별할 수 있게 됐다고 생각했다.

살면서 사랑이 인생을 장악하는 순간은 그리 많지 않다고, 그들은 생각한다. 삶을 장악하고 있는 것은 사랑이 아니라 오히려 죽음이며, 그것을 극복하기 위해 천국처럼 사랑이 설정됐을 뿐이다. 인간에게 축복은 사랑이 아니라 죽음이다. 그것 때문에 상처가 치유되고 새로운 삶이 가능해진다. 게다가 결혼은 결코 사랑을 완성하는 방법이 될 수 없다. 결혼은 차라리 새로운 사랑을 기대하게 만든다. 평소에는 존재감을 발휘하지 못하다가 삶을 통째로 뒤흔들 수 있는 위험이 닥쳤을 때 비로소 큰 힘을 발휘하는 게 아내이자 남편이라는 직분이다.

그래서 그 남자는 첫사랑에게 청혼을 한 지 열 달 만에 지금의 아내와 결혼을 했다. 응급실 생활을 오래하다 보니 육신의 시간이 정신의 허영보다 얼마나 소중한지 새삼 깨닫게 됐다. 그리고 아내 역시 한때 누군가가 숭배하던 첫사랑의 대상이었다는 사실을 알게 되면서 마음이 편해졌다. 어쩌면 아내를 처음 만난 순간 남자는 자신의 몸에 난 상처와 비슷한 형상의 그것을 아내에게서 발견해냈는지도 모르겠다. 그는 결혼 뒤에도 아내에게 불필요한 진실을 말하지 않았다. 결혼은 엄격한 규칙을 준수해야 하는 게임이다. 침묵과 거짓도 규칙의 일부이다.

결혼한 지 1년 만에 다시 찾은 자유 때문에 온몸이 따갑다는 문자메시지를 여자에게서 받자 남자는 자신이 완벽하게 치유했다고 믿은 상처가 꿈틀거리는 걸 감지했다. 그리고 이내 여자가 불필요한 진실들로 자신의 아내를 괴롭힐지 모른다는 두려움에 사로잡혔다. 어쩌면 그의 잘못일 수도 있겠다. 그가 첫사랑의 가치를 지나치게 높게 평가하는 바람에 여자까지 덩달아 자신의 거짓 감정에 속아넘어간 것이다. 그리고 그의 아내는 게임의 규칙을 전혀 알지 못했다.

1년 뒤 또다시 여자는 아라비아타 스파게티를 주문했고, 1년 전보다 훨씬 더 부드럽고 느린 방식으로 접시를 비웠다. 여자는 남자가 대학 병원 응급실에서 레지던트로 근무하고 있다는 사실은 이미 알고 있었다. 물론, 그의 손가락에 끼워진 반지의 의미도 파악했다. 여자는 자신을 짓누르고 지나간 불행에 대해선 단 한 마디도 이야기하지 않았다. 하지만 식당에 들어서면서 여자를 다시 보았을 때, 남자는 마치 응급실로 실려 온 환자를 처음 대했을 때처럼 가슴이 먹먹해졌다. 최선을 다해 모든 조치를 취하더라도 그 환자를 살려낼 수 없을 것 같은 무기력함.

와인 병이 바닥을 드러내자 그녀는 자신의 마음 밑바닥에 남아 있던 이야기를 간신히 건져 올렸다.

그래, 이제는 나와 결혼해줄 수 있겠지?

와인을 마시던 남자는 숨을 멈추었다. 그리고 입안을 돌아다니는 단어들이 자신의 몸속으로 들어가 어떤 감각부터 살려내는지 참을성 있게 확인했다. 촛불은 존 레논의 피아노 선율과 그 여자의 침묵 사이를 오가며 환각을 만들어냈다.

이것으로 나는 1년 전의 빚을 갚은 거야. 메리 크리스마스.

그리고 여자는 사라졌다. 남자가 마지막 술잔을 비우고 손가락으로 촛불까지 끈 다음 카운터로 갔을 때 식당 주인은 여자가 이미 지불을 끝냈다고 말해주었다. 그러니까 여자는 남자가 그곳에 나타나기도 전에 음식들을 미리 주문하고 계산까지 끝냈던 것이다. 놀랍게도 여자는 1년 전에 그곳에서 먹었던 음식을 기억하고 있다가 1년 뒤에 똑같은 음식을 주문했고 그 사실이 남자에게 아릿한 상처를 되살렸는지도 모르겠다.

아주 기묘한 크리스마스이브였다. 사람들은 서로에게 복수를 하기 위해 청혼을 한다. 1년 전 남자가 여자에게 청혼을 한 뒤로 반년도 채 지나지 않아서 여자가 이혼을 했듯이, 오늘 여자의 청혼은 반년 뒤 남자에게도 불행을 불러들일 것 같아 두렵다.

크리스마스이브가 지나고 다음 날 새벽 3시쯤 됐을 때 응급실로 환자가 실려 왔다. 그의 몸속에서 쏟아져 나오는 피가 바닥에 흘러내리며 자신의 이력을 알려주고 있었다. 얼굴색이 흙빛으로 변한 그의 아내는 남편을 살려달라고 애원했다. 레지던트는 지혈에 필요한 응급조치를 하다 말고 전공 교수에게 전화를 걸었다. 두 아이의 아버지이기도 한 그 교수는 새벽에 급히 집을 나서기에 앞서 아이들의 방으로 조용히 잠입했을 것이다. 어쩌면 올해가 그 집으로 산타클로스가 찾아오는 마지막 해가 될는지도 모른다. 초등학교에 입학하면서부터 아이들은 부모의 이야기를 점점 의심하기 시작하기 때문이다. 내부 고발자의 도움 없이 산타클로스가 그토록 많은 아이의 소망 사항을 어떻게 정확히 알아낼 수 있단 말인가.

전공 교수와 의료진이 수술실로 들어가자 비로소 한숨 돌린 남자는 아내에게 크리스마스 문자를 남겼다.

우리가 처음 만난 그 식당에서 오늘 저녁에 스파게티 먹으면서 와인 한잔하는 건 어떨까. 아주 근사한 크리스마스 저녁을 맞이하고 싶어.

다리

    함께 느리게 산책하기를 연애의 목적에 포함시키면서 그는 자리에서 일어났다. 서둘러 카페 밖의 맑은 공기를 마시고 싶었기 때문이다. 꼬리를 물고 제자리를 맴도는 망상들도 영하의 날씨에 입을 벌린 채 한 줄로 늘어서지 않을까. 그는 끝까지 뒤를 돌아보지 않을 것이다. 돌아보는 순간 여자는 벽까지 밀려갈 터이고 도마뱀처럼 기어오르는 자세를 한 채 얇아지다가 결국 프레스코 위의 얼룩처럼 부스러질 것이다. 그러면 그에게 생채기가 생겨나 고약한 말들을 쏟아낼 것이다.

    왜 묻지 않았느냐고?

    그렇다면 이렇게 말할 수밖에 없다. 사랑했기 때문에 그럴 수밖에 없었다고.

그리고 그 사랑은 곧장 전등으로 날아가 역겨운 냄새를 풍기며 타오르는 나방과 같았다.

여자도 카페 문을 나서는 그의 뒷모습까지 사랑했지만 자리에서 일어나 뒤따르지 않았다. 그저 버림받는 쪽을 선택했다. 그것은 그녀가 하는 모든 사랑이 필연적으로 도달하게 되는 운명이었다.

미라보 다리 아래에서, 미라보 다리 아래에서, 미라보 다리 아래에서.

그녀는 단 한 번도 만난 적이 없는 마리 로랑생을 위로했다. 그렇다고 단 한 번도 만난 적이 없는 아폴리네르를 증오하고 싶진 않았다. 증오는 인과보다 목적이 더 치명적인 법이니까. 대신 그녀는 자신의 다리 아래를 내려다보았다. 그리고 자신이 센강을 따라 천천히 떠내려가고 있음을 깨달았다. 그녀는 자신의 운명이 어느 곳에 도착할지 전혀 알고 싶지 않았지만, 이미 알고 있었다.

조금만 더 주의 깊게 살폈더라면 파국은 막을 수도 있었을 것이라고 그녀는 생각한다. 상처가 생겨나기 전에 그걸 막아볼 수도 있었다. 흉터로 사랑을 기억하는 자는 유물론자가 분명하다.

약속 장소는 늘 그녀가 결정했고, 그곳은 항상 실내였으며, 그녀는 언제나 그보다 먼저 그곳에 나타나서 벽을 등지고 앉았다. 그녀는 그곳으로 들어서는 그를 항상 앉은 상태에서 맞이했으며 그와 작별 인사를 나눈 뒤에도 그 자리에 오랫동안 머물러 있었다. 그와 마주 앉아 있는 동안 그녀는 시계를 결코 보지 않았고 물도 거의 마시지 않았으며 말도 거의 내뱉지 않았다. 그가 하는 이야기만을 입안에 넣고 조용히 오물거렸다. 너무 울어서 화장이 지워졌는데도 그녀는 자리를 비우지 않았다. 사랑 이외의 이유가 있을 거라고 그는 상상조차 하지 못했다. 사랑은 세상의 모든 상황을 자신의 뜻대로 완벽하게 오독할 수 있게 만든다.

카페에서 처음 만났을 때 그는 당혹스러움을 감추지 못했다. 그녀가 앉은 채로 악수를 건네왔기 때문이다. 그녀의 도도함이 그의 호기심을 자극했다. 그는 이상한 열정에 사로잡혀 그동안 결코 남에게 말해본 적 없는 이야기나 감정을 말하기 시작했다. 그녀는 고개를 돌려 이따금 창문 밖을 내다보았는데 그것은 따분함을 표현하기 위한 행동이 아니었고 오히려 그에게 목을 축일 수 있는 여유를 찾아주기 위한 것이었다. 네 번쯤 만났을 때 그는 그녀에게 영원한 사랑을 맹세했다. 그러자 그녀의 표정은 마치 이별 선고를 들은 것처럼 딱딱하고 어두워졌다.

나를 사랑하면 우리 모두 불행해져요.

그녀는 끝내 자리에서 일어나지 않은 채 그와 작별했다.

그는 그녀의 환심을 사기 위해 최선을 다했다. 편지를 쓰고 시를 짓는 그의 밤은 낮보다 더 밝고 행복했다. 그는 무의미한 시간이 결코 자신의 사랑을 파괴할 수 없다고 확신했다. 그는 그녀를 두고 죽음과 내기를 벌일 작정을 했다.

하지만 그가 노력할수록 그녀는 더욱 깊은 고통을 느껴야 했다. 처음 만나는 순간 그녀는 그의 맹세가 결코 거짓이 아님을 알아차렸다. 운명의 불안한 힘을 느꼈다. 그걸 거부하려면 사지를 먹이로 내주고 생채기를 제 몸에 섭새기는 수밖에 없다.

그는 그녀에게 결코 사납지 않은 불평을 늘어놓았다. 마지막 손님마저 떠난 카페에서 그녀가 여전히 앉은 채로 작별 인사를 건네왔기 때문이다. 그리고 여느 때와 같은 말을 덧붙였다.

어쩌면 오늘이 우리가 만날 수 있는 마지막일지도 몰라요. 그러니 오늘을 영원히 기억하기로 해요.

만나자마자 작별 이후의 추억부터 챙기는 이유보다 그녀가 늘 앉아서 작별 인사를 건네는 이유가 더욱 궁금했지만 그는 끝내 묻지 않았다.

갑자기 의자에서 일어선 그는 카페의 문을 향해 걸어가다가, 연인 사이라면 누구라도 할 수 있는 표정을 지어 보이면서 말했다.

나랑 함께 저 혹독한 운명 안으로 걸어 들어갑시다. 서두르지 않으면 한 세기를 더 기다려야 할지도 몰라요.

그는 이미 카페 밖으로 나갔고, 어딘가에서 근사한 프러포즈를 시도하는지도 몰랐다. 그녀는 등을 곧추세운 채 바람에 포위된 나무를 상상했다. 그 바람이 지상을 통째로 들어 올리지 못하는 이상, 나무는 끝내 제자리에 남고 바람은 흔적도 없이 사라질 것이니까. 그런 방법으로 인간은 그동안 인과가 전혀 다른 수많은 운명을 발명해내지 않았던가.

추위에 온몸이 딱딱하게 굳은 그가 카페 안으로 다시 뛰어 들어와, 지금 그녀의 태도가 영원한 작별을 선언하는 방식이냐고 물었다.

그녀의 표정은 전혀 출렁거리지 않았다. 그녀의 시선은 투명한 그를 관통하여 그의 뒷면에 펼쳐져 있는 세상으로 흘러나갔다. 그러고는 시선을 다시 아래로 깔더니 무릎 아래를 뒤덮고 있던 담요를 힘없이 끌어내렸다. 그녀는 지상 위에 무릎 높이 이상 떠 있었다.

그 순간에도 세월은 흘러갔고 그 이후에도 그들은 각자 무탈하게 살아남을 것이라고 확신했다.

나날이 지나가고 주일이 지나가고
지나간 시간도

사랑도 돌아오지 않는다

미라보 다리 아래 센강이 흐른다

밤이 와도 종이 울려도

세월이 가고 나는 남는다

— 아폴리네르, 「미라보 다리」(『미라보 다리』, 송재영 옮김, 민음사, 1999)

하지만 미라보 다리를 먼저 떠나간 건 마리 로랑생이 아
니라 아폴리네르였다.

리모컨

"설문 조사는 잘못됐어. 15일은 너무 짧아. 나는 나이 마흔이 되기도 전에 벌써 1년 이상의 시간을 이 빌어먹을 리모컨을 찾는 데 소모했으니까. 모든 리모컨에 선박처럼 GPS가 장착되면 좋을 텐데."

카디프의 대게 낚시꾼인 루이스는 식탁에 앉아 조간신문을 읽으며 중얼거렸다. 샌드위치를 만들고 있던 그의 아내는 남편의 갑작스러운 목소리에 놀라 베이컨을 바닥에 떨어뜨리고 말았다. 루이스는 뭍사람들이 하나같이 멍청하거나 졸고 있다고 여기는 듯—아니면 뭍으로 올라온 세이렌의 노랫소리를 듣지 않기 위해 귓속을 밀랍으로 틀어막고 있거나—어금니가 흔들릴 정도의 큰 목소리로 말을 한꺼번에 쏟아낼 뿐만 아니라 두어 번 반복하기 때문에 오해를 사

거나 언쟁에 휘말리는 일이 많았다. 그때마다 해명과 사과
는 아내의 몫이었다. 하지만 오늘따라 부아가 치민 아내는
바닥에서 집어 올린 베이컨을 슬그머니 남편의 샌드위치 사
이에 집어넣고는 조심스레 주위를 살폈다. 남편이 눈치채지
못했다는 걸 확인하자 웃음이 배시시 터져 나왔다.

"하지만 여자가 남자보다 리모컨을 찾는 능력이 훨씬 뛰
어나다는 사실만큼은 사내답게 인정하겠어. 당신이 원하는
게 그런 것이라면 말이야."

남편의 말을 듣는 순간 아내의 얼굴에 살얼음처럼 번져
있던 미소는 요란하게 깨어졌다. 왜냐하면 사흘 전에 자신
이 리모컨을 사용하다가 고장을 낸 뒤로 아무런 조치도 없
이 지금까지 탁자 위에 올려두었기 때문이다. 아침 식사를
마치면 루이스는 소파에 앉아 성마르게 리모컨 버튼을 눌
러대면서, 대게를 잡느라고 사흘간 비워두었던 뭍의 곳곳
을, 마치 쥘 베른의 『80일간의 세계 일주』에 등장하는 괴짜
영국 신사 필리어스 포그처럼 바닥에 코를 박은 채 훑고 다
닐 것이다. 그에게 소파는 세계의 배꼽이고 리모컨은 자신
의 운명을 이끄는 방향키와 같아서, 리모컨 없는 뭍 생활은
거의 불가능했다. 게다가 자신의 의지에 반하는 상황에 포
위될 때면 결코 우회하는 법 없이, 대게 낚시꾼 특유의 단순
하고 집요한 성정을 발휘하여 상대의 숨통을 조이고 인내심

을 걷어냈다. 집 안의 가구들을 모조리 밖으로 옮기면서까지 리모컨을 찾아낸 적도 두 번씩이나 된다. 그래서 그의 아내는 남편 몰래 여분의 리모컨을 준비해서 자신의 화장대 깊숙이 숨겨두고 응급 상황에 대비해왔다. 그런데 원래의 리모컨은 일주일 전부터 찾을 수가 없었고 여분의 리모컨마저 사흘 전에 고장이 났던 것이다. 그녀는 혈관을 타고 무거운 쇳덩어리 하나가 심장에 도착한 것을 느꼈다. 그래서 일단 남편이 오랫동안 아침 식사를 할 수 있도록 이런저런 요리를 급히 준비하는 한편, 그가 식사하는 동안 토미를 집 안에 풀어놓고 일주일 전에 사라진 원래의 리모컨을 찾게 할 생각이었다. 토미는 그들이 5년째 기르고 있는 요크셔로 외아들이 런던으로 유학을 떠난 이후의 적적함을 달래기 위해 벼룩시장에서 데려왔다. 몸집이 작고 민첩한 토미는 소파나 옷장 밑에 곧잘 숨어 들어갔다가, 루이스 부부가 오래전에 잃어버린 물건들을 찾아내곤 했다. 물론 그 발견물들이 항상 환영받는 건 아니어서, 남편은 아내의 낭비벽을 비난했고 아내는 남편의 부주의함을 핀잔했다. 하지만 오늘만큼은 자신의 부주의함을 감추기 위해서라도 토미의 활약이 절실했다. 그래서 그녀는 토미에게 마지막 희망을 걸어보기 위해 베이컨을 따로 구웠다.

　루이스는 아내에게서 커다란 샌드위치를 받아 들자마자

마치 그것으로 허기가 해결되지 않을 경우엔 아내까지 먹어 치울 듯한 태세로 게걸스럽게 먹어치우기 시작했다. 그 속도가 너무 빨라 루이스의 아내는 무중력 상태와도 같은 아찔함을 감지했다. 그녀는 부엌을 빠져나가 토미를 찾았다. 남편은 자신이 집에 머무는 동안 토미를 집 안이 아닌 화단에 풀어놓겠다는 약속을 아내에게서 받아낸 뒤에야 그것을 식구로 받아들였기 때문에 그의 아내는 남편이 집 안으로 들어서기 전에 토미부터 화단으로 내보내야 했다. 집 안에서 토미를 발견한 남편에게는 태연스럽게, 자신은 분명히 원칙대로 그것을 밖으로 내보냈지만 음식 냄새를 맡은 토미가 문틈을 비집고 집 안으로 들어온 것 같다고 둘러대면 그만이었다. 그런데 화단에 머물러야 할 토미가 보이지 않았다. 이런 경우를 두고 웨일스 사람들은 '프라이팬에서 나왔더니 불 속으로 뛰어들게 됐다Out of frying pan into the fire'라고 하던가. 대게잡이가 허용되는 넉 달 동안 토미는 집 안에서 보내는 시간이 많았기 때문에 갑작스러운 추방에 당황했거나 서운했을 수도 있겠다. 아니면 반대로 세상에 널려 있는 유혹에 도취되어 아르고스처럼 집을 떠난 것일 수도 있다. 하지만 애완견이 탐험하기에 화단 밖의 세상은 너무 넓고 위험하다.

　루이스의 아내는 리모컨과 토미 중 무엇을 먼저 찾아나서야 하는지 잠시 고민했다. 하지만 머뭇거린 시간은 그녀가 감지했던 시간보다 훨씬 짧았다. 그러니까 그녀는 고민하기 전에 이미 결론에 이르러서, 거실 바닥에 엎드린 채 토미를 대신하여 리모컨을 찾기 시작했던 것이다. 비록 사라진 물건을 찾아내는 능력이 애완견보다는 못하겠지만 적어도 남자들보다는 나을 것이라고 그녀는 확신한다.

거대한 샌드위치와 샐러드, 그리고 맥주 한 병을 단숨에 해치우고 포만감을 느낀 루이스는 부엌에서 나와 거실로 들어가다가 아내를 보았다. 큼지막한 엉덩이를 하늘로 쳐든 채 개처럼, 또는 대게처럼, 바닥을 훑고 있는 아내의 모습에 루이스는 그만 박장대소를 터뜨리고 말았다. 웃음소리에 놀란 아내가 급히 머리를 쳐들다가 소파 모서리에 찧고 말았다. 충격 때문에 그녀는 한참 동안 일어나지 못한 채 바닥에 누워 있었다. 루이스가 다가와 아내를 흔들었다. 잡아 올린 대게의 상태를 확인하듯 아내의 팔다리를 움직여 반응을 살폈다. 그러고 나서 아내에게 아무런 이상이 없다고 확신하자 아내를 바닥에 그대로 놔둔 채 소파에 앉았다. 루이스의 아내는 여전히 바닥에 누워 있었지만 그 시간 역시 자신이 생각했던 시간보다 훨씬 짧았다.

"발밑에서 좀 비켜주어야 텔레비전을 볼 수 있을 것 같은데."

루이스가 말했다. 리모컨이 고장 났다는 사실을 알아차리는 순간 그가 자신을 발로 짓누르거나 차버릴 것 같아 불안해진 아내는 성급히 자리에서 일어났다. 그러고는 자신의 잘못을 고백할 작정이었다. 아니, 그것은 자신의 잘못이 아니다. 남편이 돌아오지 않는 밤 동안 외로움과 두려움을 이겨내기 위해 밤새 텔레비전의 채널을 수시로 바꿨다고 해서 리모컨이 그렇게 쉽게 고장 나서는 안 된다. 정상적으로 제작되지 않은 리모컨을 판매한 제조사에 분명한 책임이 있다. 그리고 자신이 가족의 요리를 책임지듯 고장 난 세간을 고치는 것은 엄연히 남편의 몫이다. 그러므로 그녀는 지금이라도 남편에게 리모컨을 고치라고 당당하게 말할 수 있어야 한다. 그것은 부부 사이에 공평하게 나누어야 할 권리와 의무의 문제이다.

하지만 루이스의 아내는 머뭇거렸다. 그사이 루이스는 탁자 위의 리모컨을 집어 들고 버튼을 눌렀다. 암전은 침묵보다 더 깊었다. 루이스가 텔레비전 화면에서 고개를 돌리는 순간 출입문 사이로 토미가 머리를 들이밀더니 소파 쪽을 향해 달려오는 게 아닌가. 입에는 리모컨을 문 채.

그 사건 이후로 루이스는 소파에 앉아 토미를 제 무릎에 앉혀놓은 채 텔레비전을 본다. 그의 아내는 순종적인 페넬로페처럼 샌드위치를 만든다. 물론 바닥에 떨어진 베이컨은 여전히 남편 몫이다. 그녀는 더 이상 리모컨의 행방이나 고장에 신경 쓰지 않는다. 왜냐하면 그녀는 자신만 사용하는 리모컨을 남편 몰래 구입해서 사용하고 있기 때문이다. 그녀는 필리어스 포그가 인도에서 산 채로 무덤에 묻힐 때 그를 구해준 아우다보다 더 강인해질 것이다─『80일간의 세계 일주』에는 이와 반대로, 필리어스 포그가 아우다를 구출해주었다고 기록되어 있는데, 어떤 남자의 이야기든지 그걸 검증하지 않고 곧이곧대로 받아들여서는 안 된다.

콰토르지엠

Quatorzième

어느 날 피타고라스에게 사람들이 "친구란 무엇입니까?" 하고
물었다. 전설에 따르면 그는 이렇게 말했다고 한다. "또 하나의
나 자신이지." 질문자들이 놀라기도 전에 그는 다음과 같이 요
약해서 말했다. "220과 284처럼 또 다른 나 자신인 그런 사람
말일세."

—드니 게즈, 『수의 세계』(김택 옮김, 시공사, 1998)

솔직하게 말하자면 그런 자리가 썩 내키지 않는 것만은
사실이었다. 친구들은 이미 초등학교 학부모가 되어서 천정
부지로 높아져만 가는 사교육비를 걱정하고 있는데 나는 나
이 마흔을 얼마 남기지 않고서야 겨우 결혼—초혼!—을 하
게 됐으니, 눈가의 주름을 부챗살처럼 접어 보이면서 자랑

하기가 부끄럽기도 했거니와 부쩍 격조해진 사이에 격식을 차리는 게 번거롭게 생각됐다. 하지만 아직 서른이 되지 못한 신부에겐 또래 친구들이 응당 경험하고 있을 사건들이 필요할 수도 있었다. 그리고 지난 주말 패밀리 레스토랑에서 기십만 원의 식사비를 감당해가면서 신부 친구들의 짓궂은 농담들을 응대하고 났더니 자연스럽게 본전 생각이 났던 것도 사실이다. 그래서 몇몇 친구에게 전화를 걸어 저녁 식사에 초대한 것이다. 아직까지 마련하지 못한 혼수품 때문에 머릿속이 복잡한 신부는 한마디 상의도 없이 일방적으로 약속을 잡아 통보하는 예비 남편과의 결혼 생활이 녹록지 않을 것 같아 걱정됐지만 내색하진 않았다. 그래서 나는 그녀의 퉁명스러운 침묵을 장난기 많은 동의로 간주해버렸다.

토요일 오후부터 서울과 관련되어 있는 모든 도로는 꼬리에 꼬리를 물고 있는 거대한 철갑충鐵甲蟲들로 가득 차 있었기 때문에, 예복을 찾아 신혼집으로 향하던 나와 신부는 이미 자동차 안에서 약속 시간을 넘기고 있었다. 짐 꾸러미들을 신혼집에 던져놓은 채 서둘러 지하철을 타긴 했으나 신부는 자신이 노약자석에 앉아—중늙은이가 나타나면 지금 임신 중이라고 둘러댈 생각이었다—화장을 고칠 때까지 두어 정거장 사이에서 가벼운 해프닝이 일어나 지하철 출발이 지연되기를 바라는 것 같았다. 자신보다 여덟 살 많은 신랑의 친구들에게 눈가의 주름을 들키는 게 속옷을 드러내 보이는 것만큼 싫은 데다가 중국집 같은 곳에서 우아한 자태를 유지하는 것은 여간 쉽지 않기 때문이다. 안 그래도 나이 든 남자와 결혼하는 것이, 마치 복제 양 돌리가 어미만큼 나이 든 유전자를 지니고 태어난 것처럼, 자신이 미처 살아보지 못한 몇 년의 미래를 고스란히 빼앗기는 것 같아 결혼 준비를 하는 내내 마음이 편치 않았을 텐데, 설상가상으로 음란한 농담이나 즐길 늙수그레한 남자들 사이에 앉아 기름진 음식들을 나누고 고량주를 따라주면서 짓궂은 희롱의 피해자가 될 생각을 하니 신부는 기가 막혔을 것이다. 나도 그녀의 걱정을 전혀 짐작하지 못하는 게 아니어서 약속 장소에 이르기까지 줄곧 그 중국집에 얽힌 추억들을 과장하고 음식의 풍미를 추켜세웠다.

약속 시간보다 30분이나 늦었는데도 고작 세 쌍의 부부만이 먼저 도착하여 맥주를 마시고 있었다. 화장을 완성하느라 대부분의 힘을 소진해버린 신부는 맥이 풀려서 표정 관리조차 할 수 없었다. 나는 참석자들의 숫자와 지독히도 현실적인 그들의 모습이 마치 나의 치부라도 되는 양 신부에게 부끄러워졌다. 그들은 내가 상상했던 것보다도 더 빠른 속도로 늙어 있었다. 그만큼 일상의 굴곡과 닮아 있었다는 뜻이다. 한눈에 봐도 그들의 직업과 자녀의 숫자를 짐작할 수 있을 정도였다. 그런데 그들의 눈에 우리는 어떻게 보였을까? 아마도 기묘한 숫자들의 조합으로 보였을 것이다. 36과 28. 36은 과잉수이고 28은 완전수이다. 과잉수란 약수의 합이 본래의 수보다 큰 수를 말하고, 완전수란 약수의 합이 곧 본래의 수와 같은 수를 일컫는다. 과잉수가 있으므로 약수의 합이 본래의 수보다 작아서 결핍수라고 명명된 숫자들도 있다. 그러니까 나의 나이는 초혼을 하기엔 너무 많았고—재혼을 하기에도 너무 많았다—그런 나와 왜 결혼하려 하는지 짐작할 수 없을 만큼 그녀의 젊음은 눈부시게 빛났다. 불투명한 화장기가 오히려 그녀의 우아함을 반감시키고 있었다.

복 많은 놈!

그러나 그것은 정작 내가 부러웠기 때문이 아니라 신부의 우울을 덜어주기 위해 던진 탄식에 불과했다. 내가 복이 많다면 왜 이런 나이가 되어서야 겨우 신랑이 된단 말인가. 게다가 젊은 여자와 산다는 것은 함께 늙어갈 수 없다는 점에서 노후엔 필경 쓸쓸해질 수밖에 없다. 비록 남자가 여자보다 더 느리게 늙어간다는 통념이 과학적으로 증명됐다고 할지라도 어느 순간부터 나는 아내의 욕망을 전혀 이해하지 못하게 될 것이고, 일기는 유서를 닮아갈 것이다.

친숙한 이름의 음식들이 주문됐다. 하지만 식탁에 올라온 그것들은 오늘따라 유난히 기름으로 번들거리고 비려서 나와 신부의 기대에 전혀 미치지 못했다. 그런데도 친구들과 그들의 아내들은 자신들을 초대한 자들에게 예의를 지키기 위해서인지, 아니면 오감을 사용하지 않고 음식을 먹어치우는 방법을 체득하고 있는 것인지, 우리의 곤혹스러운 표정 따윈 괘념치 않은 채 접시를 비워갔다. 그들의 정수리를 들여다보면서, 생이란 가축과도 같은 습관을 내 안에 가두고 기르는 것에 불과할지 모른다고 생각했다. 결혼에 대한 환상에 대처하는 그들의 덤덤한 반응이 눈물겹도록 고마웠다. 음식이 절반쯤 사라졌을 때, 축사로 돌아오는 길을 잃고 한참 동안 산기슭에서 밤이슬을 맞아 털이 젖은 가축들처럼 한 쌍의 부부가 꽃다발을 들고 들어왔는데, 나는 너무 감격하여 하마터면 삼킨 것들을 모두 쏟아낼 뻔했다. 생각해보니 그 자리의 목적을 완성하기 위해서라도 꽃 한 송이는 필요했는데 나는 그때까지도 화룡점정의 묘책을 찾지 못한 채 불안해하고 있었던 것이다. 체증이 사라지자 비로소 식욕이 밀려왔다. 신부는 내가 고량주에 취하여 자신의 존재를 잊어버리게 될까 두려워 연신 내 목 어딘가에 둘러놓은 고삐를 당겨댔다. 자신의 아내를 수원의 처가에서 데리고 오느라 한 시간 반이나 늦은 한 쌍의 부부까지 도착해 열두 명의 참석자가 채워졌다.

하지만 결국 신부의 걱정은 현실로 나타나고 말았으니, 나이는 결국 고집만을 단련시키는 모양이다. 제법 불쾌해진 나는 친구들의 짓궂은 요청에 부응하기 위해 자리에서 일어나 세레나데를 부르게 됐는데, 처음엔 '비둘기처럼 다정한 사람들'이나 '사랑은 오래 참고 온유하다'는 노래를 생각했다. 하지만 나에게 집중되어 있는 시선들을 의식하자 노래를 바꾸어야 했다. 너무 오래되고 밋밋한 노래나, 반대로 최근 아이돌 그룹의 노래로는 젊은 신부와 늙은 청중을 모두 만족시킬 수 없을 것 같았다. 그러다가 결국 나는 소영웅주의에 휩싸여, 마치 성난 황소 같은 시위대의 목에 고삐를 매고 그들의 방향을 제어하고 있는 강철 지도자처럼, 목소리를 가능한 한 낮추어서, 「청계천 8가」란 노래를 부르고 말았다.

파란불도 없는 횡단보도를 건너가는 사람들
물샐 틈 없는 인파로 가득 찬
땀 냄새 가득한 거리여 어느새 정든 추억의 거리여
어느 핏발 서린 리어카꾼의 험상궂은 욕설도
어느 맹인 부부 가수의 노래도
희미한 백열등 밑으로 어느새 물든 노을의 거리여
뿌연 헤드라이트 불빛에 덮쳐오는 가난의 풍경
술렁이던 한낮의 뜨겁던 흔적도 어느새 텅 빈 거리여
칠흑 같은 밤 쓸쓸한 청계천 8가 산다는 것이 얼마나 위대한가를

워~ 비참한 우리 가난한 사랑을 위하여

끈질긴 우리의 삶을 위하여

—천지인, 「청계천 8가」(1998)

굳이 이런 노래를 동원해가면서까지 완전수의 신부에게 결혼에 앞선 나의 비장함을 과장할 필요가 있었을까. 내가 신부보다 젊었던 시대를 이해시키려는 발상은 ─ 결국 그것은 왜 내가 지금 그렇고 그런 회사에 다닐 수밖에 없으며, 딱히 내세울 것 없이 이 나이가 되도록 패배 의식에 빠져 있으며, 왜 이토록 늦게 결혼할 수밖에 없는가 하는 의문에 대한 설명이 그 노래 한 곡에 모두 담기길 기대했던 게 분명하다 ─ 열등감에서 발현된 치기로밖에 해석되지 않았다. 나 역시 그 시대의 이데올로기를 전혀 이해할 수 없어서 슬그머니 도망치지 않았던가. 갑자기 어릴 적 읽었던 동화의 한 꼭지가 생각났다.

어린 학생과 선생님이 논두렁을 가고 있었다. 그러다가 선생님은 먼발치에서 길을 가로질러 가는 뱀을 발견한다. 그러고는 한눈을 팔고 있는 아이의 주의를 환기시키며 소리쳤다. 어머, 저 뱀 좀 봐! 무섭기도 하지. 이런 길을 갈 때는 늘 조심해야 한단다. 안 그러면 뱀에 물려 죽을 수도 있거든. 그러자 아이는 물끄러미 선생님을 올려다보며 한참 동안 말을 하지 않았다. 그 눈빛이 어찌나 맑던지 선생님은 자신 안의 죄까지 들여다볼 정도였다. 이윽고 아이가 눈물을 글썽이며 말했다. 왜 제게 그런 이야기를 하신 거죠? 선생님이 소리치지 않으셨다면 전 그 뱀을 보지 못했을 것이고 지금 이렇게 무서워하지도 않을 거예요. 한데 결국 저는 그것을 보았고 다시는 무서워서 이 길을 걷지 못할 거예요. 자전거를 타고 지나갈 수도 없고요. 제게 두려움부터 가르쳐주셨군요. 뱀을 볼 때마다 선생님이 생각날 거예요. 어린 제자의 이런 반응에 선생님은 너무 부끄러워서 더 길을 가지 못하고 그 자리에 쪼그리고 앉아 아이를 안으면서 눈물로 용서를 구했다. 뭐 이런 이야기.

신부도 꼭 그 아이처럼 내게 말하고 싶지 않았을까. 그러나 차마 그럴 수도 없었던 건 나의 선창에 맞춰 친구들이 그 노래를 따라 불렀기 때문이며 그들의 목에 채워진 고삐들은 온전히 그들의 아내들의 손에 쥐어져 있었는데 그녀들은 그 노래를 유행가 이상의 의미로는 간주하지 않았으므로 제지하기는커녕 남자들의 우정에 감복하기까지 했다.

노래가 끝날 때쯤 문이 열렸다. 실내에서 노래 부르는 건 금지되어 있다는 이야기를 전하기 위해 들어오는 종업원일까 싶었는데, 쭈뼛거리며 방 안으로 들어서는 자는, 이름은 완전히 잊힌 채 흐릿한 데자뷔Deja vu로만 남아 있는 대학 동기였다. 우연히 동기회 게시판에 들렀다가 오늘의 약속을 알았어. 너무 늦은 건 아니겠지?

그가 자리에 앉는 순간부터 시베리아 횡단 열차는 동토를 향해 급히 움직이기 시작했고 우리는 처연한 침묵으로 무장한 채 각자 창문에 코를 박고 추억의 필름을 거꾸로 돌렸다. 영문을 모르는 나의 신부만이 자신이 지금 올라타 있는 기차의 행선지를 알지 못할 뿐이었다.

사이비 종교에 빠져들기 전까지만 해도 그는 우리 수학과에서 알아주는 천재였다. 공책과 연필만 있으면 언제든 행복해질 수 있었고 모든 기억들을 마치 컴퓨터처럼 숫자로 변환하여 완벽하게 기억할 수 있었다. 대학생들을 위한 수학 경시대회가 있다는 사실도 그에게서 처음 알았으니 그의 화려한 수상 경력으로 볼 때 머지않아 그가 세계 7대 수학 난제難題 중 두어 개 정도 해결하고 우리 동기 중에서 가장 먼저 대학교수가 되리라는 것을 의심할 수 없었다. 우리가 그를 라플라스 악마Laplace's demon라고 불렀던 까닭은 순전히 유치한 시샘 때문이었다. 그런데 우리의 말이 저주가 됐으니, 그는 우연히 알게 된 사이비 종교 집단의 모호한 교리에 지적 호기심을 느끼고 접근했다가 나중엔 보아뱀 배 속의 코끼리처럼 완전히 세뇌되고 말았다. 1년여의 은둔 끝에 누추한 차림으로 캠퍼스에 나타난 그는 이미 생사의 경계를 자유롭게 건너다니게 된 사람처럼 마주치는 사람들에게 모호한 화두를 던지고는 장광설을 이어갔다. 그의 재주와 우울한 가족사를 잘 알고 있던 친구들과 교수들이 그의 영혼을 잠식한 악마를 쫓아내기 위해 애를 썼지만 그는 더 이상 세계 7대 수학 난제 따위에 관심을 보이지 않았다. 그의 간청을 매몰차게 내치지 못하여 마지못해 그의 도량道場에 따라갔다가 수백만 원을 떼였다는 사람들이 생겨나면서 그는 더 이상 우리 주위에 머물 수가 없었다. 그리하여 마침내 그는 가두 투쟁을 위해 학생회관 앞 광장에 모여 있던 우리 앞에 나타나서 민주주의와 신성 국가 사이의 부조화에 대해 일장 연설을 하다가 공안 당국의 프락치로 간주되어 몰매를 맞은 뒤부터 완전히 자취를 감추었다. 그런 그가 10여 년 만에 말쑥한 차림으로 나타난 것이다.

신부는 다음 주 토요일에 열릴 자신의 결혼식을 망치지 않기 위해서라도 지금의 분위기를 바꾸어야 한다는 강박관념에 사로잡혔다. 그래서 내 목의 고삐를 세차게 잡아당겼고 나는 충실한 목동의 개처럼 가축들을 중국집에서 호프집으로 몰았다. 단 한 명도 자리를 뜨지 않았으니 그들은 진짜로 시베리아 횡단 열차를 타고 있어서 목적지에 도달할 때까지는 어쩔 수 없이 고통을 감내해야 한다고 생각한 것 같았다. 신부는 열한 명의 손님에게 일일이 술잔을 건네며 안면을 익혔다. 하지만 열세 번째 참석자는 지난날의 과오를 정식으로 사과하고 나머지 사람들이 나의 결혼을 계기로 용서하기 전까진 해빙기는 결코 오지 않을 것 같았다. 본인도 그걸 잘 알고 있었는지, 그는 쇄빙선에 시동을 걸기라도 하듯 연거푸 맥주 두 잔을 들이켰다. 그러고는 이내 누군가에게 전화를 걸었다. 약도를 설명하는 것으로 보아 이곳으로 또 한 사람의 손님을 데려올 모양이다. 치밀어 오는 울화를 간신히 억누르고 있었던 건 비단 나뿐만은 아니었으리라. 그때 마침내 그가 말했다. 그의 목소리에는 지난날의 격정은 느껴지지 않았고 높낮이가 없고 피로의 결과인 쇳소리가 담겨 있었다.

최근에 우연히 알게 됐는데, 영어 단어 중에 13공포증이라는 게 있더군. 트리스카이데카포비아Triskaidekaphobia. 정신의학 분야에서 사용하는 단어라서 발음하기도 어렵네. 어쨌든 서양 사람들은 그 공포심 때문에 엘리베이터를 건물의 13층에 서지 않게 만들고 있다더군. 우리나라가 4층 대신 F층을 만드는 것과 비교할 수 있겠지. 13이란 숫자에 대한 금기는 다양한 유래가 있지만, 가장 유명한 게 최후의 만찬과 관련된 사연이라지. 예수는 자신의 운명을 예감하고 열두 명의 제자를 불러 마지막 식사를 했잖아? 그리고 그들 중에 자신을 배신할 사람이 있다고 말해서 유다의 결심을 자극하기까지 해. 그래서 결국 유다는 예수의 피와 살을 로마군에게 팔게 되고 마지막 만찬 다음 날 예수는 첫 번째 최후를 맞이하게 되지. 하지만 자신이 곧 부활하여 두 번째 삶을 영위하리라는 사실은 배신자에게 말해주지 않았어. 맞나? 혹시 너희들 중에 크리스천이 있니? 한 명도 없어? 그럼 천만다행이고. 난 더 이상 종교 때문에 박해받고 싶진 않으니까. 어쨌든 유다가 바로 나처럼 열세 번째 참석자였대. 그렇다고 이 자리가 마지막 만찬이라는 뜻은 결코 아니야. 결혼은 인생의 무덤이 아니라 부활의 의식이니까. 최후의 만찬 이후로 기독교도들은 모든 모임에 참석자가 열세 명이 되면 재앙을 불러온다고 믿게 됐지. 너희들도 잘 알다시피 13은 소수素數야. 자신과 1을 제외한 어떤 숫자로도 나누어지지 않는 수라는 뜻이면서, 동시에 겨우 스물네 번째까지 발견된 마이너, 즉 소수少數이기도 하지. 비록 무한히 큰 소수가 존재할 가능성은 얼마든지 있긴 하지만. 반면에 12는 과잉수이고 14는 결핍수라는 걸 모두 기억할 거야. 그리고 과잉보다는 결핍을 통제하는 게 순탄한 삶을 사는 지혜라는 것도 결혼 뒤에 깨달았을 테고. 프랑스 사람들은 어쩔 수 없이 열세 명으로 식탁 하나를 채워야 할 경우엔 콰토르지엠quatorzième이라는 사람을 고용해서 옆에 앉혔다고 해. 프랑스어로 열네 번째라는 뜻인데, 그는 마치 꿔다 놓은 보릿자루처럼 그저 악마가 그 행복한 자리를 망치지 못하도록 머릿수만을 채울 뿐 음식의 주인들이 나누는 이야기엔 전혀 개입하지 않아. 약간의 수고비를 받긴 했겠지. 그래서 나도 내 마누라를 이곳으로 부른 거야. 기억하지, 내 마누라가 우리 동기라는 사실을? 그러니 적어도 신랑을 축복해줄 수는 있을 거야. 10분 전에 전화로 네 결혼 소식을 알렸더니 누구보다도 기뻐하더라고. 그녀가 도착하는 순간부터 나는 기꺼이 콰토르지엠이 되어주겠어. 다만 시간이 많이 흘렀고 나도 많이 변했다는 걸 알아줬으면 해. 변명이라고 생각해도 좋지만, 아직도 난 운이 없는 편이야. 내가 이곳의 열세 번째 참석자가 될 줄 어떻게 알았겠어?

이것이 벌써 20년 전의 일이고, 내가 라플라스의 악마를 직접 만난 것도 그때가 마지막이다. 20은 과잉수인데도 말이다.

바로 이것이 친화수에 대한 규정이다. 피타고라스가 인용한 이 한 쌍의 수는 '친화쌍'을 이루는 가장 작은 수들이다. 220의 약수는 그 자신을 제외하면 1, 2, 4, 5, 10, 11, 20, 22, 44, 55, 110이다. 결국 그 합이 284인 것이다. 284의 경우 약수가 1, 2, 4, 71, 142이므로 그 합은 220이 된다.
—같은 책.

아잔

Azān

저 녀석들에겐 뭔가 꿍꿍이가 있는 게 분명해. 아마 쇼아 입이 압둘을 부추겼을 거야.

큰형의 말에 나는 완전히 동의했다.

맞아. 녀석들은 우릴 수치스럽게 만들려고 하는 거야.

오마르 형의 얼굴이 굳어졌다.

무슨 이야기인지 모르겠어. 나와즈, 왜 우리가 저 녀석들 때문에 수치심을 느껴야 한다는 거니?

나는 형의 목소리가 너무 커서 옆방에서 잠든 아버지를 깨울까 봐 두려웠다. 그래서 한참 동안 대답하지 않았다. 다행히 아무런 인기척도 들리지 않았으므로 나는 목소리를 낮춰 형에게 속삭였다.

녀석들은 살아 있는 아잔이 되려는 것 같아.

네 이야기가 아직도 이해가 안 돼. 자세히 설명해봐.

우리 무슬림의 저녁 기도 시간은 달의 길이에 따라 매일 달라지잖아? 일반 시계로는 측정하기도 어렵고. 만약 그걸 쉽고도 정확하게 측정할 수 있는 장치가 나온다면 이맘이 얼마나 편해지겠어?

그래서?

오마르 형, 압둘과 쇼아입을 잘 관찰해봐. 압둘이 항상 쇼아입보다 먼저 잠이 든다는 사실을 알아차릴 수 있을 거야. 게다가 우연이라고 무시하기엔 너무 괴이할 정도로, 압둘이 잠들면 마그립Maghrib을 알리는 아잔이 들리고, 쇼아입이 잠드는 시간에 우린 이샤Isha 기도를 올려야 한다고. 계절이 바뀌고 달의 길이가 달라져도 그들은 늘 기도 시간에 맞춰 잠이 들지. 그러니까 녀석들이 잠드는 시간만 확인하면 이맘은 굳이 해나 달의 위치를 살필 필요 없이 아잔을 울릴 수 있게 될 거야. 그러면 사람들은 저 녀석들을 두고 살아 있는 아잔이라고 칭송하겠지.

그게 정말이야?

다행히 아직까진 아버지나 이맘은 이 사실을 모르고 계신 것 같아. 하지만 시간문제일 뿐, 언젠가는 아시게 되겠지. 저 녀석들이 직접 말할 수도 있고. 이미 그들은 태양의 아이들이라고 불리고 있는 데다가, 쇼아입은 자신이 커서 이슬람

학자가 되겠다고 공공연히 떠들고 다니니까.

그런데 왜 저 녀석들 때문에 우리가 수치스러워질 수 있는지 넌 아직 내게 이야기하지 않았어.

형, 아직도 모르겠어? 영적인 능력을 지닌 자식 덕분에 그 부모도 영광스러운 자리에 앉게 될 텐데, 같은 부모에게서 태어났는데도 아무런 재능도 지니지 못한 우리가 얼마나 부끄러우시겠어? 구박을 받고 쫓겨나지 않는다면 우린 평생 저 녀석들의 뒤치다꺼리만 하다가 죽게 될지도 몰라.

오마르 형의 표정이 어두워졌다.

그럼 어떻게 해야 한다는 거니? 가족의 명예를 지키기 위해 우리가 당장 집을 떠나야 한다는 거니?

아니, 그 반대지. 저 녀석들을 쫓아내야지.

큰일 날 소리를 하는구나. 저 녀석들이 유명해진 이후로 아버지가 요즘 얼마나 행복해하시는지 알면서도 그런 흰소리를 하는 거니? 우리가 저 녀석들을 내쫓았다는 사실을 아버지가 아시게 되면, 우릴 가만 놔두지 않으실 거야.

솔직히 난 아직도 저 녀석들의 질병을 믿을 수가 없어. 낮에는 멀쩡하던 녀석들이 밤만 되면 식물인간으로 변한다는 게 정말 가능할까? 유능한 의사들조차 그 이유나 치료 방법을 전혀 알지 못한다는 사실은 곧 그런 상황이 인간에게는 거의 일어나지 않는다는 의미일 테고, 그러려면 거짓이 개입되는 수밖에 없지 않을까? 그러니까 저 녀석들은 그렇게라도 하지 않으면 가난한 집안에서 제대로 된 교육이나 치료를 받을 수 없다고 생각해서 필사적으로 발버둥 치는 것이겠지. 하지만 기대 이상으로 유명해지면서 장남인 형의 자리까지 위협하고 있다는 사실을 깨달은 뒤부터는 제자리로 돌아갈 방법을 몰라서 그저 묵묵히 연기를 계속하고 있는 것일 수도 있지.

저 녀석들은 네 자리도 빼앗았잖아? 저 녀석들에게 이상한 증상이 나타나기 전까지만 해도 아버진 우리 형제 중에서 가장 똑똑한 너를 좋아하셨어.

이쯤에서 나는 동생들의 건강을 걱정하는 착한 형처럼 행동하지 않을 수 없었다.

무엇보다도 동생들이 건강을 되찾는 게 급선무겠지. 건강보다는 윤리의 문제인지도 모르지만.

그럼, 우린 어떻게 해야겠니?

형, 괜한 오해는 하지 말아줘. 난 저 녀석들을 병원에 보내어 장기간 치료해야 한다고 말한 것이니까.

하지만 오마르 형은 내가 말하지 않은 이야기까지 알아들었다는 표정을 지어 보였다.

위대한 선지자의 아들들이 어떻게 행동했는지, 나도 잘 알고 있으니까 너무 걱정하지 마. 이제 우리도 잠자리에 드는 게 좋겠다. 곧 파즈르Fajr를 알리는 아잔 소리가 들리겠다.

저 녀석들은 아잔이 울리자마자 잠에서 깨어날 거야. 그러고는 한없이 순수한 표정으로 아버지나 이맘에게 자신이 꾼 꿈 이야기를 들려주겠지. 그 이야기를 들으러 사람들이 우리 집으로 몰려올 것이고 우리에겐 창고의 그늘조차 허락되지 않겠지. 난 그런 상황이 곧 닥치게 될 것 같아 두려워.

그녀 앞에서:
카프카의 「법 앞에서」 변주곡

　나는 너무 늦게 도착했다고 생각했다. 굳게 닫힌 문은 침묵처럼 틈 없이 단단했고 어둠과 완벽하게 어울렸다. 문을 두드리는 순간 모든 기억이 산산이 부서져서 흔적도 없이 사라질 것 같아 두려웠다. 나는 문 안쪽이 스스로 밝아지기를 기다리며 한참을 서성거렸다. 딱히 그곳을 찾아올 이유가 없었던 것처럼 딱히 찾아가야 할 곳이 있는 것도 아니었다. 젊음은 모든 생각과 행동의 완벽한 알리바이가 됐으므로 몇 차례의 사랑에서 실패했다고 하더라도 부끄러워할 필요는 없었다. 누구의 삶이든지 간에 그것을 짊어지고 걸어간 것은 기묘한 상처들이었고 그것들이 쓰러진 곳에서 잠시 안식을 찾을 수 있는 법이니까. 그래서 밤의 끝까지 나는 걸어온 것인데 그녀는 여전히 먼 어둠 속에 있었고, 나는 거기서 되돌아가야 할지, 아니면 더 가야 할지 머뭇거리고 있었다. 그때 문 안쪽이 천천히 밝아졌다. 서럽게 우는 소리라도 들었을까. 포근한 꿈에서 추방당한 여자가 잠옷 차림에 램프를 든 채 문 앞에 서 있었다. 나는 그 문 안쪽에 누가 사는지는 전혀 알지 못했지만 그토록 어둡고 가난하고 핏기 없는 여자는 하녀나 유모일 것이라고 짐작했다. 그녀의 램프가 조금씩 밝혀주는 실내에는 오래된 가구들과 향기로운 과일들과 화려한 장식들이 집주인과 그의 우아한 딸에 대해 말해주고 있었다. 굳이 오늘이 아니더라도 가까운 미래에 그곳을 정식으로 방문할 수 있도록 나는 하녀 또는 유모에게 그 집주인 또는 그의 딸 이름이라도 알아내고 싶었다. 하지만 여자는 아무런 대꾸도 하지 않은 채 자신을 꿈 밖으로 끌어낸 불청객 때문에 램프 심지가 헛되이 닳고 있는 걸 걱정하는 듯했다. 그래서 나는 하녀이거나 유모인 여자를 잠에서 건져 올리기 위해 이곳에 이르기까지 지나친 풍경을 설명하기 시작했는데 굳이 그 내용이 모두 진실일 필요는 없었다. 침묵과 어둠은 진실과 거짓 모두를 구성하는 재료이기 때문이다. 어느 누구에게는 부정할 수 없는 진실이었으나 나에겐 아직 거짓의 영역에 남아 있는 이야기에 여자는 흥미를 느꼈는지, 의자를 가져와 문 앞에 놓고 앉았다. 나는 여자가 나눠 주는 램프의 열기를 들이켜는 대신 내 안의 추위를 쉼 없이 뱉어냈다. 배꽃 냄새는 여자에게서 남루한 이미지를 지우고 신비감을 불어넣었다.

닭 우는 소리를 몇 번이나 들었을까. 게으른 사람들도 세 번째 닭 소리를 듣고 잠에서 깨어난다는 속담과는 달리 문 안쪽에서는 인기척이 전혀 들리지 않았는데도, 하녀 또는 유모인 여자는 램프 심지를 손가락으로 눌러 급히 껐다. 안으로 들어가서 따뜻한 수프 한 그릇 먹게 해달라고 애원했지만 여자는 매몰차게 거절하고 문을 닫았다. 그러나 잠시 후 다시 나타나서는 빵 한 조각과 우유 한 컵을 건네면서 운이 좋다면 조만간 안으로 들어올 수도 있겠지만 집주인의 딸에겐 질투심으로 불타고 있는 약혼자가 있으니 조심해야 한다고 귀띔해주었다. 나는 여자의 말을 믿을 수도 있었으나 애써 그렇게 하지 않았다. 평온하게 늙어가려면 아직도 소진해버려야 할 시간과 열정이 너무 많기 때문이었다.

다음 날에도 나는 어제와 같은 시간에 문 앞으로 갔다. 인기척을 내자 하녀 또는 유모가 마치 나를 기다렸다는 듯이 문밖으로 나왔다. 어제처럼 램프를 들고 있었으나 잠옷 위에 숄을 걸쳐 어제보다 더 평온해 보였다. 그녀는 어제 추운 공기 속에서 기둥처럼 서서 내 이야기를 듣느라 감기에 걸렸다고 말했다. 그리고 내 의자까지 준비해 와서 나란히 앉은 다음 주의가 산만해지지 않도록 램프를 껐다. 나는 주로 집주인의 딸에 대해 물었고 하녀 또는 유모인 여자는 집주인 딸의 약혼자에 대해서 주로 말했다. 대화 속에서 나는 하녀 또는 유모인 여자를 이따금 집주인의 딸과 혼동했고 하녀 또는 유모인 여자 역시 나에게서 그 약혼자의 모습을 발견하기도 했다. 집 안에는 하녀 또는 유모인 여자들이 아주 많아서 집주인의 딸을 만나기 위해선 적어도 다섯 명의 하녀 또는 유모를 만나야 한다는 사실을 알아내기까지 또 며칠 밤이 흘러갔다.

다음 날부터 하녀 또는 유모인 여자는 내가 나타나기도 전에 현관에다 의자 두 개를 가져다 놓고 간단한 간식거리까지 준비해놓았다. 의자에 앉아서 쿠키를 먹고 있자니 피곤이 몰려왔다. 여름의 풋내가 점점 진해지면서 문 안쪽과 바깥쪽의 경계가 점점 희미해졌다. 어느 날에 하녀 또는 유모인 여자는 내 이야기를 듣다가 잠이 들었는데, 나 역시 피로감과 노곤함 때문에 정작 집 안으로 들어가서 주인집 딸의 흔적을 찾아볼 생각조차 하지 못했다. 어느 날엔 쿠키만 나눠 먹고 헤어지기도 했다.

그렇게 몇 달이 지나고 비가 내리던 어느 날, 온몸이 흠뻑 젖은 나는 젖은 문을 두드리며 하녀 또는 유모인 여자에게 물었다.

"당신은 집 안에 집주인과 그의 딸이 살고 있고 당신 같은 여자들이 다섯 겹 이상으로 둘러싼 채 그들을 돌보고 있다고 말했어요. 그리고 그 딸에게는 약혼자가 있다고도 했죠. 하지만 내가 그토록 자주 찾아와, 그토록 오랜 시간 동안 머물렀지만 당신 이외의 다른 사람이 이 문으로 드나드는 걸 보지 못했어요. 적어도 약혼자라면 밤중에 한 번쯤은 이곳으로 은밀하게 찾아와 연인을 만나려 했을 텐데 내가 그와 만나지 못한 게 도무지 이해가 되지 않는군요. 그들에게 뭔가 문제가 생겼나요? 그게 아니라면 당신의 호의가 거짓일 수도 있나요?"

얼굴을 타고 흘러내리는 빗물 때문에 나는 끊지 않아야 할 곳에서 끊으며 말해야 했고, 하녀 또는 유모인 여자는 내 이야기를 정확히 이해하려고 한쪽 귀를 내 쪽으로 더욱 가깝게 들이밀었는데, 내 이야기의 진위를 파악하기 위해 심장 소리를 들으려 한 것 같기도 했다. 하녀 또는 유모인 여자가 마치 내 질문을 오래전부터 기다렸다는 듯이 덤덤하게, 하지만 자신의 얼굴을 타고 흘러내리는 빗물에도 전혀 머뭇거리지 않고 대답했다.

"집주인에게 딸이 있고 적어도 다섯 명의 하녀 또는 유모가 그녀를 보살피고 있으며 그녀에게 약혼자가 있다는 이야기는 모두가 사실이에요. 다만 당신이 아직까지도 알아차리지 못한 것이라면, 제가 집주인의 딸이라는 것과 당신이 저의 약혼자라는 사실이지요. 당신은 그 사실을 당신의 부모에게 듣지 못한 것 같군요. 전 적어도 당신이 이곳에 나타나기 5년 전부터 밤마다 이 문 앞에서 당신을 기다렸어요. 당신의 부모가 반역죄로 처형당하고 재산마저 몰수당해서 당신이 동가식서가숙하고 있다는 이야기를 들었을 때에도 전 개념치 않았죠. 그리고 제 소원대로 당신이 절 찾아왔을 때 전 너무 행복했어요. 하지만 이젠 모두 부질없는 일이 되고 말았군요. 당신은 제 이야기에 싫증이 난 데다가 저를 의심하기 시작했으니까요. 그런 당신에겐 군이 제가 아니더라도 상관없겠죠. 시간을 이길 수 있는 사랑은 존재하지만 의심을 견뎌낼 사랑은 결코 존재할 수 없다는 사실을 당신이 늦게나마 깨닫게 되길 바라요. 이젠 문을 닫을 시간이고, 더 이상 당신에게 문을 열어줄 수가 없을 것 같아요."

문이 닫히고 램프의 불빛이 사라지자 나는 침묵과 어둠 속에서 한꺼번에 늙어버렸다는 사실을 깨닫게 됐다. 비가 그치면 기묘한 상처가 나를 짊어지고 어딘가로 데려가줄 것인데, 그곳은 내가 그토록 바라던 곳과 반대 방향일 것이 분명했다.

지구력

수영장에서 돌아온 아내가 냉수를 마시면서 말했다.

"난 확실히 순발력은 뛰어난데 지구력이 너무나 부족해서 수영 같은 운동은 맞지 않는 것 같아."

그 말에 너무 놀란 나는 여기가 우리만의 아파트 안방이라는 사실도 잊은 채, 아내의 입을 급히 틀어막고 주위를 두리번거렸다.

"쉿, 누가 들으면 어쩌려고."

아내가 나의 손을 거칠게 뺄어내면서 항의했다.

"왜 이렇게 놀라? 나한테 뭐라도 숨기는 게 있어?"

나는 겨우 진정하면서 대답했다.

"우리가 순발력이 뛰어난 반면 지구력이 부족한 이유는 당연히 우리가 외계에서 지구로 건너온 생명체여서 그런 게 아닐까?"

그러면서 나는 나머지 다섯 개의 손발로, 커피 잔을 들고 신문을 펼치면서 오디오의 볼륨을 높이는 동시에, 머리를 긁적거리다가 발까지 까딱였다.

살아남은 자들이 경험하는 방식

1판 1쇄 인쇄 2020년 5월 22일
1판 1쇄 발행 2020년 5월 29일

지은이 김솔
펴낸이 김영곤
펴낸곳 아르테

아르테클래식본부 본부장 장미희
문학팀 이정미 김지현 이현정
디자인 오혜진
영업본부 이사 안형태   **본부장** 한충희
문학영업팀 김한성 이광호   **마케팅팀** 배한진 정유진
제작팀 이영민 권경민

출판등록 2000년 5월 6일 제406-2003-061호
주소 (우 10881) 경기도 파주시 회동길 201(문발동)
대표전화 031-955-2100   **팩스** 031-955-2151

ISBN 978-89-509-8850-0 (03810)

(주)북이십일 경계를 허무는 콘텐츠리더